串木野たんぽ

ILL. 加川壱互

泥酔彼女 2

「このまま押し切れると思ったのに。
さすがは先輩です、ガードがお堅い」
月浦《つきうら》 水守《みもり》
大ブレイク中の
若手女優。16歳。
主人公・穂澄の元カノ。

「あー！　水守ちゃんだ
水守ちゃんだぁ！　いえーーいー！」
和泉《いずみ》 七瀬《ななせ》
顔がいいダメ女。
酒好きのハタチ。
売れない新人女優。

「七瀬さん？」

「……ん」

瀬戸《せと》 穂澄《ほずみ》
主人公。高校2年生。

酒飲みが嫌い。

元演劇部脚本担当。

『……えっ？』
野原《のはら》 羊子《ようこ》
穂澄の同級生。演劇部部長。
演技力は全国クラス。
穂澄が好き。

「決め手はそのときだったんですね」

「あの人を好きになった決め手です」

「決め手？」

「す……」

いきなり剛速球をぶちこまれ、
私は口をパクパクさせる。

好き？　私が穂澄くんを？

「え、えー……」

「かまいませんよ別に。
手くらい幾らでも
出せばいい」
「ライバルを一人抜くのも
二人抜くのも同じです」

CONTENTS

泥酔彼女２

「弟クンがんばえー」「助けて」

串木野たんぽ

GA文庫

カバー・口絵・本文イラスト
加川壱互

―1― だからアポ無しで押しかけるなと言っているのに

甘い声だった。

「私、やっぱり先輩が好きです」

甘く、それでいて腹に心地よく響く。聞く者の心を蕩《とろ》けさせる、春風に似たその声を――

俺《おれ》はブリザードでも浴びる想《おも》いで聴いていた。

『今さら何言ってんだてめぇ』とか、『どのツラ提《さ》げて来やがった』とか、そういうあんまり良くない言葉が喉《のど》のところまでせり上がってくる。

当たり前だった。少なくとも俺にとっては。

月浦水守《つきうらみもり》が目の前にいるんだから。

玄関のドアを開けたところに。

弱冠十六歳にして、若手屈指の実力派女優。その人気は芸能界全体でも間違いなくトップ5に入り、渋谷《しぶや》のスクランブル交差点に彼女が映った広告が掲げられない日は無いとまで謳《うた》われる国民的女優だ。

さらに言うなら、俺の姉さんこと瀬戸《せと》雫《しずく》がマネージャーを務める女優でもあり、中学時代の俺の元カノであり、
最終的に五股《また》かけられて破局した、瀬戸穂澄《ほずみ》史上最大最悪の黒歴史の象徴でもある。

なので。

「……………」

無言のまま、俺はドアを閉じようとした。

すまん月浦。俺は今、収録を終えた七瀬《ななせ》さんの面倒を見るので忙しいから帰ってくれ。イブの夜からうちに入り浸っていたあの酒好きは、今日までかれこれ八日も飲まずに演技のことで悩んでたらしいんだ。偉いだろ。今日だけ甘やかしてやらないと。

以上、女の子を寒い中に放置する大義名分の構築終わり（相手が月浦でも多少気になる）。

さあ、ドアを閉じよう。閉じて、鍵《かぎ》をかけて、チャイムが鳴ろうがノックされようが聞こえないフリをしてリビングに戻ろう。あっちでは出来上がった酔っ払いがクダを巻いているが、ここに比べれば天国のようなものだ。俺の脳内ヒエラルキーでは酒飲みは蚊以下の存在とはいえ、ブリザードを吐くモンスターよりは多少マシと言えなくもない。まあ多少。

が。

ドアを動かしかけた俺の手が、止まる。

今気づいたが、月浦が微妙に前のめりになっていた。細い両手を後ろに回し、俺を覗《のぞ》き込むようにして――ドアを閉じればそれと横顔がぶつかるという、絶妙な間合いで立っている。

くそ、これではドアが動かせない。どんな理由があったって、例え相手が月浦だって、役者に手荒なことは出来ないのが俺のサガだ。七瀬さんには特殊性癖とか言われたが、舞台を作る人間として、それだけは絶対に譲れない。まして今回は顔にケガさせるかもだし。

恐らく、月浦も俺のそうしたサガを読み切って、わざとその位置に頭を置いているんだろう。何だこいつ怖い。バトルマンガの駆け引きみたいなマネしやがって。

月浦の肩を押してやり、体勢が崩れた隙《すき》に閉めれば――ダメだ。それもケガをさせる恐れが残る。ヤツの足もとに目をやれば、簡単にはグラつかないようにかなりしっかり踏ん張っていた。俺が全力で突き飛ばしたら耐えられないとは思うけど、やり過ぎて尻餅《しりもち》でも突かせたら俺は向こう十年ほど後悔する。その後も不定期に思い出して凹《へこ》む。そんなリスクは冒せないなら。

だったら、仕方ない。

「ちィイイ‼」

それこそバトルマンガみたいな舌打ちをしながら、俺は月浦の肩を掴《つか》むと、力まかせに引き寄せる！

「あっ……」

妙に悩ましい月浦の声は無視。白いコートに包んだ華奢《きゃしゃ》な体を上がりがまちに引きずり込んで、もう片方の手でドアを閉じる。バタン、と夜に響くほど激しく。ご近所の皆さんごめんなさい。

「馬鹿《ばか》かお前！」

うっとりしている大女優を引っぺがすように体を離し、めいっぱい怒鳴りつけてやる。

「いったい何考えてんだ！　男がいる家に一人で来やがって、終わる気か⁉」

終わる。つまりは、国民的スターとしての栄光をスキャンダルで終わらせるつもりかと。

――最悪の別れ方をした元カノに愛を告白された戸惑いとか、ムカつきとか、そうしたものはもちろん感じている。激烈に。それらの感情もこっそり説教に乗せて、俺はギャイギャイと喚《わめ》き散らした。我ながらちょっと卑怯《ひきょう》だ。

「変装も無しで外に立つとか！　正気か⁉　パパラッチが何人狙《ねら》ってると思ってんだ！　生意気は承知で敢《あ》えて叱《しか》るぞ。今お前がスキャンダル起こしたら、業界そのものが軽くグラつくんだ！　事務所にとっちゃ大打撃だし、姉さんは監督不行き届きで最悪クビかもしれねえ。そういうことちゃんと考えて行動しろ！　以上！」

「……ああ」

なるべく短くまとめた説教に、月浦は何やらなまめかしく呻《うめ》いて目を伏せた。ンだよその反応。ゾクッてするだろ。

半歩ほど本当に後ずさる俺を知ってか知らずか、月浦は熱っぽい調子で続けた。

「嬉《うれ》しい」

何が。

「先輩が私を見てくれました。触れてくれました。話しかけてくれました……二年ぶりに。ふふ、なんだか安心しますね」

「ええ……」

その言葉で怖さが二乗になった。引く。

ルネサンス絵画のモデルが浮かべていそうな、完璧《かんぺき》に整い、それでいて生命力に満ちた笑み。それを浮かべる、妖精《ようせい》を想わせる中性的で作り物じみた造作と、編み込まれたサラサラの金髪は、見る者に軽い非現実感をもたらす。

「それに、叱られたのは初めてです。……穂澄先輩との初めてが早速ひとつ増えました。私、幸せです」

「話聞いてたかお前……」

「変装ならしてきました。ご心配なく」

トリップした様子をいきなり引っ込め、しれっとした顔で月浦が言う。「ほら」と掲げる手の中に、長い黒髪のカツラと眼鏡《めがね》。なるほど、確かに変装道具だ。さっきまでの月浦は手を後ろに組んでいたから、それらが見えなかったらしい。

軽く首を傾《かし》げてみせる、何ともお茶目《ちゃめ》な月浦の仕草に俺はたまらず噴き出した――噴き出してしまった。俺自身何の違和感も無く、「ばか」と水守に微笑《ほほえ》みかける。

「心配するよ。お前の無防備なとこ見せられたら」

「ごめんなさぁい」

おどけて手を合わせる水守。美貌《びぼう》にそぐわぬ可愛《かわい》らしい仕草に、自然と胸が温かくなる。

「チャイムを押すまでは着けてたんですよ？　でも……」

そこで、水守が言葉を切った。

どうしたのかと見ていると、彼女は不意に目を伏せる。ほんの一瞬。そして再びこちらを見たとき、水守は花が咲くように笑った。長い長い冬の終わりに、万感の想いとともに開く花は少し目もとと唇を震わせ、俺の心を抱き締める。

「先輩に最初に見てもらうのは、一番綺麗《きれい》な私でなきゃダメですから」

「……………」

俺は――俺はもう何も言えずに、水守の頬《ほお》に手を伸ばし――

引っ込めた。

背後に肘打《ひじう》ちでもブチ込むように、全力で、月浦に触れかけた手を引いた。

「危ねえ……」

知らず、小さく声に出る。

それを聞いた月浦が、いつの間にか閉じていた目を開けた。完全に触られ待ちと言うか、ややおとがいを上げたあの角度は、俺の偏った知識が正確ならいわゆるキス待ちアングルだ。

「……あら」

そのアングルをあっさりとやめ、月浦。それまでの雰囲気を見事にぶち壊す、すっとぼけた声が先を続けた。

「このまま押し切れると思ったのに。さすがは先輩です、ガードがお堅い」

「おかげさんでな！」

内心震え上がりつつ、俺は月浦に噛《か》みついた。

――これだ。これが月浦の怖さ。何気なくやり取りしているだけで、自然とこいつを好きになってしまう。そうさせる罠《わな》を、魔法のように張り巡らせてくる。

言葉選び。声色《こわいろ》。仕草。表情。間。話題の運び方。こうしてざっと並べれば、凡百《ぼんびゃく》の会話指南サイトにも書かれているコミュニケーションの基礎ばかりだが、究極まで突き詰められた基礎スキルは魔法と見分けがつかない。チャームとかテンプテーションとか、そういうの。

かつて月浦と別れてから二年、俺は「どうして五股かけるような女に騙《だま》されたのか」と長い間考えてようやくその結論に至ったが――それでもこんな風に呑《の》まれてしまう。怖えぇ。

先ほどバトルマンガっぽい立ち回りをしたが、こいつの本質はホラー映画だ。

「……姉さんはどうした」

表情を殺して、俺は言う。事務的な対応に徹して、心のコミュニケーションを拒絶する構え。

そういえば月浦が何しに来たかも訊《き》いてないけど、興味持つな。心の壁を保つんだ。

「撮影の後、一緒に帰ってたよな。まさか目ェ盗んで逃げてきたのか」

「浪漫《ろまん》を感じたくて」

「あァ？」

「好きな人の所までこっそり走るのって素敵でしょう？　それが悪いことならなおさら」

「はた迷惑な……」

「あら。私の変装は完璧ですよ？　骨格まで違って見えるってレビューされたこともあるんですが、あの映画ご覧になっていません？」

「お前が出る映像は見ねえ」

事実である。もっとも、街を歩いてもネットを覗いても月浦の顔はどこかしらにあるので、完全なシャットアウトは出来ないが……心の平和を保つため、こいつの姿はなるべく無視するようにしている。

「あらあら」

面白《おもしろ》そうに笑う月浦。何だその満ち足りた顔は。

まるで、こうして言葉を交わすためだけにここに来たんだというような笑顔。

「……姉さんに伝えるぞ。いいな？」

俺は出来るだけ冷たく言って、引きちぎるようにきびすを返す。が。

「ああ、雫さんにならRINEで伝えました。迎えに来てくれるって返事が」

「信じねえ」

「本当ですよ？　ほら」

と、月浦がスマホを差し出す。表示された画面に、月浦と姉さんのRINEでのやり取り。時刻は三分ほど前で、曰《いわ》く、『穂澄先輩に会って来ます。もう着きました』『迎えに行く。そこにいて』――嘘《うそ》はついてないようだ。

「浪漫はどうしたお前」

「こっそり会いに行くまでが浪漫なので。着いちゃった後は別に」

「後までこだわれよ」

変なところで執着が無い月浦に、俺は精一杯イヤミを籠めて言う。

「そういう浪漫に付き合ってくれるカレシくらいいるんだろ。それこそ五人でも五十人でも」

「穂澄先輩に会いたかったんです」

「意味がわからん……」

「簡単にわかる女なんてつまらないでしょう？　……それとも」

と、月浦が俺を覗き込み――うっかり見返したときには遅い。

半ば閉じられた妖《あや》しいその目に、また心臓が騒ぎ出す。

「全部見せた方が安心しますか？　いいですよ、あなたになら……今すぐでも」

耳に染《し》み込む切ない声と、勇気を奮い起こすように自分の腕を抱く月浦の仕草に、俺は為すすべもなく惹《ひ》き込まれる。冷静に考えると、この流れでそんなシリアスな顔をするのはギャグに近いんだが今の俺は冷静ではない。冷静にならせてもらえない。

情けない。俺は自分を罵《ののし》る。月浦がどういう手口でたらし込んでくるかわかってるのにこのザマか。いや、違う。俺が知っている月浦は、芸能界入りもしていない中学生。二年間のプロ生活で、比べものにならないほど成長しているのだ。やっぱバトルマンガかこいつ。ジャンルをはっきりさせろジャンルを。

「教えますね」

月浦の手が伸びてくる。細い、白い、陶器のようなその指先を、俺はただただ見詰めるしかなく――

「弟クーン？」

その声は、福音のように響いた。

「弟クン？　どったのー」

リビングのドアをノロノロと開け、七瀬さんが顔を出す。

解き放たれたように、俺は全身でそっちを見やった。缶ビールを握り締めたダメ成人が、怖いくらい整った大人の美貌をトロトロに緩《ゆる》めて笑っている。涙が出るほど頼もしい。今だけは。

今だけはありがとう七瀬さん。

「まーたえっちなの隠す段取りー？　大丈夫だよー私そーいうの気にしないからってあれェ水守ちゃん？　水守ちゃんなの⁉」

えっちなのウンヌンにツッコむ余裕も無い俺をよそに、月浦に気づいた七瀬さんはパァッ！と顔を輝かせる。

「わー！　水守ちゃんだ水守ちゃんだぁ！　いぇーい！」

「いえーい」

七瀬さんは一気に廊下を駆けて、月浦に手を掲げてみせる。月浦もノータイムで調子を合わせ、気持ちいい音でハイタッチ。何だその仲良しムーブは。七瀬さんはまあ距離感がアレな人だけど、月浦まで目をキラキラさせて再会を喜んでやがるし。

「いらしたんですか和泉《いずみ》さん！　……あら？　お二人だけですか？」

月浦は何やら意外そうに、俺と七瀬さんを見比べる。――いや、『何やら』もなにも、二十歳の酔っ払いと男子高校生が二人きりで家にいるんだから意外に決まっているんだが。俺はもはや感覚がマヒしていて、疑問にも思わなくなりつつある。

「ええと、お二人は……」

「えへへー」

七瀬さんがだらしなく笑って、俺の肩にしなだれかかった。やめろ酒くせえ、と押し返すより早く、酔っ払いが口を開く。

「愛し合っているのだー。いいでしょ」

寝てろダメ美人、と俺は容赦なくひっぺがしかけ——止まる。

今だけ話を合わせるべきだ。俺に恋人がいるとなれば月浦は帰ってくれるだろう。さあ帰れ。俺たちはお家《うち》デート中だ。俺は黙ってるけど察しろ。いい台詞《せりふ》が浮かばないことに加えて、酔っ払いを彼女だと言うのがイヤ過ぎて黙るしか無いからそっちで察しろ。

「……そ……」

月浦が力なく目を伏せる。

「そう、だったんですか」

絞り出すようなその声は、この距離でもほとんど聞こえないほどか細く、そして弱々しい。たまらず俺は息を呑む。月浦が肩を落としていた。土砂降りの雨にでも打たれたように、力なく、打ちひしがれているのが伝わる。わずかに俯《うつむ》いた顔は前髪で隠れ、にじむ涙を懸命に隠しているのがわかる。たまらず、俺は月浦に手を伸ばしかけ——

やめる。

肩にその手を置きやすいようにちょっとずつ角度を調整している、月浦の微妙な動きを見抜いて。

危ねえ。狙ってやがったこいつ。でも、今度こそもう大丈夫。こうしてちゃんと警戒していればそう騙されることはない。きちんと気を張って抵抗すれば、魔法はレジスト出来るのだ。

――気を張っていれば。

「しまっ……⁉」

歯噛みして、俺は七瀬さんを見やった。月浦を見やる彼女の表情は緩みきって、警戒のケの字も見せていない。まずい、七瀬さんが絆《ほだ》される。愛し合ってないってバラしてしまう！

俺が何か言うより早く、七瀬さんが月浦の手を取って――

ぐいっ、と気軽に引っぱった。

「水守ちゃん入って入ってー！　今ちょーど弟クンの唐揚げが出来たとこだからー」

「……あれ？」という声が、俺と月浦から同時に飛び出す。

「あ、あの和泉さん？　穂澄先輩とは……」

「あー、弟クンっていうのは穂澄くんのことねー？　雫先輩の弟クンだから弟クン」

「それはわかりますが」

「早く食べよー。冷めちゃう」

聞いちゃいねえ。

……ううむ。どうも酔っ払ってるせいで、月浦の神がかり的な演技を認識できないらしい。神は細部に宿るというが、細部に目を配る観察力がロストしている相手には無力か。

「んー？　弟クンどしたのその顔ー？」

七瀬さんが首を傾げる。酔っ払いにもわかるくらいには複雑な顔をしていたらしい。

「あれあれ？　もしかして」

何やらニマッと笑って、酔っ払い。

「アレかな？　私と二人の時間を邪魔されて怒ってんのかな？　やだなー言ったじゃん私との時間はこれからもいっぱいあるってさ！　今は水守ちゃんを歓迎しよー！　でもまーぶっちゃけ嬉しいよ私は。そんなに私のこと想ってくれてんだねありがと照れちゃうかも」

「ああうんそれでいいですこの際」

「いーの⁉」

そこで驚くのか酔っ払い。

「こ、こらー。ばかー」

唇を尖《とが》らせ、七瀬さんが俺の肩に頭突きをくれた。右手は月浦の手首、左手は缶ビールでふさがっているから引っぱたけないらしい。だったら蹴《け》れば良さそうなものだが、片足で立つとフラつくんだろう。

「弟クンこらー。急に大胆になるの反則ー。そりゃ私たち愛し合ってるけど、そーゆーのとは違うってゆーかぁ」

「自分で言ってただろ愛してないって。ツッコむの遅れたけど」

「言ったっけー？　言ったわ」

「私は愛してますよ」

「俺は全然……あ？」

不意に横から割り込まれ、俺と七瀬さんはそちらを見やる。

月浦だった。

まさに『大女優ここにあり』というような、見惚《みほ》れるほど完璧な微笑を浮かべ、躊躇《ためら》いもなく繰り返す。

「私は今でも、穂澄先輩を愛してますよ」

「あいっ!?」

「……俺は全然だよ」

七瀬さんのヘンな声を無視して、俺は冷たく一蹴《いっしゅう》する。しかし月浦は凹むどころか、幸せそうに目を細めて続けた。何がそんなに嬉しいんだこいつ。

「今日はそれを言いに来たんです。ねえ先輩……もう一度、傍《そば》にいさせてください」

「死んでも断る」

「ちょっと待ってごめんどーいうこと!?」

事情を知らない酒飲みが割り込む。

「お付き合いしていたんです」

俺が黙っているうちに、月浦が七瀬さんの質問に答えた。力強く、迷いなく。

「私と穂澄先輩は、中学の頃《ころ》お付き合いしていました」

「ええええ⁉」

ほとんど悲鳴のように、七瀬さん。やけにあっさり信じるなこの人。片や国民的大女優、片や単なる元演劇部。付き合っていたと言われても、まずは疑ってかかる組み合わせだろうに。

しかし七瀬さんは「納得いった」と言うように、一人でコクコク頷《うなず》いている。

「そっかー……水守ちゃんが言ってた『二年も会えてない恋人』って弟クンだったんだね」

いつの間にンな話を。つかもう恋人じゃねーぞ。

「和泉さんこそ」

月浦は変わらず真っすぐに、七瀬さんを見詰めている。

「仰《おっしゃ》っていましたよね。本気で応援してくれる、応《こた》えたい人がいると。それは穂澄先輩？」

そんなこと言ったんですか？　と目をやると、七瀬さんが「あはー」と笑う。本当らしい。

そんな風に思ってくれてたというのは、その、素直に嬉しいというか、この時季に大汗かいてまで浜まで走った甲斐《かい》があるというか……。

「和泉さんの仰る愛というのは」

不覚にも一瞬緩んだ頬が、月浦の声で引き締まる。白刃そのものの、鋭く怖い声。

「私の気持ちと同じものですか」

「うん」

「うん⁉」

いともあっさり頷く七瀬さんに、俺の声がひっくり返る。

へらへらした顔で何言ってやがる酔っ払い⁉　いや、その酔っ払いの言うことに動揺した俺の方がおかしいか。何だこれ。不意打ちだったからか？　普通に言うと寒いダジャレも、絶妙なタイミングでぶち込まれると爆笑を呼ぶことがある。それと同じ完璧な奇襲だったせいで、妙にソワソワしてしまうのか――

「んー？」

と、七瀬さんが首を傾げる。何かがわからないというように、月浦にひょいと顔を近づけ、

「ごめん聞こえなかった。何と同じって？」

アルコールで耳がイカれたかこの野郎死ね。じゃ何で一回ノータイムで答えたんだ死ね。

「……ですから」

硬直している俺をよそに、月浦が――あの月浦が！――困ったように笑いながら言う。

「和泉さんは、穂澄先輩を恋人にしたいですか」

「いや別に」

「じゃ、私にください」

「あげるー」

ふざけんな。俺がそう喚くより早く、七瀬さんが俺を月浦に押しやる。その胸に飛び込む寸

前で踏《とど》み留まって睨《にら》みつけるが、酔っ払いはどこ吹く風とビールを美味《おい》しそうに呷《あお》っていた。

「そもそも、弟クン別に私のじゃないしねー」

そう思ってるとわかったのは収穫だったよ酔っ払い。下手すると所有権を主張してきそうな距離感をしている七瀬さんである。

「弟クンは水守ちゃんのでしょー」

違うっつってんのがわかんねーかわかんねーよな酔っ払いだもんな。

「あれ？　でも水守ちゃん、お付き合いしていいいたって……過去形？　弟クン浮気《うわき》とかした？」

「されたんですよ！」

的確にイヤな単語を出され、本気で青スジを立てる俺。

「俺の一生の不覚です。まさか五股かけるような女に入れ揚げてたなんて……」

「五！」

七瀬さんが噴いた。さすがにこの人にとっても、五股はあり得ない数字らしい。

酔っ払いは月浦に目を向けて――ニパッと笑い、相手の華奢な肩をぺしぺし叩《たた》く。

「五股かー。飛ばしたねぇ水守ちゃん、やるぅ」

「やるぅ⁉」

噛みつく俺。何だその「ナイス武勇伝！」みたいなのは。サムズアップすんな。ウインクすんな。後者がやたらエロいな畜生。

「おっけーおっけー。唐揚げ食べながらその辺も聞かせて水守ちゃん。え、イヤ？　そっかーしかたないなー」

何ごとも無かったかのように、七瀬さんは月浦の手を引いてどんどん中に入ってしまう。おい待て。何だその寛容さは。女性の浮気は同性にこそ嫌われやすいって聞いたことあるのに。

「……酔ってるからかなあ……？」

我ながら苦しい推測をしつつ、トボトボと二人を追わざるを得ない。

◇

「水守ちゃん水守ちゃん座って座ってー！　何飲む？　ほらー唐揚げ美味しそうでしょー？」

「まあまあ！　さすが先輩ですお上手《じょうず》！」

重い足取りでリビングに戻ると、七瀬さんと月浦がキャッキャしていた。

二人並んでソファに収まり、ローテーブルの上の料理に目を輝かせている。

それは、ことビジュアルに限って言えば天国のような光景だった。片や天下の月浦水守。片や顔とスタイルだけならそれに匹敵《ひってき》、あるいは凌駕《りょうが》する七瀬さん。その二人がひとつのソファで仲良く笑っている様は、カメラの前で披露されたら控えめに言って経済が動く。

俺の心もだいぶ動いた。もっと言うと、今までよりさらに二段ほどゲンナリした。

何しろ。

『――それでは。モンスターズ・ハイスクール20XX放送開始直前スペシャル、心ゆくまでご堪能《たんのう》ください』

姉さん自慢の大型テレビで、月浦が明るく笑っているのだ。

待っていた特番が始まったらしい。つまり、液晶の中とソファ、リビングにヤツの顔が二つ！　ああそういえば、これは月浦が出てても観《み》なきゃいけないんだった。忘れてた。

「はーい！　堪能しまーっすー！」

持っていた缶ビールを一気に飲み干し、ゆらゆら揺れる七瀬さん。

「あー、水守ちゃんごめんねー？　私が隣に座っちゃって。隣は弟クンがいいよねー？　でも弟クン、今日そういうテンションじゃないみたいだから。美人のお姉さんでガマンして？」

「仕方ありませんね。今日だけ特別です」

「一生座らねーよ」

勝手に笑い合っている二人を、俺はジト目で睨みつける。リビングに仁王立《におうだ》ちのまま。

「おい酔っ払い、どーして月浦を許す風なんです⁉　聞こえてましたか、五股ですよ五股」

「もちろん聞いてたよー？　聞いてたけどさー」

七瀬さんはグラスに注《そそ》いだワインを美味しそうに飲み干すと、ふやけたニコニコの笑顔で続けた。

「そりゃ私だって、水守ちゃんが今も浮気してるーとかだったら『それはちょっと』ってなるよ。でもー」

七瀬さんが一度言葉を切った、ちょうどそのとき。

『──この物語は、モンスターと呼ばれる超人たちによる愛と許しの物語です』

液晶の中の月浦が、厳《おごそ》かな調子でナレーションしていた。

「もうしてないんでしょ？　水守ちゃん」

七瀬さんに訊かれ、ソファの月浦が無言で頷く。迷いなく。

「ほら」

『私たちが思いもよらないような、不思議な形の愛と許しがそこにはあります』

「だったら私まで責めなくていいやって。水守ちゃん、逃げ場無くなっちゃうしぃ」

『あなたもきっと、それに共感してくれると思うんです』

「するかそんなもんッ！」

俺はローテーブルからリモコンを拾って、テレビの電源を切った。リビングの月浦濃度が半減。息を吹き返した俺は、残ったソファの月浦を指さす。

「そいつが嘘言ってない証拠はないでしょう⁉」

「言ってる証拠も無いもーん。私は言ってないと思った。だから信じるんだ」

「む……」

やたら懐《ふところ》の深いことを言われ、俺は歯噛みするしかない。たまにそうやってまともになるから、この人への評価は定めにくい。

定めにくいが――今だけはごくわかりやすかった。月浦の味方をするなら、俺の敵だ。いや、もともと酔っ払いは敵だけど、改めて。

「七瀬さん」

低く静かに、最後通牒《つうちょう》を突きつける。

「俺の敵に回るなら、あんたに出す酒も料理もありませんよ？」

「えっ⁉」

動じるのかよ。揺るぎなくあれよ。

七瀬さんはオロオロと、缶ビールと月浦を見回していたが――恋を応援する気持ちが勝ったのか、月浦に力強く微笑みかける。ええい、迷惑な。今は敵対してるんだから、そういう見直したくなる振る舞いは控えなさい。

「み、水守ちゃん？　あんなこと言ってるけど平気だからね。弟クン優しいから、ガンガン攻めちゃえ」

「浮気魔と絡《から》み酒にくれてやる優しさは無い！」

「……そうですね。今日の先輩は……」

月浦がそっと割り込んだ。こちらに流し目を送りながら、細い指で自分の肩を抱き――おい黙れ。何言う気か知らんがイヤな予感がするとにかく黙れ。

「今日の先輩は優しくなかった。乱暴に、激しく……抱き締めてくれました」

「肩つかんで引っぱり込んだだけだろうが！　七瀬さんも『きゃー』みたいな顔するんじゃねえ！」

「先輩の腕、太くなりましたね。私が知っているよりずっと逞《たくま》しくて……ああ、男の人なんだなあって……」

「毎日酔っ払いをおんぶしてたら勝手に鍛えられただけだからな？　この筋肉を褒めるところから変なムードに繋《つな》げようとしても無駄だからな？」

「あら残念」

「あのさー七瀬さん的にはさー、昔の弟クンが水守ちゃんのことギュッってしてたことがびっくりってゆーかその話を肴《さかな》に飲むワイン超美味しい」

肴にすんな。そして飲むな。

「ふふふ。ねえねえ和泉さん、ＡＢＣどこまで行ったと思います？」

「んー難しー！　弟クンだけだとどうせ手を握るのがせいぜいだろうけどぉ、水守ちゃんグイグイ行ってそうだしー……ヒントちょーだい！　賄賂《わいろ》にこの唐揚げあげる。はいあーん」

「あーん」

「食わせせんな勝手に！」

俺が喚くと、七瀬さんが不満げに唐揚げを引っ込めた。何だその顔は。あんたにも食わせてないんだから、月浦に出す料理があるわけないだろうが。

「いーじゃん弟クンー。そろそろ食べないと冷めちゃうぞ」

「月浦に食わせるくらいなら、後でレンチンした方がマシです」

「唐揚げちゃんがかわいそーだよー。熱いまま食べてあげられるし、水守ちゃんのコイバナも聞けるし、賄賂に使うのがベストだと思うの」

「かわいそうですけど」

俺は頭を抱えたくなる。手作りの料理が冷めていくのと、黒歴史を目の前で掘り返されていくのではどっちが辛《つら》いんだろう。今のところ、四分六分で後者優勢。

そんなことを悩む一方、俺の脳内では封印していた忌《い》まわしき記憶が怒涛《どとう》の勢いで蘇りつつあった。ああ、付き合ってた頃は一日一度は頭を撫《な》でたっけ。撫でてほしそうな顔——ちょっと斜めの角度で上目遣《うわめづか》い。体勢はやや前のめり——するもんだから、自然と。

手も繋いだし、ハグもした。キスはしてない。最後まで勇気が出なかった（もちろん俺の方が）。出せなくて本当に良かったと思う。

「ねえ、先輩。覚えてますか？」

何やらうっとりと目を細め、幸せそうに語る月浦。

「先輩のお誕生日、私の家でお祝いさせてほしいってお願いしたことがありましたね。先輩が

遠慮してお流れになりましたけど」

忘れてたんだから思い出させんな。「家に行くとかご両親に挨拶《あいさつ》じゃん⁉」って、変に意識して必死に断った記憶を呼び覚ますな。あの頃の俺、すげぇ痛々しい。マセガキか。死にたい。

「私あのとき、料理の練習もしてたんですよ。先輩に美味しいって言ってほしくて、男の子が好きそうなものをいろいろ。唐揚げとか。——先に先輩の唐揚げを頂くとは思っていませんでしたよ」

「だから食わせねーよ」

「あら。でも和泉さんは、先輩に唐揚げを作ってもらえって」

「言ったんスか七瀬さん……」

「あはは、言っちゃったー」

美味しそうに赤ワインを飲みながら、「ごめんごめん」と手を振る七瀬さん。箸《はし》を持ったまま手を振るな、行儀悪い。そしてその箸で唐揚げを食うな。一口で豪快に頬《ほお》張《ば》りやがって、敵に出す料理は無いって言ったろうが。

「——あぁあ、美味しー……水守ちゃんもどーぞ。今度こそあーん」

「あーん」

「食わせんなっつーのに」

「食べさせたいんだよー。キミの唐揚げが美味しいのが悪い」

「私もそう思います」

何故《なぜ》か月浦まで同意する。

「ねえ、和泉さん。穂澄先輩が悪いんですよね？」

「ねー？」

「待て月浦。お前何のこと言ってる？　唐揚げのことじゃねえな？」

「……ああ」

またにっこりと笑って、月浦。

「今度は名前で呼びかけてくれました。――昔みたいに、水守とは呼んでくれませんか？」

「し・つ・も・ん・に答えろ。そして二度と呼ばねえ」

「呼んでくれないなら教えてあげません」

「七瀬さんみたいなことを……」

「そうなんですか？」

月浦が七瀬さんに目をやり――「ひぇっ」と俺の喉が鳴る。

月浦の目から甘ったるい感じが消えて、マグマみたいな殺気の光があふれかえった。言葉にするなら「お前は先輩に名前で呼ばれる栄誉に足る者か？　私が直々に見定めてやる」みたいな目つき。裁定を下す神とか皇帝はこんな目をしてるのかもしれない。女優の本気すげえ。

「和泉さんはどう言ってそう呼ばせました？　珍しいんですよ先輩が女の子を名前で呼ぶの」

「あーえっとね、『呼ばないとえげつない絡み方するぞ』って」

「なるほど」

「何で教えるんです⁉」

「恋する乙女の味方ですもの」

「俺の味方はいねえのか……俺のは……」

「ここにいるぞー！」

そのとき。

不意にリビングに響いた声は、ひどく聴き慣れたものだった。

羊子《ようこ》の声。どう考えても今聞こえるはずのない叫びが、リビングのドアを開け放つ音と一緒に耳に飛び込み――ほぼ同時、声の主が突入してくる。

羊子。間違いなく羊子だった。コートもマフラーも手袋も脱がず、堂々たる仁王立ちで腕を組んでいる。頬と鼻の頭が赤いのは寒い中を歩いてきたからだろうが、目まで真っ赤《まか》なのはどうしたんだろうか。まるで、今の今まで泣いてでもいたような。

「よ、羊……」

「月浦ァ！」

俺が口を開くより早く、羊子は前のめりで月浦を睨む。

「あんたいったいどういうつもり⁉　どんな顔して瀬戸に会いに来たの⁉」

「この綺麗な顔しか持ち合わせが無いです」

羊子の凄《すさ》まじい剣幕――なんであんな怖い顔してんだ？――をものともせず、にこやかに図々《ずうずう》しいことを言う月浦。いや確かに顔はいいが。果てしなくいいが。

「二年も音沙汰《おとさた》なかったくせに……今さら何しに来たのよあんた」

怯《ひる》まず睨みつける羊子。今このときに限っては、羊子の方が何しに来たのかわからないんだが怖くて口を挟めない。

「羊子先輩こそ、ここで何を？」

ちっとも怖くなさそうに、月浦がわずかに目を細める。

あれ？　と俺は眉《まゆ》をひそめた。七瀬さんにこそ効かなかったが、神がかり的な演技でもって相手の心を摑むのが月浦の話術。なのに羊子に向ける眼は、相も変わらず皇帝のそれだった。心を摑むどころか、へし折りにかかる眼光である。

「穂澄先輩と遊びに来た……んじゃないですよねえ？　こんな時間に穂澄先輩と二人きりになる勇気なんて羊子先輩にあるわけ無いですから。相変わらず『瀬戸』呼びのままみたいですし」

「…………!!」

何やら口をパクパクさせて、真っ赤な顔のまま凍りつく羊子。言われたくないことを全部言われてフリーズしたような感じである――間違いない。どうも羊子に対してだけは全力で潰《つぶ》しに行くスタンスのようだ。恨みでもあるのか月浦。

「……さっき外で会ったのよ」

言いながらリビングに入って来たのは、我が家の家主たる雫姉さん。

「おかえり」とほとんど反射的に言う俺に「ん」と目だけで返す姉さんは、相変わらず感情がほとんど浮かばないクールビューティっぷりだった。ソファで手を振る月浦に目をやり、軽く肩を竦《すく》めた仕草は、担当女優の無事を確かめてホッとしたサインか。

「羊子ちゃん、玄関で膝《ひざ》抱えて泣いてたんだから。何で入れてあげなかったの？」

「ええ⁉」

ぎょっとして羊子を覗き込む俺。来てたならチャイム鳴らしてくれよ。あんなに寒い廊下で何でわざわざ。

「だ、だって……瀬戸が月浦のことノータイムで中に入れたから……どうしたらいいかわかんなくて……」

「普通に入ってくれれば良かっただろ？　むしろ来てほしかったぞ俺は。七瀬さんが月浦贔屓《びいき》で苦戦してたんだよ」

「うん……ごめんね？」

「謝らなくても」

その七瀬さんに目をやると、バッグから出した酔い覚ましの錠剤をジュースで流し込むところだった。急に羊子が来たので、大慌てで例の演技を始めている。まあ頑張れ。

ともあれこれで一安心だと、俺は胸を撫で下ろす。どうしてここにいるかは相変わらずわからないが、羊子はどうも月浦を追っ払うつもりのようだし、何より姉さんが来てくれた。担当マネージャーとして、うまいこと月浦を家に帰してくれるはず。……はず。

「水守」

その期待どおり、早速姉さんが口を開く。

「穂澄に会いたいなら私に言いなさい。セッティングしてあげるから」

「姉さん⁉」

「雫さーん⁉」

俺と羊子の悲痛な叫びを、姉さんはどこ吹く風と受け流す。

「別に水守はアイドルじゃないんだし、誰《だれ》と恋をしても自由よ。建前《たてまえ》の上ではね。でも、無駄な波風を立てないためのカードがあるんだから使いなさい。せっかくマネージャーの弟を好きになったんだし」

「ありがとう、雫さん」

頷く月浦。ありがたい要素がひとつも無い。

そもそも姉さん、この前俺と七瀬さんをくっつけたいみたいなことを言ってなかったか。浮気性なのかあんた。十七年一緒にいて初めて知った。

「でもね水守。あなたを家に帰さないと事務所的にいろいろマズいから、悪いけど今夜は切り上げてちょうだい。そうね――一時間くらいしか待ってあげられないけれど」

「今すぐ引っぱってってくれ！　頼むから！」

「駄目よ穂澄。それやって明日から水守のモチベが落ちたらどうするの」

「うぐ」

「そこで詰まるかなぁ……詰まるよね瀬戸は……」

「――あら」

チューニングを済ませた七瀬さんが、羊子ににっこり微笑みかける。

「また出たわね、羊子ちゃんの『わかってる感』！　やっぱり絆《きずな》を感じちゃうなあ。――ちなみに私は恋する乙女の味方だから、羊子ちゃんも応援するね？　相談、聞くからね」

「ふぇっ⁉」

びくっ、と肩を震わせる羊子。目を丸くする表情は、予想外のことを言われたようにも――いきなり背中を蹴り飛ばされて途方に暮れているようにも見えた。俺が思うに、後者のわけはないけれど。

それにしても、またその話か。俺と羊子がどうこうと。そんなことはあり得ないと、七瀬さんには話しただろうに。

月浦に入れ揚げてた頃の俺の情けなさ、痛さは、黒歴史という言葉では生ぬるいほどの混沌《こんとん》だ。悪夢だ。あんなもんを間近で見ていた当時の演劇部の女子たちが、俺を恋愛対象として見てくれるわけがない。もちろん羊子も例外ではない。

そのことを、俺が言ってやるより早く。

「お、応援って……私と瀬戸はその、友だちっていうか、相棒？　的なやつで」

羊子が説明してくれる。よほど慌てているらしく、しどろもどろではあったが。

「だから別に……応援とかされるアレじゃ」

「いいえ。私は応援します」

何やら嬉々《きき》として、月浦が言う。

「友だち！　相棒！　つまり男女の友情ですよね？　素敵です。恋愛なんてありふれたものよりずっと貴重で尊いものです。お二人の友情を、私はすぐ傍で見守っていたい。ありふれた、平凡な、穂澄先輩の恋人として」

「だ、ダメ！　浮気なんかする子には瀬戸は任せらんないの！」

「あらぁ？」

月浦が羊子を見る目が変わった。ネズミをいたぶる猫の目に。

「誰を選ぶかは穂澄先輩の自由だと思いますけど。友だちとしてのアドバイスですか？」

「う、うん」

悪いか、と胸を張るネズミに、猫が楽しそうに首を傾げる。

「だとしたらもっとちゃんとアドバイスしましょう？　どんな子はダメかだけじゃなく、どんな子ならいいかまでちゃんと伝えないと。そうですね、例えば——誰みたいな子ですか。雫さん？　和泉さん？」

いやその二人はちょっと。

「それとも……羊子先輩ご自身ですか？」

「ち、違……」

「ほらそこで迷いなく首を振る。二年前……いえ、三年前からまるで成長してないんですね。むしろ何故それで怖くならないのか、心臓の強さに感服します」

「怖いって何がよぅ」

「まさかとは思いますが、私が戦線離脱した時点でもう勝ったなんて思いませんでした？　ライバルはもういないから、時間をかければ自然と穂澄先輩が自分を選んでくれると考えたりはしませんでしたかしていましたよねそんな顔してます」

「し、してないもん……してないもん……」

羊子はよろよろした足取りで部屋の隅の方まで行くと、膝を抱えて丸まった。こちらに背を向け、「してないもん。してないもん」と涙声で繰り返す。

「……いい加減にしろ、月浦」

見かねて、口を挟む俺。「あら？」とこっちを見る月浦の顔が、一瞬のうちに柔らかくなった。早過ぎる切り替えに若干怯えつつ、俺は毅然《きぜん》と言ってやる。

「何を勘違いしてやがる。羊子が俺を、恋愛対象として見るわけねえだろ」

ひぅっ、と何故か羊子が鳴いた。気になったが、今は月浦を黙らせるのが先だ。

「考えてもみろ。お前に入れ揚げてたときのあの痛々しい俺を見てたんだぞ羊子は。すぐ傍で」

「私は好きでしたよ、あの頃の穂澄先輩」

「ウソつけ」

「信じられませんか。なるほど」

「何だよなるほどって。だからな。いいか？

羊子は。

俺に。

惚《ほ》れてなんか。

無いから。

二度とそういうこと言うな。七瀬さんもですよ」

「あああああああああ」

羊子がまたしても声を上げ、泣く。おいどうした。今ののどこに号泣ポイントが。

「……弟クン……」

七瀬さんが昏《くら》い眼をこちらに向けて来る。な、何ですか、そのほとんどシラフに戻った暗くどんよりした眼差《まなざ》しは。

「ないわ。さすがに今のはないわー」

「ええ、同感ね」

何故か姉さんまで追撃してくる。

「我が弟ながらこれは拗《こじ》らせ過ぎね。折を見てガチの反省会というか、教育的指導を」

「いや待て⁉　違う！　違うぞ！」

必死に弁明する俺である。

「あれだろ⁉　恋愛ものの主人公がよくやる『こんな俺に女の子が惚れるわけがない』みたいな自虐だと思ってるんだろ？　わかるぞ俺も脚本の勉強でそういうの読んだから。でも違うんだって。あの頃の俺の痛々しさは、ラブコメの主人公がやらかすみたいな、生易しい、弁解とか情状酌量の余地があるレベルの失敗じゃなくてもう本ッ当に救えないヤツでー！」

「弟クン弟クン、中学生男子の恋なんて、本ッ当に救えない舞い上がり方するのがデフォ」

「そうよ穂澄。むしろ本ッ当に救えないのは、そのときのやらかしを二年も三年も引きずりっぱなしの現状の方だわ」

「……‥‥!!」

酒好きどもの正論に、眩暈《めまい》を起こしかける俺。なるほど正しい。二人の言葉はまったく正しい。しかし、しかし、正しいことほど心に刺さらないものはない。俺の認識は揺るぎやしないぞ。ちょっと前に羊子にも似たようなことを言われたが、誰に言われたって揺らぐもんか。

「まあまあ、和泉さんも雫さんも」

ひらひらと手を振って二人をなだめたのは、あろうことか月浦だった。何やらひどく満足したように。元々豊かだった肌の色艶《いろつや》が一段増したように見えるのは、俺の気のせいだったんだろうか。何かこう、長年秘めてきた言いたいことを吐き出してスッキリしたような。あるいは、自分が言いたいことを他人に代弁してもらってスカッとしたような、その両方のような……。

「穂澄先輩を責めないでください。私が後始末しないで逃げてしまったのも悪いんです」

「後始末だぁ……？」

「ええ。――ねえ先輩、あんな形で終わった恋をもう一度蘇らせたくて相手の所に走ってしまうって、情熱的だと思いませんか。そういうのは嫌いですか」

「そういうのは嫌いじゃないけどお前が嫌いだ」

「なるほど」

「だから何だよなるほどって。さっきから」

睨んだが、月浦はテレビで見るままの完璧な微笑を作っていて、考えがまるで読み取れない。

その微笑のまま、月浦は「うーん」と顎《あご》に手を当てて言う。

「アプローチ自体が嫌いではないなら、このまま攻めれば好感度は稼げそうですね」

「稼げねえよ？　お前がすることは呼吸や瞬《まばた》きすら好感度マイナスの対象だぞ？」

「ふふふ、本当に？」

俺のやり過ぎ気味の罵倒《ばとう》にも、月浦の微笑は崩れない。畜生、国民的女優のメンタルを攻めるには語彙《ごい》力が足りていないのか。何て未熟なんだ俺は。

「……ねえ、先輩──」

月浦の声が雰囲気を変えた。妖しく、甘ったるく。まるで、時代劇の花魁《おいらん》みたいな仕草でゆらりと立ち上がり、俺の隣に歩み寄る。その所作のあまりの美しさに、俺は不覚にも一瞬、見入った。

「何をしたら許してくれますか？　もう一度、私の所に戻ってきてくれますか……？」

「だっ……」

冷たく突っぱねたかったが、心臓が跳ね、声が喉に引っかかる。慌てて咳込《せきこ》んでいるうちに月浦の顔は息がかかりそうなほど近づいた。離れようと俺は腰を上げかけ、うまく体が動かずちょっとのけ反《ぞ》っただけに留まる。まずい。多分、月浦は今、本気で色気を演出している。実力派女優の演技力、自己演出力に、俺は完全に捕まっていた。イヤだ、と頭が叫んでも、体は月浦に釘付《くぎづ》けになっている──

「んあ」

と。

何とも気の抜けた声が、詰め寄る月浦の後ろで聞こえた。

七瀬さんだ。いつの間にか月浦の背後にいた彼女が、足をもつれさせてバランスを崩す。のしっ、と後ろから覆《おお》い被《かぶ》さるように、そのまま月浦に抱きついた。

「……和泉さん？」

「あー、ごめんごめーん」

酔っ払いのヘラヘラ笑顔が、月浦に頬ずりするように揺れる。一度は無理やり覚ましたはずの酔いが戻ってきているようだ。よく見れば片手に缶ビール。

羊子の前なのにいいのか、と思ったが――見れば、羊子は部屋の隅で膝を抱えたままスヤスヤ寝息を立てていた。大晦日《おおみそか》に続いて今日もまた、酒の臭いで寝てしまったらしい。その体質、すげえ羨《うらや》ましい。

それはさておき、羊子が寝たのを確かめた七瀬さんは飲むのを再開したらしい。その目ざとさと図太《ずぶと》さが鬱陶《うっとう》しい――が、今だけはありがたかった。月浦に釘付けになっていた俺の目が、まともに動くようになっている。酔っ払いが雰囲気をぶっ壊したおかげだ。

「肩に手ー置くだけのつもりだったんだけどぉ、やっちゃったわー。あははー」

「……気をつけてくださいね？」

「うんありがと。でもー」

月浦から体を離してちょこんと床に座りつつ、七瀬さんは笑顔のまま言う。

「あのね、今日はその辺にした方がいーよ」

「⁉」

「あら」と首を傾げる月浦の脇《わき》で、俺はあ然としてしまう。

助けてくれるのか？　七瀬さんが⁉　ありがたいけど、恋する乙女の味方じゃなかったのか。

「弟クン警戒してるみたいだしー。それ以上押したら本気で嫌われるんじゃないかなーって」

とっくに本気で嫌っているんだが、黙っておく。月浦も真面目《まじめ》な顔して聞いてるし。

「押したら嫌われちゃうときはー、サッと引くのがコツだよ水守ちゃん。だいじょーぶ！　水守ちゃんは私と一緒でビジュアル完璧なんだから、立ち回りでミスらなかったら弟クンそのうち墜《お》ちるって。長期戦、いや、中期戦のかまえでいこーぜー」

酔っ払いが大局を説いていやがる。それも、恋愛アドバイスとして妙に含蓄のあることを。

このように、酔ってるときのこの人は瞬間的に知能指数が爆伸びすることがあるので、そろそろ慣れなきゃいけないと思う。

その知能指数で月浦にアドバイスされるとマズいんだが……よく考えたら含蓄があるだけで別に的確ではないので、今回はあまり問題は無いだろう。多分。

「……ふむ」

あまり間を置かず、月浦が小さく頷いた。

「潮時ということですか。その通りですね」

おお──という声を危うく呑み込み、月浦と七瀬さんを見比べる俺。

ありがとう七瀬さん。月浦を説得してくれて。

大丈夫か月浦。酔っ払いに説得されるとか。

不覚にも心配になる俺をよそに、月浦は小さく息をつき、背筋を伸ばす。その立ち姿にも、先ほどとは違う意味で俺は目を奪われた。「ここは私の世界だ」と宣言するような、圧倒的な存在感。女性としては平均的な身長の月浦が放つ、一人の役者としての威風か。

「最低限やることは済ませましたし……充分でしょう。帰ります」

「やること？」

「ええ」

ついつい訊《たず》ねてしまった俺に、月浦はにっこり頷いて──

「宣戦布告です」

何でもないように、そう告げてきた。

「穂澄先輩。あなたをトロトロに酔わせてみせます。──どんなお酒より深く、心地よく」

『日本を泥酔させる』と謳われる国民的大女優の宣言に、俺は硬直するしか無い。

そんな俺を置き去りにして、月浦は姉さんに向き直る。

「運転手、お願い出来ます？　雫さん」

「別料金ね」

「あら」

「返済は現金不可。仕事ぶりでお願いするわ」

辣腕《らつわん》マネージャーは真顔で言ってのける。冗談か本気かいまいち読めない――いや、あれは本気の顔だ。こんな風に、何か材料があればすぐに役者の尻《しり》を蹴るあたり、この人の仕事ぶりは魔王がかっている。飲みっぷりと一緒で。

「ああ」と、魔王が部屋の隅に目をやった。膝を抱えて眠る羊子――「違うもん……ううう違うもん……」とうなされている。ほら、本人も違うって言ってる。やっぱり俺は恋する対象じゃないんだよ――に。

「悩める子羊も乗せて行きましょうか。水守と相乗りじゃギスギスしそうだけど」

「ご心配なく雫さん。その羊は寝てますので。耳元で『フラれたー。フラれたー』って囁《ささや》いてあげます」

「いやフッてねーよ」

「そうね、フるフらない以前の問題ね」

割り込んだ俺に、姉さんが変な風に同意してくる。それに頷く七瀬さん。

「弟クンがこれですもんねー。ぶっちゃけ土俵にも上がれてないですよねひつじちゃん」

呆《あき》れたように苦笑しながら、ワインをグイグイ行っている。うるせえぞ酒飲みども。何で俺が悪いみたいなことになってるんだ。――俺が悪いのかな。

「てゆーかだな、普通に起こしてやれば……」

ぺしっ
羊子を揺り起こそうとした俺の手を、何故か月浦が軽く叩いた。「ダメですよ」と、満面の笑顔で首を振る。

「羊子先輩がせっかくうなされてるんですから。起こしたらもったいないです」

「お前最低だな。改めて」

「それに、先輩が羊子先輩の体を触るなんて妬《や》けてしまうじゃないですか。私は抱き締めてもらいましたけど。ええ、私は抱き締めてもらいましたけど」

「だから盛るなっつの」

「私が背負っていきますから、ご心配なく。――大丈夫です。これでも私は女優なので、体は鍛えています。羊子先輩が正月太りしていなければラクラクです」

「……それは信じるがな……」

「でも実際、寝ていてもらった方が都合がいいと思いません？　羊子先輩が起きていたら、私たち絶対に口喧嘩《げんか》を始めます。そしてあっちが泣きます」

目に浮かぶようだったので、俺はとうとう折れるしかなくなる。

「……じゃあ、任せる」

「はぁい♪　羊子先輩にはご自宅まで心地よい悪夢を見ていてもらいますね」

「……………」

やっぱ起こした方がいい気もする。口喧嘩で泣かされるのと悪夢にうなされるの、どっちがダメージ小さいんだろう。

まあ、後者か。悪夢は「酷《ひど》い夢を見た」で片づけられるけど、言われたくないことを言われたダメージはヘタすると結構しつこく残るし。

明日、学校で羊子の様子を見ておかないと。必要ならフォローとかケアも。

「あ、そうそう」

と。

何かに気づいたように、姉さんがテレビのリモコンをローテーブルから取り上げた。

スイッチオン。テレビなんて観てないで月浦（と羊子）を連行してくれと、俺が文句を言うより早く――

『はいっ、皆さんこんばんは。和泉七瀬です』

「えっ」

テレビから聞こえてきた声に、見やる。

モニターの中に、七瀬さんがいた。

まだ続いていた、例の特番。そのキャストインタビューらしい。七瀬さんは珍しく緊張した様子で、初々しく表情を強張《こわば》らせていた。身に着けた淑《しと》やかなワンピースは、今日の収録現場でも見た衣装だ。

「おおっ」

思わず声を上げる俺。すげえ。ちゃんとしてる七瀬さんだ。テレビの向こうにいるから、酒臭くもなければ酔って絡んでくることもない無害な七瀬さんだ。

モニターを隔てて見ることで、この人の鬱陶しい部分が綺麗さっぱり削ぎ落とされ、見る側に美点しか届かなくなる。当然のように俺は見惚れた。直接絡むことさえ無ければ、俺の理想そのものである七瀬さんのビジュアルを心ゆくまで楽しめるのだ。素晴らしい。

『素晴らしい先輩方や、スタッフの皆さんに囲まれて、私は何の心配もなく全力で――』

「あー！　私かわいー！」

やたら生真面目《きまじめ》なコメントが、本人の声で掻《か》き消された。ちょっと黙ってろ酔っ払い。あとモニターに缶ビール突き出して「乾杯！」ってやるのもやめろ。よく見えない。今、綺麗な方のあんたが頑張って喋《しゃべ》ってるとこなんだからちゃんと観賞させてください。

……録画してて良かった。これはディスクに残しておこう。

「ああ、丁度でしたね」

変わらぬ笑顔で、月浦がそんなことを言う。それにこっくり頷く姉さん。

「せっかくだからリアタイしないと。――地上波お披露目《ひろめ》おめでとう、七瀬。綺麗よ」

「おめでとうございます、和泉さん」

「ありがとー！　二人ともあーりがとー！　愛してるー！」

二人に両手を広げる七瀬さん。そのまま勢いよく飛びつこうと……したのだが足腰が立たないらしく、手が届く月浦にだけ抱きついた。それでも迷惑そうにしないでニコニコし続けているあたり、月浦の度量は大したものである。

乗り遅れたなぁ、と思いつつ、俺もおめでとうを言おうと軽く息を吸い込んだとき。

ちらっ
七瀬さんが俺を見た。

月浦を放そうとしないまま。何かを期待するような、あるいは催促するような、月浦のウインクくらいあざとい視線。

それが、一瞬で俺から離れ――

ちらっ
また向けられて、また離れる。

ちらちらっ
「……おめでとうございます、七瀬さん」

「あれー⁉　弟クンがやさしー⁉」

素直な俺の祝福に、目を丸くする七瀬さん。

「『視線が鬱陶しいから祝いません』くらい言うと思ったのにー」と、妙に俺への理解が深いことを言っている。が、俺は役者の功績だけは諸々《もろもろ》のマイナスを無視して褒める主義だ。祝うに決まってるだろう。鬱陶しいってわかってるなら次からチラ見はやめてほしいけど。

「和泉さん和泉さん」

酔っ払いの腕をするりと外して、月浦が自分のバッグを漁《あさ》る。取り出したのはスマホである。

「地上波でお披露目されたことですし、SNSに写真を上げましょう。私とツーショットで」

「いーのー!?」

「……いいのか?」

ノリノリの七瀬さんをよそに、俺は姉さんに訊いてみる。

「お酒が映らなければね」

そんなもんだろうか。

「役者同士が仲良くしてる様子は、下手なCMよりずっと有効なプロモーションよ。水守のSNS、そろそろフォロワーが百万超えるし」

「……ちなみに七瀬さんのは?」

「アカウント作らせてない。今の七瀬にそんなものやらせても、売れてないのがバレるだけだもの。――下手に顔だけ晒《さら》したら、モデルの仕事しか来なくなるだろうし」

それはそうだ。加えて、ヘタをすれば「今日はこのお酒を飲みました♪」と、酒瓶《びん》や缶の写真だけが延々と並ぶアカウントになる恐れもある。そういうのも一部で喜ばれそうだが。

――そんな風に姉さんと話していた俺が、女優二人から目を離したとき。

「弟クン隙あり！　はい水守ちゃんあーん」

「あーん」

早口で言う七瀬さんの声に、俺は「えっ」と目をやって。

もうそのときには、酔っ払いが箸で唐揚げをつまんで、月浦が開けた口に差し出していた。

あ、こら。

ぱしゃっ
やや煽《あお》り気味の角度に掲げた月浦のスマホが鳴るのと同時、唐揚げにぱくっと嚙みつく月浦。

「あーん」なんかされてるくせにやたら上品な仕草で丁寧に咀嚼《そしゃく》し、呑み込むと、幸せそうに息をつく。

「ふふ、食べちゃいました」

「食べさせちゃいましたー」

空っぽになった箸を振り振り、「してやったり」と酔っ払い。そんなに食べさせたかったのか月浦に。

「よーし水守ちゃん！　弟クンがブツブツ言う前に逃げるんだー。弟クンの愚痴《ぐち》は私が引き受けたぁ」

「愚痴だけで済むと思ったら大間違いだぞ」

「⁉」

「あらあら。それではお言葉に甘えて」

強張る七瀬さんを置き去りに、月浦がソファから立ち上がる。軽々と羊子の体を抱えてリビングを去る足取りに、フラつきはまったく見られない。大女優やっぱ強い。

その大女優は、廊下へ続くドアをくぐりつつ肩越しにこちらを振り向いた。

「――今日は夢みたいでしたよ、穂澄先輩」

甘ったるく、それでいて心地よく腹に響く例の声音《こわね》で、月浦はそんなことを言う。俺には悪夢の時間だったよ。

「穂澄先輩にとっては、悪夢の時間だったんでしょうけど」

わかってんじゃねえか。

「今日の悪夢も含めて、全部幸せな想《おも》い出にしてみせます。――では」

「想い出って……」

どういう意味かと俺が訊ねるより早く、月浦は軽《かろ》やかに廊下に消えた。それを追う姉さんが無言なのは、まあ無口な人なので気にならない。行ってらっしゃい。気をつけて。

「じゃあねー」

二人に手を振る七瀬さんの横で、俺はぐったりと息をつく。

……疲れた。

きっと、嵐《あらし》が去った後の船乗りがこんな気分なんだろう。何の前触れもなく訪れて、暴《あば》れるだけ暴れて去る嵐なんて魔物以外の何物でもない。

なんかもう、このまま何もかも忘れてベッドに倒れてしまいたかった。七瀬さんを放置することになるけど、まあ別にいいし。もともと、あっちが絡んでくるから渋々相手をしていただけだ。絡まれても起きないくらい深い眠りに落ちてしまえば、どんだけ騒いでも俺の知ったことではない。脚本用の取材は充分どころか今や過剰になりつつあるし。

ただ、ぶっ倒れる前に。

「……ありがとうございました」

俺は七瀬さんに頭を下げる。もうそれだけで、前のめりに倒れて眠りそうだったが。

「んぇ？」

首を傾げる七瀬さん。むう、伝わらなかったか。喋るのもキツくなりつつある体に鞭打《むちう》って俺は何とか口を開く。

「月浦が帰ってくれたの、七瀬さんのおかげですから」

「あー」と、七瀬さんは呑気《のんき》に笑う。この人の「これ以上は嫌われるうんぬん」が無ければ、月浦はあと一時間近く延々居座っていたはずだ。いや、玄関の時点で俺は腑抜《ふぬ》けにされていたから、その後のことは想像を絶する。感謝してもしきれない。明日はおつまみを二品追加だ。

「まー、私も水守ちゃんが嫌われるのヤだしさ」

　ワイングラスを揺らしつつ、そんなことを言う七瀬さん。

「弟クンは、今でも嫌いなんだろーけどー。水守ちゃんがうまくやれたら、また仲良くなれるかもしれないでしょ?」

「なれません」

「わかんないよー?」

「……あくまであいつの味方なんですね」

「水守ちゃんいい子だもん。ひつじちゃんもね。素敵な子の恋は実ってほしいのさー」

「五股したヤツがいい子ォ……?」

「私はそれ気にしないもん。だから私の中ではいい子」

　どんな理屈だ、どんな。

「……うっわ、弟クン凄《すご》い顔ー。そだよねー。弟クンの中では悪い子だよね、水守ちゃん」

「悪い子っつーか、悪魔っつーか……邪悪の権化……畜生番付の頂点……あいつがひとつ息をするたびに地球がひとつ汚染されていく魔界からの使者……ああくそ、語彙が足りねえ。全然足りねえ」

「足りてるよー。わかるよー」

　こくこく頷く酔っ払い。いいや、わかっていない。俺が月浦をどれくらい嫌がっているか、ちっとも伝えられていない。ボキャブラリー不足を痛感する。脚本書きとして一生の不覚。

「酔っ払いを罵る語彙は辞書が書けるくらいあるのに……浮気者をこき下ろす語彙が足りねえ。もっともっと勉強しねえと……」

「他のこと勉強した方がよくなーい？」

酔っ払いに正論を言われた。酔っ払いに。

「でもさー弟クン、その悪魔ちゃんとさー？」

美味しそうにワインを呷って、七瀬さんは変わらぬ笑顔で言った。

「仲直り出来たら、きっと毎日楽しいよ」

「嫌です」

スパッと切り捨て、俺はよろよろと自室へ向かう。これ以上喋るのはさすがにキツい。月浦贔屓の七瀬さんとこの話を続ければ続けるほど、心がゴリゴリ削れていく。おやすみなさい。

「こらー」

後ろから、いきなり裾《すそ》を引かれた。

七瀬さんだ。「仕方ない子だ」と言うように、俺のシャツの裾をがっちり掴んでいる。ソファから思いっきり身を乗り出して。そういうことをするときくらいワイングラスは放せばいいだろうに、こっちもばっちり手の中だった。裾以上にしっかり。

「どこ行くんですか弟クン！　七瀬さんに一人で飲ませるつもりー？」

「もう疲れたし、明日から学校だし」

「ガッツ見せろー」

「今日のぶんのガッツは品切れです。明日にしてくれ」

「今日がんばろーよー。今日が大事なんじゃん」

「えー……」

思いっきり溜《た》め息《いき》をついてから——七瀬さんの方が正しいと気づく。

美人が台無しのむくれ顔。それが、無言のまま「一緒にお祝いしたい」と言っていた。役者として大事な壁をひとつ越えた、今日という日のお祝い。そんなものを一人でやらせるなと。功労者として、俺は一緒にいなくてはならない、と。

そんな風に訴えられてしまうと——

「……へいへい」

役者を愛してやまない俺としては、応えざるを得ないのだった。

「やった♪」と七瀬さんがコロコロ笑う。俺は結局冷めてしまった唐揚げをレンジで温めるべく、大皿を抱えてキッチンに向かい、

「……やっぱ、やだな」

囁くような七瀬さんの声が、ふと後ろから追って来る。

「あげたくないなー……この眺め」

「え」

振り向くと、「ん?」と七瀬さんはソファに寝そべって、眠そうな目でこっちを見ていた。自分が何か言ったことにも気づいていないような顔。これは訊き返すだけ無駄だろう。

肩を竦めて、俺はレンジに唐揚げを突っ込む。

――スタートボタンを押してから、唐揚げにラップも何も掛けていないことに気づいた。何かに動揺するように騒ぎたてている心臓にも。慌ててレンジを止め、深呼吸。

―間章―　もしかしたら義妹《いもうと》になるかもしれないから

『姉さんごめん！　唐揚げとか弁当に包めばよかった。気づかなかった』

『恨むわ。この後も寝ないで仕事する姉にそんな気遣いも出来ないなんて。一生恨むわ』

信号が赤から青に変わったのは、穂澄《ほずみ》から――よく出来た弟からのＲＩＮＥに返事をしてすぐのことだった。

我が家を離れてすぐの、社用車内。

私はのんびりハンドルを切って羊子《ようこ》ちゃんの家へ向かいつつ、後部座席の声を聞いていた。

「ダメ羊ー。亀より遅くてウサギより間抜けな馬鹿《ばか》羊ー」

聞いているだけで満面の笑顔が想像できるような、水守《みもり》の弾んだ囁《ささや》き声と――

「違うもん……ううう、違うもん……」

苦しそうに呻《うめ》き続ける、眠れる羊子ちゃんである。

水守はどういう心境なのか、羊子ちゃんに膝枕《ひざまくら》などしてあげていた。細く引き締まった脚に羊子ちゃんの頭を載せ、癖《くせ》っ毛を指先でイジっている。完全にお気に入りのオモチャ状態。

「まる二年もライバルいなかったくせに。あとは勇気だけ出せばよかったのに。ちんたらしてるからライバルが二人も並びかけてるじゃないですか。以前の仕事で知りましたけど、そういうのを格闘ゲーム用語で『勝ち確を逃す』というんです。和泉《いずみ》さんはどうか知りませんが私はここからまくりにかかりますからね指をくわえて見ていなさいバーカバーカ」

「違うもんんん……!!」

羊子ちゃんはうなされているが……水守が囁いていることは、先ほどやると言っていた『フラれたー。フラれたー』よりは多少マイルドなように思えた。穂澄の前で見せていたほどには羊子ちゃんのことを嫌っていないのか、それとも一度ボロクソにコキ下ろしたから多少毒気が抜けているのか、水守の様子からはうかがい知れない。

どちらにせよ、このまま放置しておくのは羊子ちゃんがかわいそうなので――

「水守、少しお説教」

こっちから話しかけてやめさせることにする。

「はい?」

水守は羊子ちゃんいじめをやめて、バックミラー越しにこちらを見てくれた。この通り、別に誰《だれ》かをいじめることが好きな子というわけではないのだ。少なくとも私の理解の上では。

仕事に一生懸命で、そのくせ穏やかな微笑を崩さない。十代離れした落ち着きの持ち主を、私は淡々と叱《しか》ってやる。

「さっきも言ったけど、危ない――パパラッチが喜びそうな――所に行くときは私に一声か

けなさい。基本的には止めないし、万一のときの手配をするだけだから」

「止めないんですか」

「弟がモテるのは姉として悪い気分じゃないのよ」

包み隠さぬ私の本音に、水守がくすっと笑うのが見えた。こういうのを許してもらえるくらいには、信頼と相互理解を築いてきたつもりだ——それが思い違いでない証拠に、水守はもう一年以上、私に対して『演技』をしていない。私が騙《だま》されなくなって諦《あきら》めただけかもしれないが。

「でもね水守、だからこそスキャンダルみたいなことで恋にケチがつくのは嫌だし、私も監督不行き届きで自分のクビが飛ぶのは困るのよ。少しね。だから少しだけ協力してちょうだい」

「もちろん。ごめんなさい」

「よろしくね。以上、説教お終《しま》い」

言ってやると、水守はきちんと頭を下げた。こんな風に、ちゃんと説明すれば意地を張らずに受け入れてくれる子だ。そもそも水守は普段から問題など滅多《めった》に起こさないタイプで、今日のような単騎突撃こそ前代未聞なのだけど。

「で?」可愛《かわい》い可愛い担当女優に、私は次の話題を振った。

「楽しめた？　今日は」

「ここ二年で一番ワクワクしました」

迷いなく、水守は言い切った。

「自分が恋をしてるんだって、震えるくらい実感しました。好きな人と同じ空間にいるって、それだけで全《すべ》てが許せるくらい幸せな気持ちになれるんですね」

「許せてなかったでしょ。羊子ちゃんとかを」

「許してますよ？　許した上でいじめてるんです。面白《おもしろ》いので」

嘘《うそ》であってほしい。

「……でも」

変わらない穏やかなトーンで、水守。運転中なのでそちらを振り向くわけにはいかないが、御満悦の笑顔はそのままに、羊子ちゃんの髪を指でしきりにいじっているのだろう。

「ちょっと浮かれすぎました」

「そう思うの？」

「あんなに長々と居座ったのは失敗でしたね。今の穂澄先輩は私のことが嫌いですから、あれでは好感度マイナスにしかなりません。愛してるってことだけ伝えて、サッと帰るのがベストだったんですが……ふふ。ぎゅってしてもらったので止まらなくなりました」

『ぎゅってしてもらった』というのは、穂澄の姉としても水守のマネージャーとしてもなかなかに聞き逃せない発言だが……多分、肩をぎゅっと摑《つか》まれて家の中に引っ張り込まれでもしたんだろう。特に色気のある話ではない。色気のある話ではないのにテンション上がっちゃうあたり、すごく可愛いと思うのだ。

「差し当たって」と水守は続ける。「来月……バレンタインまでに、チョコを受け取ってもらえるところまで持って行ければと」

「案外つつましいのね」

「現状を考えれば仕方ありません。――来年の今ごろには、全部済ませてるつもりですが」

「全部」

「ええ、全部。それに向けて、今日は良い威力偵察になりました」

「……威力偵察」

唐突に飛び出した言葉を、私は笑って繰り返した。水守はいろんなドラマに出演しているから語彙《ごい》力はなかなかに豊富である。

果たして何を偵察したのか、それで得た情報で何をするのかは、私の方からは訊《き》かないが。

「得るものがあったなら何よりだわ」

「理解あるマネージャーさんで私は幸せです。――でも、良かったんですか？」

「何が？」

「完全に私のせいなんですけど、和泉さんのことちゃんと祝ってあげられませんでしたよね。雫《しずく》さんなら、いつも自慢なさってる、お部屋に蓄えた銘酒コレクションの一本でも出してあげるかと思ったんですが」

「私が飲めないのに出すわけないでしょう」

「なるほど」

「冗談よ」

「ほんとに？」

「本当ですとも。――でも」

赤信号に出くわして、私はブレーキを踏んだ。

「飲めても出さなかったわね、今日は」

「……………」

無言の水守を座席シート越しに見やると、目が合った。心持ち細めた眼差《まなざ》しが、面白そうに私を見ている。「さすがは私のマネージャー」と、瞳《ひとみ》の奥の深い光が言っていた。光栄よ水守。

この子もわかっているだろう。七瀬《ななせ》が、役者としての課題を何も解決していないことを。

確かに七瀬は、穂澄の機転と酒の力で大事な仕事をひとつパス出来た。でも、それだけだ。肝心の問題はこれから始まる。

もしもそれをクリア出来たら、そのときは――一本と言わず、三本開けて盛大に祝おう。そのための銘柄はもう決めてあるし。きっと七瀬が泣いて喜ぶヤツ。

「……開けさせなさいよ。楽しみにしてるから」

誰にも聞こえないように、独りごちる。

水守から目を逸《そ》らし、信号を見やるが、まだ赤のままだった。右へ曲がればすぐ羊子ちゃんの家がある十字路は、夜の十時が近いとあって、車道も歩道も閑散としている。

―2―　スペックが高すぎる役者は妖怪と見分けがつかない

「――七瀬《ななせ》さん！　こらダメ成人！　起きろ残念美人！」

　朝からリビングで騒いでいる俺《おれ》は、控えめに言ってテンションがおかしい。

　それを頭の片隅で自覚しつつ、ソファでスヤスヤと寝息を立てる七瀬さんを蹴《け》り起こす――ような勢いでソファの下にクッションを並べ、その上にボトッと落っことす。「ひぎゃあ」という酔っ払いの悲痛な叫びは、クッションから落ちた痛みではなく二日酔いの頭痛によるものだろう。自業自得だ。あとであんたの嫌いな梅干し出してやるからな。

「お、おとー……とクン…………私を殺したぃならぁ……ひと思いに……二日酔いの苦しさを感じさせずにィ……」

「七瀬さん殺して俺に何の得があるんですか。そうじゃなくて」

　俺は酔っ払いのタワゴトを聞き流し、勢いよくスマホを見せてやる。

　液晶の中に映るのは、ＳＮＳのトレンド一覧。脚本のネタ集めの一環で作った、俺の鍵《かぎ》アカで閲覧している。

　そこに。

「七瀬さんトレンド入りしてますよ！　ほら三位」

「んぇー……？」

反応が鈍い（脳がまだ起動していないせいだろう）七瀬さんをよそに、俺は不覚にも、息が震えるほど興奮していた。

トレンド欄の上から三番目に、間違いなく『和泉七瀬《いずみ》』とある。一位が『月浦水守《つきうらみもり》』で二位が『唐揚げ』であることから、昨夜の特番と、月浦がSNSに投稿した写真の影響なのは間違いない。なお、その特番が一時間もかけて宣伝したドラマのタイトル『モンスターズ・ハイスクール20XX』はトレンド四位に甘んじている。ドンマイ。タイトルより唐揚げが気になる層に注目されちゃったけどドンマイ。

『和泉七瀬』で検索すると、サジェストには『誰《だれ》』『綺麗《きれい》』『期待の美人』など、その美貌《びぼう》への驚きと、正体を知りたがるようなフレーズが並ぶ。当たり前だった。雫《しずく》姉さんの懸命の努力により、七瀬さんのメディアへの顔出しは今まで完全に封殺されていたのだから。

その理由は――多分、この先ずっと語られないだろう。演技が下手過ぎてモブ以外の仕事が来なかったという理由など。

「んー……」

しかし当の七瀬さんは、眉間《みけん》にシワを寄せて唸《うな》るだけだった。反応薄いな。頭痛のせいか。

「……撮ったっけこんな写真」

忘れたのかよ。確かにこの人、一度飲み出したが最後よっぽどインパクトがあったこと以外翌朝全部忘れるタチだけど。

「けっこうはしゃいでたじゃないですか」

「水守ちゃんが来たのは覚えてる……嬉《うれ》しかったから……そんで弟クン好きだって言われて、超焦《あせ》って……」

「焦ってましたっけ？」

そんな風には見えなかったが。「あなたも穂澄《ほずみ》先輩が好きですか」みたいなことを訊《き》かれて聞き逃すのは、完全にダラけきっているヤツか、あるいは聞き逃したことにしてその場を誤魔化《ごまか》そうとするヤツのどっちかだ。あのときの七瀬さんは明らかに前者だった。

それから一夜明け、今は二日酔いで青ざめているこの人は、しきりに首を捻《ひね》り続ける。

「いや、確かに焦ったってゆーか……なんかすっごいヤなことが……あったよーな……」

「俺が『もうおつまみ作らねーぞ』って言いましたし、それじゃないですか」

「それだわ」

それか……。

「ダメだよ弟クン。トレンド入りするくらい美味《おい》しい唐揚げが出来るんだから、ずっと作ろ」

「いやトレンドはどうでも」

「謙遜《けんそん》かー？　こういうときは思いっきりイキる方がモテるんだよ、可愛《かわい》いじゃん」

「……覚えときますけど」

「けど何？　……あー、私か。三位なんだ？　へー」

だからさっきからそう言ってるのに。おかげで俺は朝っぱらから柄にもなく大興奮だ。知り合いの、しかもいくらか仕事に協力できた女優がトレンド三位に入ったんだから、それこそ記念日にしたっていい。今夜のおつまみはもう一品追加だ。つまりは合計三品追加。二晩続けてお祭りである。

しかし七瀬さんは嬉しくもないのか、「ぎゅー」とか「うー」とか呻《うめ》きつつクッションに顔をうずめてしまう。おいどうした？「世間の評価なんか気にしない」なんてかっこいいことを言うわけじゃないだろうに——いや、この人は似合うけど。そういう台詞《せりふ》。

「むー……ちょっと見て弟クン」

七瀬さんはぐったりした顔で、タイムラインをスクロールさせている。

「みーんな私の顔しか褒めてなーい。その褒められ方は飽きました。中身を見てくんないと中身を」

「イヤミかこの女」

当たり前のような調子で言いやがる。——あれ？　でも、前に俺が顔を褒めたときはやたら喜んでなかったか。「顔のわりに中身が残念過ぎる」という、ニュアンスとしては九分九厘以上罵倒《ばとう》で賞賛は一厘にも満たない物言いにさえ喜んだ、あの燃費の良さはどうしたのか。

「……まー、でもさ？　もうすぐさ」

　七瀬さんは嬉しそうに言う。

「演技も褒めてもらえるよね。きっと」

　その言葉に、俺は迷いなく頷《うなず》く。昨日の収録分が放送されれば、彼女の演技力は日本中に轟《とどろ》くことだろう。酒が入りさえすれば、この人の演技力は月浦級だ。

「……オンエアまで何も無ければ、ね」

　俺が言うと、七瀬さんが首を傾《かし》げる。「どゆこと？」と目で問う残念美人に、俺は渋い顔で続けた。

「月浦、そのうち叩《たた》かれそうですから。昨日みたいなことやってたら」

　顔をしかめる。別に月浦はアイドルじゃないので、男の気配をすっぱ抜かれても建前《たてまえ》上問題は無いんだが、お構いなしに叩くのがＳＮＳという場所だ。あること無いこと書きまくられてドラマの視聴率がガタ落ちになったら、七瀬さんの演技も見てもらえない。炎上商法というヤツで、逆に視聴率上がるかもだけど。

「姉さんが叱《しか》ってくれてればいいんですが」

　ついつい、俺は言ってしまった。これは月浦を心配していることにもなるのか。もちろん、あくまでも一人の大女優の未来への心配であって、浮気性《うわき》の元カノの将来を気にかけているわけではないが。ないはずなのだが。自分のそんな心の動きが何だか無性に気に入らねえ。

「まー、かもねえ……」

七瀬さんが頷いた。月浦に対する呆《あき》れや怒りの色は昨日と同じでまったく見られず、あくまで心配そうな顔。

「私にも何か出来ないかなー。水守ちゃんのためにさ。もう友だちだし」

友だち認定のハードルの低さは今年も健在であるらしい。大女優でもおかまいなしなあたりはさすがこの人と言うべきか。

「昨日の様子なら、七瀬さんの言うことは聞きそうですけどね」

「昨日？」

と、首を傾げる七瀬さん。

眉間にシワを寄せているのは、頭痛で辟易《へきえき》しているようにも——俺の言ったことが理解できなくて、不審がっているようにも見えた。

「私、水守ちゃんに何か言ったっけ？」

「……今日は帰った方がいいとか、これ以上は俺に嫌われるだけだとか」

「言ったっけ……？」

「言ったんだよ⁉」

何で忘れるんだそこを。俺的には昨日一番のハイライトだったのに。いや、一番は浜辺での名演だったかもしれないが、それに匹敵《ひってき》するくらい最高に輝いてたんですよあんた。

七瀬さんはこめかみに指まで当てて思い出そうとしているが、記憶は出てこないらしい。なんてこった。ショックだ。

「んじゃ、月浦が五股《また》かけた話は⁉　それは覚えてますよね⁉」

「……………………………………ぼんやりとは」

「これだから酒飲みは！」

「んーでも、今は浮気してないっぽいんでしょ？　だったら私は気にしないかな。弟クンは許せないだろーけど、私まで水守ちゃんのこと責めちゃったらあの子の逃げ場が無くなるし」

七瀬さん、素晴らしい大人の意見なんですが、それは昨夜もう聞きました。本当に忘れてやがるこの野郎。

……っと、まずい。ダラダラ話し過ぎた。

「七瀬さん、出かける準備してください。ほら起きて。クッションに顔埋めてるとそのまま寝ちまうから」

「二度寝したい気分ー。何もしたくない。迎え酒以外」

「学校なんですよ今日から。遅くとも俺と一緒に出る！」

「留守番したげるのに」

放り出してやろうか。

「冗談、冗談」

七瀬さんはヒラヒラ手を振り、億劫《おっくう》そうに立ち上がる。まずは顔を洗うのだろう、フラフラと洗面台へ向かいつつ。

「私も頑張って出かけるしかないの。朝から着ぐるみの中身の仕事だし」

「……頑張って」

「ありがと。あ、レポートも残ってるんだった……今日中にやんなきゃ。間に合うかな……」

そういえばこの人は大学生だったと、俺はそのボヤきで思い出す。

何を専攻してるんだろう。世界中の飲酒文化とか、珍妙な文化習俗とかを研究してそうなイメージだが、そういうのを学ぶ学科ってあるのか。

その辺のことも訊いてみたかったが、あっちが朝のメイクに集中し出したようなのでまたの機会に。

メイクが終わるまでの時間を考えると、朝飯を食べるのはやや厳しい。俺は弁当を作るべく急ぎ足でキッチンに向かった。おにぎりくらいならすぐに用意できる。七瀬さんの嫌いな梅干しをしっかり仕込んでやることにしよう。

◇

「なんでそんなにエンジンかかってんだ？」

　クラスの男友だちに、顔を見るなり言われてしまった。

　始業式を控えた朝の教室。二週間ぶりに集まったいくつものグループがお喋《しゃべ》りに興じ、賑《にぎ》やかなことになっている。

　その中で、グループ無所属の俺は外を眺めるフリをしながら脚本のことを考えていたのだが。

「エンジン？」

　首を傾《かし》げる。一応集中していたが、『そんなに』と言われるほどぶっ飛ばしているように見えたのか。と言うかそれってどんな顔だろう。

「全開だったな」

　そのクラスメイト、蔵森《くらもり》という男子生徒は、ひどく不審そうに言う。

「何があったんだ？　始業式の朝っていうのは、もっとこう、タルい顔でいるもんだ。他のヤツら見てみろ。出力四割から五割くらいだろ？　お前だけだぞそんな……一仕事もう終わらせて、ばっちりあったまってる顔してるの」

「あー……」

　そう言われればわからなくもない。朝から酔っ払いの面倒を見たせいで頭はかなりシャッキリしている。七瀬さんが毎晩泊まるせいでそれが当たり前みたいになっていたが、確かに二学期が終わるまでは、ここまで温まった状態で登校することは無かった気がする。

「瀬戸《せと》お前、冬休みの間に何かあったろ？　――言わなくていいぞわかるよ。俺にはよーっくわかる」

蔵森は何やらワケ知り顔で、しきりにコクコク頷いている。わかるのかほんとに？　冗談みたいに顔が良くて毎日一生懸命で、でもそういう美点を大酒飲みという一点で台無しにしている女優の晩酌と二日酔いに毎日付き合わされるようになったという事情を言い当てるのはわりと難しいと思うんだが。友人の分析力に期待が高まる。

蔵森は自分の——俺の前の席に座って、何やら天井《てんじょう》を仰《あお》いで口を開く。演劇部でもないくせに、やけに芝居がかったポーズ。

「瀬戸……彼女できたろ」

「期待した俺が馬鹿《ばか》だった」

「照れんなよ。別に何組の誰だーとか訊いたりしねえから。あれだろ？　朝からＲＩＮＥで軽くやり取りしてテンション上がっちまったんだろ。わかるよ俺がそうだから」

「カスってもないぞ全然まったく。——あれ？　蔵森って彼女いたっけ？」

「………」

蔵森は天井を見詰めたまま、無言で親指を立ててくる。

ふむ、どうも冬休みの間に彼女が出来たということらしい。おめでとう。でもそういうポーズは彼女の前ではしないようにな。引かれるから。

「ふふふ、俺は嬉しいぞ瀬戸。もうすぐ三年になる冬休みに彼女作るなんて冒険する馬鹿が俺以外にもいるなんてなぁ……どっちかが別れるか浪人したら、彼女も呼んで残念会やろうな」

「付き合ってもいいけど。でも俺、彼女作ってねーぞ」

「マジか。……あ、じゃああっちか？　和泉七瀬」

「!!」

意外な口からその名前を聞き、俺は思わず目を丸くする。

蔵森はそれをどう受け取ったか、「やっぱりな」とニヤニヤ笑った。

「ネットニュース見たんだろ、瀬戸も。だよなぁ。あんな美人が不意討《ふいう》ちで出てきたんだもんな。朝からアガるだろそりゃ。男なら」

ああ――と俺は納得する。なるほど、ドラマの特番の内容か、月浦のＳＮＳへの投稿がネットニュースになったということらしい。俺はトレンド三位に浮かれてニュースの方は見ていなかったが……そうか、そっちにも取り上げられるなんて凄《すご》いな七瀬さん。時の人ってやつになりつつある。

クラスの喧騒《けんそう》に耳を傾ければ、グループのうち何組かはスマホを開いて月浦と七瀬さんの話をしているようだった。バズってる。バズってるぞ七瀬さん。

「……でも蔵森お前、七……和泉七瀬でテンション上げていいのか？　出来たばっかの彼女どうした」

「それが問題でな……」

「そうか頑張れよ」

「頑張る。頑張って隠し通す」

友だち甲斐《がい》の無い俺の物言いに、蔵森は力強く頷いた。まあ、こいつに惚《ほ》れるような女子なら、彼氏が芸能人に入れ揚げても別に怒らないかもしれない。お幸せに。

「にしてもやべーよな、美人すぎねえ?」と、蔵森がスマホを取り出して七瀬さんのネットニュースを見ている。俺は適当に相槌《あいづち》を打ちつつ、教室内の声に耳をそばだてた。男子はもちろん、女子のグループにも七瀬さんの話をしているところがある。

「つーかこの写真がまず綺麗すぎない? 和泉七瀬、美人すぎるって。これみもりんの自撮りだよね?」

「盛ってるでしょこれは普通に。先に撮っといて、がっつり加工してから上げたんだよ」

「えーでも、みもりんはいつも通りじゃん?」

事前に何の準備もせず、それどころか酔っ払った状態で撮ったとは思いもよらない女子のみなさんはなかなかに穿《うが》った見方をしている。真実を知れば呆れるか、羨《うらや》ましがるか、はたまた怒ってアンチに回るか。怒ったとき落ち着かせる自信が無いので、バラしてみたいとは思わないが。

「……盛ってはいないんじゃないかなあ」

と。

ザワザワとしたクラスの中で、ひときわよく通る声がした。

羊子《ようこ》だ。俺たちがいる窓際の席からやや離れた、教室の真ん中あたりで喋っているグループの中。グループの仲間に言ってやっただけなのだが、それでも自然に声が耳に入るのは日々の努力の賜物《たまもの》だろう。

ちらっと見れば、羊子の表情はいつもと変わらないように見える。月浦に耳元でいろいろ囁《ささや》かれた悪夢を見たと思っていたが、大丈夫だったのか、それとも大丈夫な演技《フリ》か。

「私、昨日の特番も観《み》てたけどほとんどこれと変わんなかったよ」

「マジ⁉　パねー……」

「え、でも羊子、テレビって撮る前にプロがメイクしてくれるよね？　それと変わんないってどゆこと？」

「つまりね」

一瞬言葉を区切った瞬間、羊子の目がわずかに鋭くなった。

演劇部部長として、あるいは女優として、真剣に分析するときの目だと、多分このクラスで俺だけが知っている。今は芝居に興味の無いクラスメイトの前なので、眼光はめいっぱい抑えているようだが。

「普通に自撮りするだけでも、メイクキメキメの映像並みに見せる撮られ方っていうのがあるのね。自分の顔のことを滅茶苦茶《めちゃくちゃ》研究して、角度とか表情とか完璧《かんぺき》に整えたらそういう写真を撮ることも出来る……普通は無理だけどね？　でもこの人はやっちゃってるんだ」

「へぇー」と、グループの面々が感心している。俺も密《ひそ》かに拍手を送った。さすが羊子、芝居だけでなくモデル方面の知識も完璧だ。七瀬さんの存在が刺激になって、勉強したのかもしれない。偉い。

　それにしても恐ろしいのは、その『完璧に整える』という離れ業を、酔った状態で、しかも一瞬のうちにやってのける七瀬さんだ。本人は嫌がっているようだが、やっぱり本領はモデルの方にあるんだろうな。悲しいことに。

「つか羊子、そんなことも知ってんだねー？　演劇部の部長ぱねぇわー」

「もっと早く教えてほしかった！　知ってたら私も試したのに、その撮られ方」

「あー、ごめん」

　唇を尖《とが》らせるグループの仲間に、羊子はどことなく乾いた笑いで言っていた。

「私も冬休みになってから知ったの。スマホで普通に自撮りしただけで滅茶苦茶《めちゃくちゃ》綺麗な知り合いが出来てさ」

　ああ、と俺は思い至る。年末にクソダサTシャツを着た七瀬さんと――俺も着せられた――ツーショットを撮って、羊子と姉さんに送ったのだが、多分そのときのことだろう。あんなアホみたいな一枚も糧にするあたり、やはり羊子は素晴らしい女優だ。

「私もね……いつか」

わずかに。

ほんのわずかに、羊子の声が低くなったのを、俺は聞き逃さなかった。

「そういう撮られ方マスターして、ツーショット撮りたいって思うんだ……いや別にマスターしなくてもいいんだけど、ツーショット。いつかきっと、さ」

「えー誰とー？　羊子がそんなに気合入れる相手とか思いつかないんですけど」

「マスターしなくていいって言っちゃってるし。普通にツーショットしたいだけじゃん？」

「男ですか？　男なんですかッ？」

にわかな恋人の気配に、ギアを上げて詰め寄るグループの面々。俺もその相手は気になるぞ羊子。さっきから冬休みに出来た彼女のノロけ話をしている蔵森を完全に無視して、俺はそちらに耳を傾け――

「あれっ⁉」

声が上がったのはそのときであった。

俺より少し前の方――つまりは窓際に座っていた、一人の女子。この寒い中、勢いよく窓を開け、慌てた様子で身を乗り出す。目を見開き、ひきつったその横顔が、外に何か大変なものを見つけたと主張していた。

「？」

クラスの他の面々が、窓から吹き込んできた風に迷惑そうにそちらを見やる。俺も、一体どうしたのかとその女子の視線を追って見下ろし――

「なんっ……」

絶句した。

ここから丁度よく見下ろせる、校門を入ってすぐの辺りだ。

遅刻ギリギリのタイミングなので、生徒の姿は少ないが、誰もがそれに目を奪われてモタモタ歩いているのがわかる。

それをもっと見ていたいのだ。

出来れば声をかけたいのだ。

きちんと制服に身を包み、悠然と校門をくぐった――

国民的大女優、月浦水守に。

「あいつ」

呻いた俺の声が震える。

うちの学校はエスカレーター式なので、中学が同じだった月浦が来るのはおかしなことではないんだが……高校入学と同時にデビューし、瞬《また》く間にスターダムへ駆け上がったあいつを校内で見た記憶はほぼ皆無だった。そんなあいつが、どうして今になって。俺はてっきり、芸能人が通う高校に移ったとばかり思っていたのに。

「ウッソ、月浦水守⁉」

クラスの面々も騒然として、我先にと窓に押しかけてくる。

俺は図らずも特等席で、しずしずと歩く月浦の様子を凝視した。

実際のところ、細かい所まで見えるわけではない。ここは校舎の二階で、あっちは正門のあたりだ。何十メートルも離れている。

それでも、月浦の淡いブロンドはどうしようもなく目を惹《ひ》くし――何より、そこにいるのが月浦水守だと誰にでもわかる雰囲気を、彼女は確かに放っていた。すらりと真っすぐに伸びた背筋、測ったように正確で、それでいて優雅な足の運び。恐らく髪の色が黒くても、皆が月浦だと気づいただろう。少なくともそう思わせるような、風格とすら呼べるものを纏《まと》った歩み。

どおおおおっ⁉

教室の中で、外で、歓声があがる。きっと他のクラスの面々も月浦を見つけたんだろう。中には大声で月浦に呼びかけるヤツもいて、月浦は月浦で、それに手を振って応《こた》えたりしている。

そんな中。

「………」

俺は無言で窓から目を離し、教室の方に目をやった。ほとんどが窓際に押し寄せた中、ぽつんと一人、着席したままの羊子へ。

あちらも、俺を見てくれていた。恐らくは俺とまったく同じ、めいっぱい不審げな顔をして。

――何しに来た、あいつ？

事情を知らない人間が聞けば「普通に学校来ただけじゃねーか」と一蹴《いっしゅう》するであろう疑問を、俺たちは共有していたと思う。

◇

「何しに来たのあの子」

「普通に学校来た……わけじゃねーよな、タイミング的に……」

ホームルームの後。

クラスメイトたちが始業式のために教室を出ていくのを待って、俺と羊子は疑問をぶつけ合う。人気のない廊下を歩きつつ。

別に示し合わせてはいないが、ごく自然にそうなった。羊子のグループの女子たちは、この機会に中学時代の月浦について訊きたがっていたようだが羊子はこちらに来てくれたのだ。ありがたい。

「出席数稼ぎにしても今日はないでしょ。始業式だよ？　始業式」

眉間に深いシワを刻んで、嫌そうに「いーっ」と歯を見せる羊子。

「瀬戸に何かしてくるって、きっと！　みんなの前で抱きついたりとか」

「無い無い無い！　いくら何でも」

俺はブンブン手を振った。昨日の感じからして、雫《しずく》姉さんに迷惑をかけるのは月浦にとっても不本意のようだ。だから、羊子が言うような芸能界イエローカードものの蛮行はしないだろう。いや、公衆の面前でハグは一発レッドかもしれない。

俺が想像していたのは、もっと遠回りでコソコソした行為だ。

「例えばな？　学校では何もしないまま普通に帰って、今夜あたり姉さん経由で『穂澄《ほずみ》先輩を近くに感じました』みたいな気持ち悪い文面を送りつけてくるみたいな」

「瀬戸の発想も大概酷いね……」

そうかもしれない。何しろ毎日脚本と向き合って、尖ったキャラのことばっかり考えてる。

羊子は若干引いたようだったが、すぐに気を取り直したのか、ニッと笑って言ってくる。

「ま、そういう気持ち悪い発想も脚本家には必要だよね。三学期こそ演劇部でその才能を」

「活《い》かさねーよ」

「ちっ」

三学期一発目の勧誘を、俺はズバッと切り捨てる。もう少ししたら面白《おもしろ》い脚本持参で入部するから、待っててください。申し訳ない。

「んー……でもさ、正直なとこ……」

羊子は笑顔を引っ込めて、困ったように目を伏せる。

「私のイメージだと、月浦ってなりふり構わず滅茶苦茶やるみたいな感じなんだけど……なんかね、もしかしたら今は違うのかもって」

「なんで？」

「昨日さ、雫さんに送ってもらったでしょ私。月浦も一緒に乗ってたはずなのに、寝てる私に何もしてこなかったんだよねあの子。叩き起こして口喧嘩《げんか》ふっかけるくらいして来そうなイメージだったんだけど」

「……………」

羊子のイメージよりもうちょっと陰湿なことを、寝ている間にたっぷりやらかしたのだろう。だから月浦はお腹《なか》いっぱいになっていただけだと思うのだが、俺は黙っていることにした。教えても羊子は幸せにならない。

「私が起きても何も言わなかったしさ。普通に『お疲れさまでした』って昔みたいに挨拶《あいさつ》してくれて、なんかこう……懐かしい気分になっちゃって」

あ、騙《だま》されてる。羊子の中で、月浦の株が微妙に回復しつつある。大丈夫か羊子、チョロ過ぎやしないか。悪い男に捕まらないよう気をつけろよお前も。

「……ちなみに羊子、悪い夢とか見なかったか」

「え。見たけど」

やっぱり。

「キッツいの見たぁ。車で寝てるときと、ベッドに入ってから二回。あのね、瀬戸と……瀬戸が、和泉さんや月浦と……んと……ま、まあいいか。でも何で夢のこと知ってるの？」

「いや……」

俺が曖昧《あいまい》に濁したあたりで、体育館に辿《たど》り着く。もうほとんどの生徒が並んでいて、館内を埋め尽くしているのだが、これだけ人口密度が高くても寒いというのはどんな理屈なんだろう。昔からの疑問である。

俺たちはクラスに合流すべく、列と列の間を通ろうとして——

「……うわぁ」

後ろから聞こえた声に、振り向く。

一人の女子が、途方に暮れたように立ち尽くしていた。女子としてもやや背は低く、制服を着ていてもわかるほど痩《や》せぎすだ。長く伸ばした前髪で半ば隠れたその顔が、強張《こわば》っているのが辛《かろ》うじてわかる。

胸に提《さ》げた校章と、上履《うわば》きに入った青いラインは、一年生のものだった。

「どうしたの？」

オロオロしている一年生さんに、羊子が優しく語りかける。

羊子の様子に、俺は内心舌を巻いた。一瞬で作った柔らかな笑顔と、ちょっと首を傾げたポーズが、見る者の緊張を自然にほぐす。女優として日々培っている、『相手にどう見えるか』という研究の成果だ。そして、それを惜しみなく活かして後輩を安心させようとするのは、羊子自身の優しさである。

　果たして、一年生さんは羊子に泣きつくように訴えた。

「あ、あの！　クラスの列がどこかわからなくて」

「？」

　三学期にもなって？　と思ったが、よく見ると制服も上履きもごく新しいものだった。

　羊子が言う。あちらも俺と同じことに気づいたようだ。これも女優として磨いた観察力。俺が見抜けるようなことを、羊子が見抜けないわけはない。さすがだ未来の大女優。

「そっかぁ……転校生さんかな？」

「は、はいぃ……」

「よしよし」

　涙目で頷く転校生さんの頭を、羊子が撫《な》でてやっている。初対面の相手にもこういうボディタッチが気軽に飛び出すのは、演劇部部長として磨きに磨いた羊子の包容力だった。中三で部長になったときも、高校で次期部長が内定した去年の秋口以降も、羊子は俺に相談しながら一生懸命部長としての振る舞いに努めている。こいつが荒れに荒れていた頃《ころ》を知る身としては、その成長に感動を禁じ得ない。

　実際、かなりじーんと来た俺は、お父さん気分で羊子を見守ってしまうのである。

「大丈夫だよ、私たちが連れてってあげる。――で、何組？」

「ご、五組です。一年五組」

「わかった。わかった……んだけど」

羊子は柔らかい笑顔のままで、くるりとこちらを振り向いて。

「どの列だっけ瀬戸」

「わかんねーのかよ」

「あはー」

癖《くせ》っ毛をイジる羊子をよそに、俺は「こっち」と歩き出す。羊子は「行こ」と転校生さんの手を引いて、一歩遅れてついて来た。まあ、部長も含めてリーダーというのは、方針が無くてもまずは周りを安心させるのが第一の仕事だ。だからさっきの「大丈夫」はアリアリ。隣に俺もいたわけだし。

「うちの高校では、ステージから順に一年、二年、三年って列を作る」

転校生さんに説明する俺。急がないと開式に間に合わないので、ちょっと早足だ。後ろもほとんど振り返れないが、羊子が連れてきてくれているだろう。

「で、クラスは舞台の上手《かみて》から順番」

「ええと……上手っていうのは」

「ああごめん。向かって右側って意味。だからー……ここだな」

目的の列の後ろに辿り着き、「どうぞ」と俺は顎《あご》をしゃくった。転校生さんは感極《かんきわ》まって

「ありがとうございますっ」と頭を下げたが――よかったよかった――羊子は「えー？　ほんとかなー？」と意地悪に覗《のぞ》き込んでくる。いや、間違いないから。どうしてそこでイジりにかかるんだお前は。

「大丈夫、瀬戸ぉ？　間違ってたらかっこ悪いよ？　ちゃんと確認したんだよねえ？」

「したよ！　上手から五番目。間違いねえだろ」

「信じていいのかなー？　なんか微妙だぁ」

「……………？」

追撃まで決めてくる羊子に、首を捻る。こいつ、こういう状況でダラダラとネタを続けるタイプじゃないんだが。何か理由があるんだろうか？

「羊子、もう時間ねえから……」

「持ち時間ギリギリまでアドリブ詰め込むのが役者の楽しみなんだよ脚本家さん！　ラスト五秒の攻防が熱い！」

「やめろ」

一秒でもオーバーしたら失格だぞコンクールじゃ。

「失格が怖くてアドリブが出来るかぁー！　……っていうね？」

羊子は不意に肩を竦《すく》めて、後輩さんに向き直る。

「こんな感じで楽しくやってるから、興味があったら演劇部にどーぞ」

勧誘だったのかそれ。逆効果だぞ多分。始業式前ギリギリの時間に変なコントやるヤツがいる部活にはあんまり入りたくないだろう。

「歓迎するから、待ってるよ。あ、それと」

と。

羊子は何気ない――本当に何気ない手つきで。

後輩さんの長い前髪を持ち上げた。

おいおい、と俺は本気で焦る。さっきからどうしたんだ羊子。らしくもない。俺の位置からは死角になっていて見えないが、急にそんなことされて、後輩さんは怯《おび》えてるんじゃないか。

戸惑うこちらを知ってか知らずか、こちらに一瞥《いちべつ》もくれぬまま羊子は後輩さんに言う。

「前髪。切った方が可愛いよ？　……それじゃね」

そう言い残し、羊子はさっさと立ち去った。振り向きもしない。その背中と後輩さんを俺がオロオロと見比べたときには、後輩さんの前髪は、元通りに顔を半ば覆《おお》っていた。

「あ、あー……ごめんな？」

バツ悪く謝り、俺は羊子を追うしかなかった。途中で一度だけ振り向くと、後輩さんはまだ列に加わらず、こちらに深々と頭を下げていた。

◇

何だったんだ、今朝《けさ》の羊子は……。

俺はしきりと首を捻りつつ、靴を履《は》き替えて校門へ向かう。

始業式後のホームルームも終わって、辺りでは部活が無い生徒たち（俺と同じだ）がさっさと家路につき始めていた。

「あれじゃドン引きされるだけだってわかんねーわけがねえんだよな、羊子なら……ほんと、どーしてあんなこと」

周りに聞こえない程度の声で、ブツブツ呟《つぶや》く。

始業式前の羊子の様子がずっと気になっているんだが、あの後話すタイミングが無くて宙ぶらりんのままである。

俺への勧誘はとことん雑な羊子だが、それ以外の相手に対しては丁寧に接するはずだった。部員に対しても、これから部員になるだろう相手に対しても。

なのに今朝の羊子はどうだ。初対面の後輩さんを前に、内輪のノリでダラダラと俺に絡んだりして。らしくない。あまりにらしくないので、ちょっと真剣に心配してしまう。

「——月浦水守が来てたってマジ⁉」

眉間にシワを寄せていると、そんな言葉が耳に飛び込む。

傍《そば》を歩いている女子たちだ。何やら「見逃したー！」とか「五組の教室にいた？」とか、しきりに悔しげに騒いでいる。

そういえば、始業式のときは全然騒がれてなかったな。月浦を一目見ようとする生徒でパニックになっていても不思議じゃなかったのに。羊子のことばかり考えていて、そっちはすっかり忘れていた。

迂闊《うかつ》といえば迂闊だが、月浦の影に怯えるみたいにビクビクして過ごさずに済んだのは幸いだったのかもしれない。

そんなことを思いつつ、校門に差しかかろうとしたとき。

「あ、先輩っ」

聞き覚えのある声に、見やって――驚く。

校門の前で、一人の女子がこちらへ遠慮がちに手を振っていた。前髪で顔を半ば覆った、あの後輩さんだ。

細い手足を懸命に動かし、とてとてとこちらにやって来る。

「よかったぁ。ちゃんとお礼言えてなかったから……」

「そんな」

安心したように笑う彼女に、俺は恐縮してしまう。礼なんてとんでもない。

「むしろ悪かったな、出来損ないのコントとか見せちゃって」

「そんな！　面白かったです。ほっこりしました！」

「あれで……？」

「はいっ！」と、コクコク頷く後輩さん。大丈夫かこの子。ギャグセンスがズレてるみたいだがちゃんと友だち作れるだろうか。ダメだったらマジで演劇部に行くといいぞ。ズレたのしかいないから。羊子曰《いわ》く。

「あ、あの……」

後輩さんは躊躇《ためら》いがちに、俺を見上げて訊いてくる。ちょっと前のめり加減なのは緊張の表れか、もともと猫背気味なのか。朝はどうだったかなあ？

「今朝、一緒にいらした方は？　ええと……ヨウコ先輩……？」

「あいつは部活」

言って、俺は校舎の屋上を示した。風に乗って、演劇部が早口言葉を斉唱するのが聞こえて来る。なお、俺が教室を出るとき、羊子が当然のような顔をして部室に連行しようとしてきたがもちろん無言で振り切って来た。許せ羊子。脚本が出来るまで待っててくれ。

「今朝はかなりヘンだったけど、基本は優しいし凄いヤツでさ。良かったら観に行ってみるといいよ、演劇部の公演。羊子の凄いとこが見られる」

「は、はいっ。行きます。絶対行きます！」

やったな羊子、好感触だぞ。

「えっと、本当にありがとうございましたっ！」

後輩さんが頭を下げる。長い前髪がめくれかけるくらい、勢いよく。

「ヨウコ先輩にも、今度お礼を言いに伺《うかが》います。部室の前で待てばいいですか？」

「うん。あいつ授業が終わったら一直線で部室に飛んでくから。――そのまま入部届書かされるかもだから、気をつけてな」

「あはは。でも楽しそうです」

「それは保証する」

後輩さんはコロコロと笑って――もう一度丁寧に頭を下げてから、「失礼します」ときびすを返した。俺はその背を、何とも微笑《ほほえ》ましい想《おも》いで見送る。もしかしたら、次に彼女を見るのは舞台の上かもしれなかった。もしもそうなら、俺も彼女が出演する脚本を書くことになる。

そんな未来を想像し、俺はちょっと胸を弾ませ――

「おっ？」

眉《まゆ》をひそめる。

校門を出た後輩さんが、途方に暮れたように立ち尽くしていた。始業式前と似たような雰囲気で、取り出したスマホと左右の道をしきりに見比べては頭を抱えている。

……ふむ、あれは。

「帰り道、わかるか？」

声をかけ、歩み寄る俺を、後輩さんは前髪越しでもはっきりとわかる涙目で振り向く。

方向音痴かこの子は。

◇

「ごめんなさいごめんなさいごめんなさい……！」

「いいって。俺もこっちだし」

ぺこぺこ頭を下げながら隣を歩く後輩さんに、俺は軽く笑ってみせた。

彼女が開いていた地図アプリを見つつ、家の近くまで送るところだ。

まだ学校からほど近い、国道沿いのビル街だが、高校生の姿はあまりない。駅とは逆方向だからだろうと、俺は勝手に思っている。

「ううう、本当にごめんなさい……」

小さくなっている後輩さん。そんなに謝らなくていいから、周りの景色を覚えよう。

「だ、だって、ヨウコ先輩に悪いです」

「なんで？」

「なんでって、お二人はお付き合いしてるんですよね⁉　なのに、私なんかが一緒に帰っちゃうなんて」

「……最近似たようなことをよく言われるんだがなあ」

俺は苦笑するしかない。後輩さん、恐縮し過ぎてまだ名前も教えてくれてないし。

「違うんですか？」

「違うんですよ」

「お似合いに見えたのに」

「ははは、ありがとう」

実際、それはちょっと嬉しい評価だった。

後輩さんは羊子とほんの少しだけ接しただけだが、羊子くらいの女優になると、そのほんの少しの時間で相手に好感を抱かせる力を持っている（月浦クラスになると、完全に虜《とりこ》にしてしまう）。それに相応《ふさわ》しい相手だと思ってもらえるのはなかなかに誇らしい。

「本当ですよ？　その、お世辞とかではなくって」

軽く流されたと思ったか、後輩さんが熱心に言う。

「羊子先輩、とっても綺麗ですし……器もずいぶん大きくなってるみたいですし。中学の頃から相当でしたけど、そろそろ深みが出て来ていますね」

「だよなあ」

羊子を讃《たた》える後輩さんに、俺は躊躇いなく頷いて――

「……うん？」

気づく。

今、何かおかしくなかったか。器が大きくなっているみたい？　中学の頃から？

それではまるで、羊子を昔から知っているような。

「実際、今朝はびっくりしました」

後輩さんは淡々と――先ほどまでとは明らかに様子を変え、優雅さすら感じさせる横顔で言う。

「まさかバレるとは思わなかったので。しかも原因がわかりませんし。あなたが育てたからなんでしょうか……そんなに育つくらい一緒にいたくせに、『好き』の一言がどうして言えないのか」

「何の話を……」

言いかけたとき、後輩さんが前髪をかき上げた。

隠すものが取り去られ、露《あら》わになったその面差しは――

月浦。

間違いなく、月浦水守のそれだった。

「うぉお⁉」

流石《さすが》に声を上げてたじろぐ俺に、後輩さん、いや、月浦がクスクスと笑う。

その上品な笑い方は、中学の頃から変わらない月浦水守のものであったが、それを見てさえ俺は信じられなかった。いくら前髪で隠れていたとはいえ、月浦だと気づかなかったなんて。そんなことあるのか。あり得るのか。

よく見れば、後輩さんを演じていたときより、月浦の体つきは少しふっくらし（と言っても痩せ型だが）、身長もやや伸びたようだった。もちろんそんなわけはない。そう見えているだけだ。が、そんな風に見えているのは間違いない。『骨格まで変わって見える』という、あのレビューは本当だったのだ。

「ホラー映画かお前は……⁉」

一瞬にして干上がった喉《のど》から、俺は何とか声を絞り出す。対して月浦はニコニコしながら、

「私はラブストーリーがやりたいです。まあ、ラブストーリーとホラーってひとつの物語に共存できると思いますけど」

「それヒューマンホラーだろ⁉　今のお前は妖怪！」

「口裂け女とかテケテケとか、やってみたいですねえ」

がっつりハマりそうだから困る。

「つーかお前……なんで変装……？」

「校内で気軽に動くためです」

月浦はあっさりと答えてくれた。恐らくはカツラなのだろう、黒い前髪をくるくると指先で

イジりつつ。

「素顔だと視線がうるさいですから。この変装なら、穂澄先輩と一緒にいても見とがめられないでしょう？　……と思っていたんですけど、羊子先輩にバレちゃったんですよね。演技を変えても見抜くだろうなあ、あの人。困りました」

「困ったならやめろ。俺にも近づくなよ」

「先輩に近づかなかったら学校に来る意味がありません。――先輩こそ」

と、月浦はちょっと不思議そうに、いや、不満そうに言う。

「確認なんですけど、私のことは嫌いなんですよね？　相当」

「人間で一番嫌いだ」

「なら、私の顔を見るなり走って逃げるとかなさらないんですか？」

「……しねーよ？」

ちょっとたじろぎ、俺は言う。いくら何でもそこまでは。そもそもお前、この前の芸能人スポーツ番組で一万メートル走優勝してただろ。ＳＮＳで見たぞ。俺が逃げても逃げ切れない。

「そうですか」

ついっ、と月浦が俺から目を逸《そ》らす。何なんだ、その微妙にがっかりした顔は。

「またひとつ夢が叶《かな》うと思ったんですけど」

「俺にダッシュで逃げられるのが夢……？」

「ある意味では」

「わけわからん」

俺はぐったりと息をつく。昨日も思ったが、こいつってこんなヤツだったろうか？　中学の頃はミステリアスでこそあれ、こういう意味不明な行動を取るタイプではなかったはずなんだが。それとも、あの頃俺に見せていたのは演技で、もともとこっちが素なんだろうか。なんかそのセンが濃い気がしてきた。

「月浦、なあ……結局何がしたいんだお前」

「また先輩に愛してほしいんでーす」

「無理」

「って仰いますよね。だから、こうして一緒に歩けるだけで充分です。今日のところは」

「………」

健気《けなげ》とも取れるその一言に、俺は冷たいジト目を返した。

昨日うっかり惚れかけたことで、こいつに対する警戒のレベルは極限まで引き上げられている。いや、もともと極限だったが、さらにもう一段上を設けた。どんな甘い言葉をどんな表情で吐かれようとも、もう崩れないぞ絶対。

月浦はそんな俺のジト目を嬉しそうに受け止めてから、「ああ」と不意に手を叩く。

「出来ればもうひとつ、よろしいですか」

「何だ？」

「あっち側を」

と、月浦は道路の反対側を指さした。

「あっち側を歩きたいんですけど、一緒に来てもらえます？」

「……いいけど」

お願いとも言えないささやかな注文。あまりの簡単さにかえって警戒するが、さすがに断る理由もない――いやまあ、月浦のリクエストは全《すべ》て問答無用で却下してもいいんだが、そこまでやるとこっちが疲れる。

「やった♪」

声を弾ませる月浦を置いて、傍にあった歩道橋を上る。月浦は足取りも軽く、小走りに俺を追い越して行った。

「ねえ先輩」

階段を上り終えたあたりで、月浦がくるりとこちらを振り向く。

「歩道橋渡るのってちょっと特別感がありません？」

「あーまあ……横断歩道の方がポピュラーだな」

「でしょう？　それに、走ってる車を真上から見る機会ってなかなか無いですから。撮影以外では。ちなみに先輩、ここから車に飛び降りたことは？」

「あるわけねーだろうが」

「気持ちいいですよ。スタント抜きでやったことがあるんです——雫先輩に内緒で」

「姉さんに心配かけんな」

「あとでバレて二時間説教されました。正座で。あれはさすがに堪《こた》えましたねえ」

「随分楽しそうに……」

「楽しいですよ、とっても。穂澄先輩とお喋りしてるんですから——ああ、でも」

下りの階段にかかったあたりで、月浦が寂《さび》しげに目を伏せた。

視線は少し先の路上へ。何かを見ているらしい様子に、俺もそちらへ目をやり——気づく。

平日の昼間ということで、車の少ない道路の一点。見覚えのある白いミニバンが、こっちにやって来るところだった。姉さんがよく使う事務所の社用車。

「あら、時間通《オンタイム》り」

最後の一段を下りたところで、社用車が路肩に停まり、ドアが開く。ついでに開いた運転席の窓から、姉さんがニュッと顔を出した。いつも通りの無表情。

「迎えに来たわよ水守。あら穂澄も」

「何だそのかっこいい登場……」

「いや単に、昨日みたいに水守が暴走したときのためにスマホのGPS追って来ただけよ」

「種明かしすると地味だな」

「よく出来た演出は大体そんなものよ」

「あ、弟クン。やほー」

軽い声とともに、後部座席のドアから桁外《けたはず》れの美貌が現れた。七瀬さんだ。

「いたんですか」

「これから合同レッスンなんだー」

「着ぐるみ終わりました？」

「まあねー。あ、死ぬほど汗かいてメイクざっとしか直してないから、あんま見ないでね」

「了解」

「行きますよ和泉さん。顔を引っ込めて」

ついっと俺が目を逸らすと同時、月浦の声が割り込んでくる。いつの間にか助手席に乗り込んでいたようだ。七瀬さんも「はぁい」と引っ込んで、俺にヒラヒラ手を振ってくる。

「んじゃ弟クン、また今夜ねー」

「土産《みやげ》話、期待しますからね。それが今日の飲み代」

「まかせろー」

最後の「ろー」を言い終わる前に、車は走り去ってしまった。

俺はそれを暫《しば》し見守り、不意に思いつく。

「歩道橋渡った理由って、これか……？」

姉さんがどっちから来るかわかっていて、スムーズに合流するために配慮したということなんだろうか。

「そういう気配りするんだな、あいつ」

ちょっと意外に思いつつ、俺は社用車を見送るのをやめ、住み慣れたマンションへ歩きはじめて――

はたと気づいて、血の気が引いた。

「合同レッスン⁉」

立ち止まる。まずい。七瀬さんと月浦の合同レッスンはマズい！

俺は大慌てでスマホを取り出し、七瀬さんに電話をかける。コールひとつ、ふたつ、みっつ。

『ほーい。弟クンなあに？』

「出るのが遅いッ！」

『そうかなあ⁉』

そうだぞ残念美人。姉さんならコール二つ以内に出ないと頭突きが飛んでくるぞ。

「じゃなくて七瀬さん！　あんた酔ってませんよね今⁉」

『当たり前じゃん⁉』

そう、当たり前だ。この人は意外にも根は真面目《まじめ》だから、仕事前に飲んだりは決してしない。

それは素晴らしいと思う。思うんだが。

「酔ってなきゃダメなんですよあんたは！　言ってなかったけど、昨日ちゃんと芝居できたのは俺がこっそり飲ませてたからで……」

『いやいやいやいやいや』

ケラケラ笑う七瀬さん。くそ、冗談だと思ってやがる。まあ、俺が同じこと言われても絶対笑い飛ばすだろうから気持ちはわからなくもないんだが……理解させておかないと、多分後で凹《へこ》むぞこの人。正月にそうだったみたいに。

『酔拳《すいけん》じゃないんだから。そりゃーお酒入れて芝居に入る人もいるっていうけどさ。私は……え、何ですか雫先輩？　私もそのクチ？　しかもとびきり!?　う、嘘《うそ》ですよねそんなないくらなんでも――!?』

「……………」

悲痛な叫びごと、俺は通話を断ち切った。破滅の運命が待ち受ける七瀬さんに、俺は心の中で手を合わせ、それきりそのことは忘れることにする。

頑張れ七瀬さん。おつまみもう一品増やすから――って、増やし過ぎか。やっぱやめるけど泣かずに頑張れ。

― 3 ― SOSは早めに出せってば

「んー……」

俺《おれ》は思いっきり顔を歪《ゆが》めて、机に頬杖《ほおづえ》を突いた。

視界の隅に、コルクボードに留めた例の入部届が見えている。机の上にノートPCを置いた俺の部屋は、姉さんも七瀬《ななせ》さんもまだいないとあって静かだ。PCのファンが回る音と、夜の通りを車が駆けていくエンジンの叫びがずいぶん大きく耳に届く。

PCモニターには、年末あたりからずっと書いている脚本が表示されている。その文面を、俺は据わった目で睨《にら》んでいた。

書けなくて悩んでいるわけではない。むしろ書き終わった。テキストファイルの最後の一行に、【幕】とはっきり書いたばかり。なのだが。

「足りねえ……」

呻《うめ》く。

キャラの個性が足りていない。いや、七瀬さんをモデルにした酔っ払いヒロインは個性の塊だ。これまで五十冊以上書いてきた中でも、間違いなくぶっちぎりで面白《おもしろ》く、魅力的なキャラになってくれた。

問題は、その酔っ払いと恋のさや当てをするライバル。主人公と同い年の、高校生ヒロインの方だった。

薄い。

酔っ払いに完全にパワー負けしている。今のままだと、観《み》終わった後のお客さんにものの五分で忘れ去られて「そんなのいたっけ？　酔っ払いのお姉ちゃんしか覚えてない」とか言われてしまう。

今回は三角関係ものなのだから、それはマズい。酔っ払いと真っ向から殴り合い、出来れば殴り倒せるような、そういう妖怪《ようかい》じみたキャラじゃないと。

だが、そんな濃いキャラはそうそう生み出せるものじゃない。酔っ払いヒロインだって、七瀬さんという大怪獣もといモデルを得たから奇跡的に仕上がったのだ。それと同等の妖怪を創造するとしたら、やはり同じくらいえげつない個性を持つモデルが必要になる。

でも、身近にいるだろうか。七瀬さん以外に、そんなアレな人間が。

羊子《ようこ》——はまったく向いていない。まとも過ぎる。

雫《しずく》姉さんもあまり良くない。がっつり濃いし、七瀬さんと対照的なクールキャラではあるんだが、あのボソボソ喋《しゃべ》る感じを舞台で映えさせるのは難しい。

他にも男女問わずリストアップしてみるが、丁度いい人物は見当たらなかった。いったいどんだけアクが強いんだ七瀬さんは。

ダメだ。対抗馬がいない。だからと言って、酔っ払いのキャラの方を弱めることだけはしたくなかった。こんなにばっちり仕上がったんだ。これを活《い》かさなきゃ脚本家失格だ。

「誰《だれ》かいねえかー……誰かー……」

一人でブツブツ言いながら、脳内人名事典をめくる。この際、知り合いじゃなくてもいい。芸能人とか、いっそアニメやラノベのキャラでも——

「あ」

いた。

たった一人いた。

月浦水守《つきうらみもり》という妖怪が。

「いや却下」

声に出してはっきりと『×』をつける。

どんなにモデルとして相応《ふさわ》しくても、ヤツの成分を俺の芝居に取り込みたくない。ないったらない。絶対イヤだ。

イヤなんだが……でも、この脚本を完成させるには……いやいや……。

「ん」

脇《わき》に置いていたスマホが鳴った。羊子から電話だ。ＲＩＮＥじゃないとは珍しい。

もしもし？

『……おっす』

羊子の声が妙に小さい。何というか、思い切って電話したまではいいがそこで勇気が尽きたみたいな、弱気な顔が目に浮かぶ。どうした。何でも言え。

『い、いやー……瀬戸《せと》、無事かなあって』

「？」

『ほら、昨日みたいに月浦が来てたらヤだ……じゃない、私が追っ払ってやろうみたいな』

「……ありがとな」

苦笑いして、俺は言う。でも気持ちだけで充分だぞ羊子。月浦と何回口喧嘩《げんか》しても、きっとお前は泣かされる側だ。

「今んとこ来る気配も無いし、今夜は大丈夫なんじゃねーかな」

『そっか！　だったらいいんだ……だったら』

消え入るように語尾が掠《かす》れて、羊子はそのまま黙ってしまう。

どうも、本題を切り出す勇気が出る前に会話の接ぎ穂を失《な》くしたらしい。こういうことはときどきあるので、俺は特に不審がりもせず助け船の出し方を考える。

今日の部活はどうだった？　などと、我ながら無難すぎる話題を振ってみようとする間際《まぎわ》。

『浜辺で、さ』

思い切ったように羊子が言った。浜辺。昨日の収録現場のことだろう。

『瀬戸、すっごく汗かいてたよね。走って来たんでしょ？　理由とか……訊《き》いていい？』

「七瀬さんに届け物があってなあ」

『お酒？』

おっ、と俺は目を丸くする。

「凄《すご》いな。何でわかった？」

『殺陣《たて》で近づいたとき、匂《にお》いがして。密着したときにちょっとだけだったから、他の人は気づいてないと思うけど……なんでお酒？』

「あー……」

答えに窮して呻く俺。羊子に見栄《みえ》を張りたい七瀬さんは、当然、飲まないと演技が出来ないことも隠したいだろう。俺が勝手に喋るのはまずい。どう誤魔化《ごまか》したものか——

『いいよ言えないなら！　ちょっと気になっただけだし』

俺が黙ったのをどう受け取ったか、羊子は慌てたように言ってくれた。ありがとう。いつか本人の口から真相を聞き出してやってくれ。

『気になるって言うか、びっくりしたの』

と、羊子はむくれたような声で続ける。

『そりゃ、中学のときから瀬戸はしょっちゅう走ってたけどさ。お酒絡《がら》みであんなにやる気出すなんて』

「ちょっと必要でな。涙を呑《の》んで」

『呑んだか』

羊子はちょっと笑ったようだった。呆《あき》れたとも感心したとも取れる、微妙な調子。

『役者のためならいくらでも涙呑むよね瀬戸は。何でも利用するってゆーかさ。だから部に来てほしいんだけど』

「行かねーよ」

『ちっ』

舌打ちするな行儀の悪い。心配しなくても、この脚本が仕上がったら入部するからそれまで待ってろ。まあ、同級生のモデルが見つからないと仕上がる目途《めど》は立たないんだけど……。

『ノブレスオブリージュだよ、瀬戸？　大いなる才能には大いなる責任が伴うの。さっさとうちに来て責任果たしなさい』

「才能って」

『才能がイヤなら人柄でもいいよ』

ひどく真摯《しんし》な羊子の声に、俺の鼓動が小さく跳ねる。

『雫さんも、瀬戸になら任せられると思ったから浜辺で何も言わなかったんだよ。そう信じさせる力が、瀬戸にはある』

「………」

『私も信じてる』

「俺は」

『……っとごめん！　ＲＩＮＥだ部員からっ！』

いきなり声のボリュームを上げ、羊子が慌てたように言う。舞台女優の声量でそれはやめなさい。耳に悪い。

『返信打つのに集中するね！　だから切るね瀬戸！　仕方ないよね私部長だから部員を一番に考えなきゃねおやすみ！』

「お、おや……」

俺が返事をする前に、羊子は通話を切ってしまった。そんなに強引にしなくてもいいだろうに。恥ずかしいこと言ったわけでもなし。むしろ――

「ありがとな、羊子」

スマホに小さく呟《つぶや》いて、俺はＰＣのキーボードを叩《たた》く。

役者のためなら幾らでも。その言葉が耳に残っていた。そうだ。涙でも何でも呑み込んでやる。使えるものは利用してやる。例えば、五股《また》かまして逃げた二年後に再び愛の告白をするような、人生最悪の怨敵《おんてき》だろうと。

「同級生のモデルはお前だ！　月浦！」

ここにはいない怨敵に、採用通知を叩きつける。お前に決めた。決めてしまった。書いていく。不思議なほど軽《かろ》やかに指が躍った。数ページ進んだ時点で確信する。間違いなく最高傑作になる。演劇部復帰待った無し。――待った無し？　いや、それはまだわからないというか、別件との調整次第というか――

またスマホが鳴る。

「！」

咄嗟《とっさ》に（あるいはキーボードから逃げるように）、俺はスマホに飛びつく。今度は七瀬さんから電話だ。

「そんな時間か……」

ＰＣの時計に目をやれば、既に午後の八時過ぎ。もうすぐ酔っ払いのお世話タイムである。

さて、月浦とのレッスンはどうだったんだろう。ボロ雑巾《ぞうきん》にされたか、粉微塵《こなみじん》になって風に消えたか。

もしもし。

『弟クン……弟クン～……』

聞こえてきたのは。

力は無いわ掠れているわ、さらに涙でにじんでいるわの、べこべこに凹んだ声だった。

どうも正月同様に、完膚《かんぷ》なきまでぶちのめされたらしい。あのときと違って俺に一報くれたのは、まだしも傷が浅かったからなのか、何か別の理由があるのか。どちらにせよ俺は少し嬉《うれ》しい。少しだけ。

『私ぃ……私、役者向いてないよぅ……』

「それは無いです。俺が保証します」

カケラの迷いも無く言い切りながら、俺は腰を上げて廊下に出た。

玄関脇に掛けてあるブルゾンだけを羽織《はお》りつつ、小走りに外へ。わりと深刻に落ち込んでるみたいだから、こっちから迎えに行くことにしよう。きっと今ごろ、歩く気力もなくしてどこかで動けなくなっている。

「七瀬さん、今どこですか。今から行きますから動かないでください」

『迷子の子どもか私は……』

「似たようなもんです。寒けりゃ適当に店にでも入って、憂さ晴らしにパーッと飲んでていいですから」

『飲まないよ』

「辛《つら》いこと吹っ飛ばすんじゃないんですか、酒って」

『その飲み方好きじゃないの、私。お酒ってね、楽しい気持ちで飲むのが一番美味《おい》しいんだ。凹んだまま飲むのは二番目。二番目じゃお酒に失礼だよ』

「なら丁度いいです」

本心から言う。辛い酒に付き合うなんて、絡《から》み酒の面倒を見るよりさらにイヤだった。まあ姉さんも七瀬さんも絡み酒専門だから、辛い酒の対応を経験したことはないんだが、映画とかのそういうシーンを見る限りは。

『今日は弟クンちにも行かなーい。かっこ悪いもん。それだけ言おうと思って――』

「ダメです来てください」

エレベーターに滑り込みつつ、いつも通りの調子で言ってやる。

「あんたが来るって言ったから、食材いろいろ買い込んだんです。鶏肉とかホッケとかさっさと使わないと」

『ほ、ホッケ』

そこで揺れるのかよ。もうちょっと凹んでろよ。

「とにかく行きますから。今どこです？　――いいから答える！」

『はいぃ!?』

ようやく白状する気になったらしい七瀬さんの声を聞きながら、俺はこっそり息をつく。

さて、どうすればこの名女優に元気になってもらえるだろう。いつも通りおつまみを作ってやればいいのか、演技へのアドバイスが必要なのか、今のところはわからない。

いくつも方法を考えながら、俺はマンションの玄関をくぐって夜の路地へと飛び出した。

無駄だった。

◇

「あ、弟クン来た来たぁ！　やっぱ早いねーいいよー電話したらすぐ駆けつけてくれるって女の子的にポイント高いよー」

「……………」

もの凄く元気な七瀬さんが、夜の公園で手を振っている。

年の瀬にも一度来て雨に降られた、うちから十分ほどの公園。七瀬さんはベンチにちょこんと腰を下ろし、片手にカクテルの缶まで持って、蕩《とろ》けた顔で笑っていた。

おいどういうことだ。ベンチの脇には、瓶《びん》やら缶やらでパンパンになったビニール袋。この十分で買い込みやがったのか。そういえばすぐそこにコンビニあったっけ。

「何があったんです……？」

「いやーねー、稽古《けいこ》中に撮った動画見てたらさ、水守ちゃん凄すぎて感動しちゃって。うわー憧《あこが》れるーすっげー私も頑張るぞーって」

「そんな復活のしかたあります？」

俺はひたすら呆れるしかない。強がっているのかとも思ったが、違う。『辛い酒は飲まない』

と宣言した以上、ちょっとでも心に辛さがあればこの人が酒を飲むことは無い。俺に見栄を張るよりも、酒への敬意を優先するのが七瀬さんだ。迷惑な話ではあるが、そこに関しては一貫していてわかりやすい。迷惑な話ではあるが。

「あるよー」と、七瀬さんは楽しそうに胸を張る。

「憧れはいつだって乙女を蘇《よみがえ》らせるのだー」

「いつだってってことはないと思いますが……」

なんだかどっと疲れつつ、俺は七瀬さんに歩み寄る。まったくどこまでも人騒がせな。

「水守ちゃんも言ってたよ?」

缶を振り振り、七瀬さん。

「弟クンのことは、ほとんど諦《あきら》めてたんだってー。でも、昨日キミと私が普通に喋ってるの見て、『もう一度昔みたいになりたい!』って思ったらしいの。憧れで復活したんだよ水守ちゃんもー」

「何への憧れですか、何への。五股で逆ハーレムキメてた頃《ころ》への?」

「弟クンの水守ちゃん嫌いが半端《はんぱ》ないー。水守ちゃんがんばえー」

「あれ以上頑張らせないでください……変装までして近づいて来るんですよあいつ」

「それ聞いたー。大変だよねえ」

「わかってもらえますか」

「いや水守ちゃんが。あの子ねー、好きな人の前ではいつでも最ッ高の自分でいたい子みたいだから。あのビジュアルが活かせないのかわいそ」

「月浦贔屓《びいき》が過ぎる……！」

「贔屓じゃないよー苦労がわかるってだけ。そんなに気張らなくていいよーとは言っといたけどね、聞く子じゃないよなー」

「？」

「だって弟クン、頑張る恋って嫌いでしょ？」

「覚えてましたか」

ちょっと驚く。

そういえば、七瀬さんには前に話したんだった。彼女を作るなら、なるべく緩《ゆる》い感じがいいと。お互いヘンに力まずに、ダサい所を見せ合いながらも何となく一緒にいると楽しいみたいな、そういう関係に憧れる。理想の自分をバッチリ作り込んで、見栄を張るような恋の仕方は、月浦と付き合ってもう懲りた。

そういう意味で、俺は月浦が嫌いなだけじゃなくて、そもそも苦手でもあるのだった。

「弟クン的にもラクなのにねー。これで水守ちゃんがノリ合わせてくれたら」

「まあ、ラクはラクかもですけど……ガードはかえって上がるんじゃねえかな」

「そうなの？」

「ええまあ。だって――」

俺が続けようとしたとき、「くちっ」と七瀬さんがくしゃみした。

「あはは」と面白そうに笑って、カクテルの缶を掲げてくる。

「あー。やっぱ外で冷たいお酒はキツかったわ」

「何やってんですか」

「だって新商品だったもーん。行かなきゃ女じゃなーい」

勝手に女性を代表するな酔っ払い。おこがましい。

「まったく」と、俺は肩を竦《すく》める。寒いのガマンしてまで飲むヤツがあるか。飲むならせめて温かい所でにしなさい。

「ほら帰りますよ。どーせ来るんでしょ？　――立てます？」

言いながら、俺は酔っ払いに手を差し伸べて――

「あー、ありがと」

ガサッ、と。

七瀬さんが突き出してきたものを、反射的に握ってしまう。

手ではない。

酒満載の買い物袋。

……重い。

「この女……」

「ん？　なんか違った？」

不思議そうに眉《まゆ》を上げつつ、あっさり立ち上がる七瀬さんは、わざとなのかそれとも天然なのか、どうにも見分けがつかなかった。何しろ今は酔っている。演技力は月浦級。

「何でもないです」

溜《た》め息《いき》とともに言ってやり、並んで公園の外へ歩き出す。

◇

「実際どーだったんです？　今日」

二人並んで歩きつつ、七瀬さんに訊いてみる。

まだ夜九時にもなっていないので、大通りはだいぶ賑《にぎ》やかだった――なお、前回と帰る道が違うのは、七瀬さんが途中で「おつまみ買い忘れたー」と言い出したからだ。スーパーに寄ったせいで荷物がさらに増えた。おのれ酔っ払い。当然のように俺が持たされてるし。

「んー、トラに嚙《か》まれるハムスター的な？」

その袋からひょいっと缶ビールをつまみ上げつつ、ケラケラ笑う七瀬さん。なかなかの畜生ムーブだが、公園で飲んでいたカクテルの缶はちゃんとゴミ籠《かご》に捨てていたので今回は怒らないことにする。甘すぎる自覚はある。

「なんかね、水守ちゃんが台詞《せりふ》を……じゃないな、演技モードになって立つだけで私ビビっちゃって頭真っ白！　もうお芝居どころじゃなかったー。ま、お芝居できててもあのガチガチじゃ話になんないけどねー」

悲惨としか言いようがない報告を、心底楽しげに並べてくる。ぷしゅっ、とプルタブを開ける手応《てごた》えさえ、とことん気持ちよさそうだ。ぐびっ、ぷひゃー。

「あれが日本で一番の演技だよー。若手屈指とか言うけどウソだね。無差別級最強」

まあ、そのへんは諸説あるだろうが。

「一緒にご飯食べるってだけの、平和な日常シーンなのにさー？　何かね、怖いの。あの子は普通に演技してるだけなのに、なーんかビビっちゃう」

「昔っからそうですよ、あいつは」

また溜め息をつき、俺は言う。

役者が深く深く役に入るとき、オーラとしか言いようのない異様な雰囲気を放つことがある。たった一人で、大型モニターもマイクも無しに、数千人の観客を丸呑《まるの》みにしてしまう異次元の迫力。あれを間近で浴びる共演者は、きっと同じだけのオーラをぶつけて相殺するしか無いんだろうが……。

「学生演劇レベルだとビビって泣くんですよ、共演者。中学の頃も、そうやって本気出してよく部員を泣かせてました……一度も泣かなかったのって羊子だけじゃねえかな」

「あー」

その光景が目に浮かぶのか、七瀬さんが面白そうに笑った。あんたも同じ被害に遭ったんだから、もっと怒っていいんだぞ？

「水守ちゃん頑張ったんだなー。偉い偉い」

「褒めるしこの人……」

「あ。泣かされちゃった子たちには内緒ね？」

ちょっと焦《あせ》ったように、七瀬さん。酔っ払いなりに、マズいことを言ったと思っているらしい。それなら俺にも内緒にすべきだと思う。あいつがいるから辞めるって言い出した部員が半月に一人は出てたんだから。羊子と一緒に、引き留めるのにどんだけ苦労したか。

「でもさ、一生懸命だったんだよ水守ちゃん。弟クンに見てもらいたくて」

「それは……本人も言ってましたけど」

そして惚《ほ》れましたけど。

「中学生だもん。恋しちゃったら他のこととか見えないよー。仕方ない仕方なーい」

「軽すぎるぞ酔っ払い」

「そりゃ軽いよー。今のあの子しか見てないし、私」

「明日からのあいつも見た方がいいですよ。どーすんです、ドラマ」

「それねー」

ゆらゆら揺れつつ、顔をしかめる七瀬さん。こういう顔をするときのこの人は、酔ってるなりにしっかり考えているんだとこのところ理解できてきた。翌朝には全部忘れるけどこいつ。

「わざとお酒飲むわけにもいかないしなー」

「飲みゃいいじゃないですか」

「んー……はい⁉」

酔っ払いが驚いた。あり得ないことを聞いたというように、目を剝《む》いて俺を凝視してくるが俺はごくごく平然としている。

「お、弟クン大丈夫⁉　寒い中出てきたから風邪引いたんじゃ」

ガチで心配そうな顔。心配し過ぎて酔いがいくらか醒《さ》めているようだ。ふむ、これは今後利用できるかもしれない。

「あのね、あのね弟クン、そりゃ私はお酒大好きだけど、お酒が大嫌いな弟クンのことも好きだよ？　無理に変わらなくていいんだよ？」

「合理的に判断しただけです。無理とかじゃない」

ごく淡々と俺は言う。実際、気持ちはごくフラットかつ前向きだ。つまり本気だ。

「飲めばいいんですよ、演技の前に。それでクオリティ上がるんだから」

「え、えーやだー！　楽しくないそーいうの！」

駄々をこねるように、七瀬さん。

「お酒は楽しくなるために飲むの！　仕事道具じゃないのー！」

「酒飲みながら脚本読んでたでしょ、こないだ」

「あれはポーズだよ！　弟クンに甘やかしてもらうためのポーズ！　始めたら半分仕事モード入っちゃったけど！」

そうだったのかよ。

「弟クン弟クン、あのときみたいにアドバイスちょーだい⁉　緊張しないでお芝居できて、水守ちゃんの圧にも負けないためにはどうしたらいいかな」

無理に決まってんだろそんなの。少なくとも一朝一夕には。

そんな離れ業にトライするより、いかに七瀬さんに酒を飲ませるか考えた方が手っ取り早いし確実だ。姉さんに協力してもらって、撮影前に飲むお茶に混ぜるとか、弁当のおかずに染《し》み込ませておくとか。

「悪だくみしてる顔だぁ……」

してますから実際。悪だくみ。

「ね、ねえやめよう弟クン。何考えてるか大体わかるけど、ほんとにやられたら私、いつ一服盛られるかってビクビクしながら生きなきゃいけないの」

「それだ。そういう暮らしを続けてたらそのうち酒自体イヤになりますね」

「弟クン！」

「ウソですよ。芝居の前にも飲めなくなったら意味が無い」

「だから飲まないって！　仕事中は！」

「割り切ってくださいよプロなんだから。クオリティ上げるのが第一――」

『速報です』

と。

噛みつく七瀬さんのすぐ脇、通りがかりの家電屋で、ディスプレイされたテレビがニュースを流していた。

アナウンサーの女性が、必要以上にフラットな調子で速報とやらを読み上げている。

『つい先ほど、俳優の――容疑者が婦女暴行の現行犯で逮捕されました。――容疑者は、路上で同じく女優の――さんに無理やり猥褻《わいせつ》な行為を働いていたところを、通報を受けて駆けつけた警察官に取り押さえられました。容疑者は酒に酔っており、関係者の話では、直前まで行われていたドラマの撮影中に飲酒する様子が見られたと――』

「………………」

俺と七瀬さんは無言で、ひとしきりその速報を聞き終え――

「……当分ダメだな、酒は」

「わかってくれた⁉」

声を弾ませる七瀬さんに、俺は渋々頷《うなず》くしかない。

仕事前に七瀬さんが飲んだのがバレたら、この事件の容疑者と同類扱いされ、たちまち業界から干されてしまう。まあまずバレないと思うが、万一ということがある。

となると、シラフのまま演技力を上げる方向で進めるしかないわけで……って、こんなこと俺が考えても仕方ないか。七瀬さんの演技力強化は姉さんやプロのトレーナーさんの領分だ。

それはそうなんだが、俺はもう、自分に出来ることをしたいと思わずにはいられなくなっていた。役者を愛する者として、一度この人を手伝った身として、出来ることはいくらでも。

「あ、あの！」

俺の思考を遮《さえぎ》って、後ろから誰かが呼びかけてきた。

振り向けば、大学生くらいの女性が二人。

興奮したように目を輝かせ、こっちを、いや、七瀬さんを見詰めている。まるで街中で芸能人を見かけて、思い切って声をかけたかのように。

訂正。『ように』じゃない。まさにそういう状況だ。

昨夜地上波デビューして、合わせ技でSNSでもバズった有名人がここにいる。

まずいか——ちょっと焦って、背中に嫌な汗が浮く。七瀬さんが男（俺だ）といるところを見られた。美貌《びぼう》で注目を集める新人に、いきなり男の気配はまずい。しかも片手に缶ビール。

……いや。

思い直して、俺は肩の力を抜く。今の七瀬さんなら、こんなのピンチのうちにも入らない。酔ってるときのこの人の演技力はあの羊子さえ騙《だま》しきるのだ。この場で別人を演じることくらい簡単だろう。

「い……和泉《いずみ》七瀬さんですよねっ⁉」

女性の片方が裏返った声で言う。

さて酔っ払いはどう返すのかと、俺は観戦気分で目をやり――

そのときだった。

七瀬さんが無言のままで、そそくさと俺の背中に隠れる。

おいどうした？　もっとこう強気なキャラを演じて、番組で見せた初々しいイメージとの違いを見せた方が良くないか。ほら、年末の居酒屋で店員さんにやったみたいに。

「……どーしよ弟クン……？」

蚊の鳴くような弱々しい声に、俺は耳を疑った。

七瀬さんが怯《おび》えきった様子で、泣きそうになりながらこっちを見上げている。明らかに演技じゃねえぞこれ。

「ど、どうって」

思わぬ様子に慌てつつ、俺は小声で言ってやる。

「適当にあしらえばいいんじゃないですか⁉　居酒屋の店員さんのときみたいに！」

「あの人は男だもんっ！　女の子相手はその……引き出しが無くって」

「同じ演技でいいでしょ⁉」

「むーりー！」

七瀬さんが涙をにじませている。くそ、そういうものなのか。役者の生態が未《いま》だによくわからん。

見れば、話しかけてきた女性たちは俺と七瀬さんを見比べてひどく不審げな顔をしていた。その視線を台詞に変換するなら、「え、男いるの？」「年下じゃね？」「しかも酒飲んでる。未成年を飲み歩きに付き合わせてんの？　ヤバくね？」というところか。確かにヤバい。何がヤバいって、二人の手が今にもスマホに伸びそうな感じでワキワキしているのが本気でヤバい。写真撮られてSNSに上げられたら、七瀬さんの芸能人生命は終わる。

「ああ、もう……！」

俺は小さく呻く。本職が動けないのなら、こっちで何とかするしかない。

具体的には――

「ぶっは！」

噴き出してやる。めいっぱい。

周りがギョッとするくらい派手に笑い声を上げ、七瀬さんを小突いて言ってやる。

「まーた間違われた！　もう何度目だよ⁉　クッソウケんだけど！」

「おおう……⁉」

七瀬さんが声を上げて引くくらい、全力でチャラ男を演じる俺である。

そう、演技だ。俺の演技でこの場を凌《しの》ぐ。俺がチャラ男役、七瀬さんは和泉七瀬似の別人役。

わざわざ極端な演技をしなくても、「この人は和泉七瀬じゃないですよー」と言うだけでいいかもしれないが……それだと疑われる可能性が高い。少しでも疑いを残すと危険だ。例えば、俺たちを後ろから撮って『和泉七瀬が年下の男と飲み歩きしてた！　未成年に飲ませてたっぽい！』と尾ひれ付きでＳＮＳに書き込むようなことも、『いいね』欲しさでやるヤツはやる。

それをさせないためには、人違いだったと確信させることが必要だ。

あと、俺は演技の微妙な調整が出来ないので、こういうときはキャラを極端に振り切るしかないという事情もある。

「こいつそんな美人じゃねーから！」と、七瀬さんの肩をバシバシ叩く。ついでに、「ブッサいから見せねーよ？」などと言いつつ彼女のマフラーを持ち上げて、顔を半分隠してやった。

さらに続けてまくしたてる。

「雰囲気イケメン……じゃねーや、雰囲気美人なんだよコイツ。遠くからだとそれっぽく見えるだろ？　近づくと萎《な》えんのマジ。つーか酒飲むし。和泉七瀬のガチ劣化版！」

「は、はぁ……？」

女子たちは半信半疑といった風で、俺と七瀬さんを見比べている。畜生、まだ押しが足りないか？　スマホに伸びたその手を放せ。俺は次の台詞を考えるが、何しろ役者ではないのでスラスラとはいかない。

――助け舟は後ろから飛んできた。

「ブサいのはあんたもでしょ!?」

怒声。見れば、七瀬さんが額に青スジを立て、こっちを睨みつけている。続けて、

「顔もダメだし、カネ無いし、バカだし！　私がいなかったらあんたまだ童貞でぼっちだったんだよ？　わかってんの？」

普段の七瀬さんからは絶対に出ない乱暴な言い回しに、俺は胸を撫《な》で下ろす。

やった、本職が動いてくれた。多分、俺の芝居を受けて演技のプランを組んだんだろう。もう安心だ。でも何で付き合ってる設定にしたんですか。

「ヨーコちゃんにフラれて、私に逃げてきたくせに！」

「よ……」

その設定要らないだろ。だいたい何で羊子なんだそこで。

「ちょっとベッドの上で巧いからってイキってんじゃねーわよ！　あんたのゴミスペックじゃ普通そこまで持ってけないから！　勘違いすんなバーカバーカ！」

「バーカバーカとか……」

直前までエグいこと言ってたくせに、いきなり語彙《ごい》力が幼稚園児化した。さては罵倒《ばとう》ワード

ないです。

が浮かばなかったな？　役者としては失点だけど、根の上品さが窺《うかが》えて個人的には嫌いじゃ

「あ、あの！　わかった！　わかりましたから！」

さらに続けようとした七瀬さんに、女子たちが青い顔で飛びつく。

「ごめんなさいでした！　勘違いでした！」

「ケンカしないで！　ねっ!?　私たち消えますから！　仲良くしてお願い！」

必死で愛想笑いを振りまき、二人はそそくさと退散していく。和泉七瀬じゃないのなら、用は無いということだろう。賢明だ。名も無きカップルのケンカの様子なんかＳＮＳに書いても『いいね』は付かない。少なくともバズるところまではいかない。

二人が何度も振り向きながら雑踏の中に消えるまで、俺はじーっと見守って――

「……何とかなったか……」

危うくへたり込みそうになりながら、夜空を仰《あお》いだちょうどそのとき。

ぐいっ

いきなり手を引かれた。七瀬さんだ。

何故《なぜ》かマフラーで顔を隠したまま、早足で歩き始めている。おい、飲んでたビールの缶どうした？　――あった。空いた手に持った買物袋から、カラになった飲み口が覗《のぞ》いている。

「行こ」

いつになく端的に、七瀬さん。

「ひっどいキャラ演じたからねー。顔覚えられたら大変」

確かにそうだった。ここは家から歩いて五分。公衆の面前であんな言い合いをするカップルだとご近所さんに思われたら生きていけない。

下ろしていた買い物袋を拾い上げ、引っぱられるまま歩き出す。

「……弟クン」

足を止めないまま、肩越しに振り向く七瀬さん。マフラーで口元が見えないが、その目はまるで酔っていないように、まっすぐで真摯な色をしていた。

「ありがとね」

小さな小さなその声に、俺は思わず息を呑み――

「……いやーもう困っちゃうねえ！　まだドキドキしてる！」

七瀬さんの声量が倍増しになった。即座に戻ってきたいつもの調子に軽く肩をコケさせる。

情緒不安定か。こういう酔い方をする人じゃないと思ってたんだが。

「ドキドキって……何スかこれくらいで」

言ってやる。

「月浦のプレッシャーに比べたらヌルいもんでしょう」

「じゃなくてさー。いや、それもだけどさ」

前を見たままの七瀬さんが、ほんの一瞬、言葉を切って——

次に唇から滑り出た声は、また少しだけ小さくなっていた。

「穂澄《ほずみ》くんが、かっこよくてさ」

「……」

気がつけば。

七瀬さんはいつの間にか早足をやめ、俺の隣に並んでいた。マフラーに隠された横顔は酒のせいで真《ま》っ赤《か》に染まり、半ば閉じた目が意固地なくらいじーっと前を見詰めている。

そんな彼女から、俺はそっと目を逸《そ》らし。

「……酔ってますね？」

「酔ってますよー？」

珍しく、七瀬さんが認めた。マフラーをぐいっと押し下げて、ニマニマ笑いながらこっちを見る。

「酔ってるからぁ、思ったこと何でも言っちゃうの！　あんま真に受けちゃダメだぜー？」

百も承知、と俺はうなずく。ハナから酔っ払いの言葉なんて信じるつもりはありません。

ただ——酔った七瀬さんが『自分の言葉を信じるな』と言ったのはこれが初めてで。

信じる信じないはともかく、忘れられはしないだろうと、そんな風に思ってしまう。どーせ七瀬さんは忘れるだろうけど。

――じゃあ、俺も言ってやろうか。

らしくもなくそう思ってしまったのは、さっきのピンチを切り抜けて興奮していたからかもしれない。言ってやろう。普段なら恥ずかしくて呑み込んでしまうことを。本心を聞かせて驚かせてやろう。

「昨日や今日くらいのことなら、やりますよ」

「え」

七瀬さんが目を丸くしたが、俺は構わず先を続ける。俺の台詞も、それにちょっと驚いたことも、この人はどうせ全部忘れる。だったら全部ぶちまけてしまえ。

「何度でもやります。いくらでも」

いくらでも。そう、いくらでもだ。大袈裟《おおげさ》に言ったつもりはない。必要なものを届けるためなら、沖縄にだってすっ飛んでいこう。彼女のエネルギーになるなら、美味しいつまみを毎日作ろう。

俺にとって、頑張る役者とはそういう存在だ――もちろん、酔って絡むのと酒臭いのには文句言うが、それとこれは話が別だ。

また七瀬さんに目をやると、彼女は何故か上を見ていた。危ないから前見て歩きなさい。ただでさえ酔ってるんだぞあんた。さっきまでよりさらに顔が赤くなってるし。

「……弟クンはさ」

何か言いかけ、七瀬さんが口ごもる。酔ってるときのこの人には珍しい。一滴でも飲んだが最後、遠慮とか躊躇《ちゅうちょ》をつかさどる脳機能がぶっ壊れるものだと思っていたのに。

彼女はしばらく黙り込んだ末、結局「何でもない」と笑った。さっきの演技とは似ても似つかない、ヘタクソな誤魔化し。俺は素直に誤魔化されることにした。本当に言うべきだと思えば、いつか続きを聞かせてくれるだろう。

「ほーんと困ったわー。どーしよかなー」

ゆらゆらしながら言う七瀬さん。

「ひつじちゃんや水守ちゃんには内緒だなーこれ。あの子たちきっと怒るしー、七瀬さん、いいお姉さんでいたいしー……」

独り言のように喋り続ける七瀬さんの掌《て》は、俺のそれを握ったままだった。しっかりと、それでいてどこか遠慮するように。

熱い、熱い彼女の体温を、俺は家に着くまでずっと感じ続けていた。

◇

「ごちそーさまでしたぁー！」

ぱちんっ！　と手を合わせる七瀬さんの前から、俺は綺麗《きれい》に骨だけになったホッケの塩焼きを取り上げる。

毎度おなじみ居酒屋穂澄――もとい、うちのリビングだ。キッチンまでの戻り際、サイドボードの賽銭箱《さいせんばこ》時計に目をやると、時刻は夜の十一時前。例の、役者逮捕の報道から二時間近く、たっぷり酔っ払いの世話を焼いてしまった。

もっとも、今夜のおつまみは今のホッケで打ち止めだから、この後は酔っ払いをほぼ放置するんだが。放っておけば、いつものようにそのうち寝るはずだ。

「……んー？」

ソファでうつぶせになっていた七瀬さんが、リビングに戻った俺に目を向ける。

「どったの？」という視線に応《こた》えず、俺はテレビの脇に立っている本棚に歩み寄った。普段からなるべく意識しないようにしているそれは、カーテンがかかっていて中が見えない。いや、正しくは、俺がカーテンをかけて隠してるんだけど。

俺は何秒か躊躇《ためら》ってから――思い切ってそれを開いた。あらわになるその中身に、ついつい顔が引きつってしまう。

「おー？　なになに？」と、七瀬さんが寄ってくる。

「弟クンのシュミ、とうとう公開!?　あれかな、スマホの五インチちょい画面だとガマン出来なくなった感じかなー？　困ったぞー私、男の子のそういうの見るの初めてでー」

「だったら恥ずかしがれよちょっとは。あと違うから」

しっしっと手を振り、言ってやる俺。大画面でそういうのを観るとしたら、七瀬さんが来る前だ。例え酔っ払いが寝落ちしていても、リビングでアレを上映する勇気は無い。

……いや別に、そう特殊な性癖を持ってるわけじゃないけれど。ないと思うけれど。

「どれどれー」

七瀬さんはフラフラしながら、俺の手をかいくぐって本棚を覗き込んだ。そして。

「おぉー!? すごーい!」

酔っ払いの歓声。俺はそれを聞き流しつつ、ずらりと並んだブルーレイから適当に選んで抜き出した。淡々と、我ながら機械的な仕草で。その脇で、七瀬さんはまだ声を弾ませていた。

「水守ちゃんが出てるのばっかりー! え、観るの? 弟クンこれ観るの!?」

七瀬さんは何やら面白そうに、俺の手の中のパッケージを見やる。

そう。

カーテンの奥にあったのは、何十枚にも上る月浦の出演作品たちだった。主演、助演、劇場作品からテレビドラマ、舞台からアニメに至るまで、デビュー以来の月浦の軌跡を完璧《かんぺき》に網羅している。

「何だよ弟クンー! 水守ちゃんのこと……」

「姉さんが買ってくるんです! 俺じゃねえ!」

皆まで言わせず切り捨てる。

姉さんにとっては担当女優の出演作だから円盤を買うのは当然（もらえるはずなのだがわざわざ買ってくる。立派だとは思う）なんだろうが、俺はたまったもんじゃなかった。何しろリビングに月浦の顔が増えていくんだから。

と言って捨てるわけにもいかず、絶対不可侵たる姉さんの部屋に勝手に放り込むことも出来ず、こうして専用のスペースを作ってカーテンで隠しているのである。

訂正。隠していたのである。

「ちょっと月浦の研究するんで。流しますね」

「けんきゅー？」

首を傾《かし》げる七瀬さんを置き捨て、ブルーレイプレイヤーを起動する。

――月浦の研究。それはさっき約束した、七瀬さんサポートの一環だった。

役者としての七瀬さんが今ぶち当たっている問題は、月浦のプレッシャーに耐えられなくてガチガチになってしまうこと。その解決策を探るには、当たり前だがまず月浦がどんな芝居をするか知らなくてはいけない。きっと中学の頃よりもはるかに成長してるだろうし。

思うに、昨日までの――いや、ほんの数時間前までの俺なら、ここまで自主的には動かなかっただろう。俺はアマチュアで、七瀬さんはプロ。俺に出来るのはせいぜい緊急のサポートくらいだと。

でも、羊子は『力がある』と言ってくれた。あの姉さんの信頼さえ勝ち取る力が。なら、ここで遠慮や躊躇を見せるのはあいつの言葉に対する裏切りだ。自信過剰、自意識過剰で行かせてもらう。恥をかいたら後でのたうち回ればいい。

「研究って、どしてー？　水守ちゃんの顔見るのもヤなんでしょ、まだ」

「まだっていうか、一生そうです」

なら何で？　と七瀬さんが訊いてくるが、俺は何も答えない。「あんたのためです」なんて言えてたまるか恥ずかしい。ピンチを切り抜けたあの興奮は、とっくの昔に醒めている。

「ちょっと事情があるんです！　詮索《せんさく》すんな」

「えー気になるぅー。教えてよー誰にも言わないからー水守ちゃんと雫先輩以外」

「一番ダメな二人だろそれ」

「気ーにーなーるー。何だよぅケチー、いいよ、じゃあ当てたげる。どのドラマ観るかでわかる気がする——って、あれー？」

七瀬さんは不思議そうに、俺が円盤を取り出したケースを見やって首を傾げる。

「それ二時間半あるよー？　今から観るの？　寝るの遅くなるよー？」

「仕方ないです」

「もっと早く流してればよかったのにー」

「何言ってんですか」

ディスクを手の中で弄《もてあそ》びながら、俺ははっきりと言ってやる。

「頑張った役者へのご褒美は全《すべ》てに優先します。全てにです。研究なんか後回しでいい」

「優先されちゃったー」

七瀬さんは嬉しそうに笑って、持っていた缶ビールをプシュッと開ける。つまみが無くなっても飲むのはやめない。目の前に酒がある限り。それが七瀬さんという人である。

ただ、今回は開けたビールを飲む前に、ゴソゴソとスマホを取り出した。

「よーし、水守ちゃんに教えたげよ」

「やめろ」

スマホをひったくるべく手を伸ばすが、酔っ払いは「きゃー」と背中でそれを庇《かば》う。くそ、ズルい。そうされると奪うに奪えない。

「……あれ？　七瀬さん、月浦の連絡先知ってるんですか？」

「今日のレッスンが終わった後でねー。ＲＩＮＥ交換した」

「あんなに凹みながら⁉」

「交換しよーって、あっちから言ってくれたんだあ。それでちょっと元気出たんだよ？」

とか言いながら、七瀬さんはスマホに指を走らせるが――いつものように手先がうまく動かせず、関係ない所をタップしたり、変なアプリを立ち上げたりしている。あ、大丈夫だこれ。放っとこ。

俺は七瀬さんから目を離し、ディスクをプレイヤーに入れようとして――

「……」

止まる。

挿入口にディスクの縁を触れさせたところで、俺はピタリと停止した。あるいは硬直した。五秒。十秒。そのまま動かない。動きたくない。

あー、と我知らず漏《も》れる呻《うめ》き声。

「観たくねー……月浦とか観たくねー……」

「そんなにイヤかー」

ケラケラ笑う酔っ払い。

「今日、一緒に帰ってたじゃーん？　ちょっとくらい慣れたんじゃないのー？」

「いやほら、あっちから来るのを視界に入れるのと、自分から見ようとするのは違うから」

「そーゆーもの？」

「そういうものです。……ところで七瀬さん？　今朝《けさ》言ってたレポート書けました？」

「今その話ィー？」

だって、ディスク入れる踏ん切りがつかなくて。一旦《いったん》間合いを取りたいんです。腹を括《くく》れるまで時間を稼ぎたい。

「んじゃ貸して。私が入れたげる」

「だ、駄目です！　あんたに持たせたら引っかけて傷つけるし」

「いーからよこせー。ほらー」

「駄目だっつの、あ⁉」

いきなり腕にしがみつかれて――弾みでディスクが入ってしまう。ういーん、と冷たい音を立て、プレイヤーに呑み込まれる円盤を涙目で睨むがもう遅い。既に電源を入れていたテレビに、冒頭のロゴが映し出される。

「けーかくどーりー」

堂々と嘘《うそ》をつく酔っ払いが、危なっかしい足取りでソファに戻っていく。俺は途方に暮れたままその背中とテレビを見比べていたが、ついに覚悟を決め、テレビに向き合った。

観てやる。月浦を克服して、分析して、七瀬さんのために役立ててやる。覚悟しろよ酔っ払いこの野郎。

床にあぐらをかき、腕まで組んで、虚勢全開で画面を睨む。本編が始まる。いきなり映された月浦のどアップに、へなへなと背中が丸くなりかけたがそこを何とか踏み止《とど》まって、凝視。月浦が動いている。月浦の声がする。最初はそれだけでキツいと思ったが、だんだん目と耳が馴染《なじ》んできた。本編開始から二、三分だろうか。案外早く済んだ順応に、俺は胸を撫で下ろし――

「じー」

「………」

気づく。

いつの間にか横に来ていた七瀬さんが、俺をじーっと見詰めている。いつの間にか注《そそ》いだ赤ワイン片手に、ニコニコしながら。少しも目を逸らすことなく。息を呑むほど美しい容貌《ようぼう》の中で、切れ長の目が燃え立つように熱っぽい。女神の視線というものがあるなら、きっとこんな感じなのだろう。眩《まぶ》しいような、焙《あぶ》られるような眼差《まなざ》しが、俺の顔に注がれ、注がれ続けて。

「……ああもう！　気が散る！」

耐えられなくなって、俺は酔っ払いを睨んだ。それが面白かったのか、ケラケラ笑う酔っ払い。何だあんた。

「気合が足んないぞ弟クーン。集中集中ー！」

「うるせえ！　あんたも観たらどうですか、ヤツのプレッシャーにちょっとは慣れるかも……」

「これもう観たしー。弟クンのリアクション見たーい」

まあ、それはわかるけど。内容を知っている映画が流れるとき、一番楽しいのは初見の人の反応を見ることだと俺も思うけど今はよせ。あんたに見詰められると、こう、ソワソワする。もしくはドキドキする。

「んー、勝っちゃったなー。水守ちゃんとの綱引きに勝っちゃったなー」

ニマニマしながら七瀬さん。綱引きというのは、俺の注意を画面の月浦から引っぺがしたことか。

「やっぱ私も捨てたもんじゃないねー。オーラ出てるのかなオーラ」

「出てますよ出てるに決まってるでしょう！　役者としちゃ超一級の素材なんだから、しっかり活かしきれば月浦と並べますよ」

「褒められてしまったー」

心底嬉しそうに笑って、ワインを呷《あお》る七瀬さん。

その反応が、俺はちょっと気になった。

やっぱりこの人、見た目を褒めると喜んでくれるよな。なのにどうしてSNSでバズったときはあんなに反応が薄かったんだろう。今の俺の誉め言葉と、SNSに並んだ絶賛とではいったい何が違うのか。

「よーし弟クン、もっと褒めてみよー！」

かもーん、と手招きし、七瀬さん。

「七瀬さんをいい気持ちにさせてみよーか！　役者のテンションを上げるのも演出さんの仕事だと思いまーす」

「他は特に。今んとこ」

「何おーう」

間髪入れずに切り捨ててやると、七瀬さんが口を尖《とが》らせた。そのまま、また見詰めてくる。

俺は画面に意識を戻したが、酔っ払いの視線はやはりどうしても無視できなくて——

結局。

俺が研究に集中できたのは、それから十五分くらい後、七瀬さんが寝落ちしてからだった。

―4―
頼れる友だちがときどきわからんのは俺の理解力不足だろうか

闇《やみ》の中、月浦《つきうら》が逃げていく。

星さえ無い夜のあぜ道だ。彼女は走る。懸命に。何度も何度も振り返りながら。白く美しい造作を、恐怖に青く染《そ》めながら。

荒い息遣いが大きく響く。土を蹴《け》る足音が鼓膜を揺さぶる。それらがひとつ鳴るごとに、彼女の背中を見詰める俺の動悸《どうき》は急激に増していく。

もういいだろう。大丈夫だろう。祈るように、願うように、俺は想《おも》った。もう逃げ切った。ヤツは追って来ていない。だってさっきからずっと、ヤツの姿は見えていない。足音だって聞こえてこない。

月浦もそう思ったのだろう。あぜ道の真ん中で足を止める。もう一度だけ背後を振り向き、彼女は大きく息をついた。生き延びた。その深い深い安堵《あんど》を、しかし俺は共有できなかった。

後ろを見たままの月浦の奥で、何か動く。見間違えるはずも無い。ヤツだ。手を伸ばしている。無防備な月浦の首筋に、その爪《つめ》が食い込んで、赤い、赤い、赤い——

「ぎぃいぃぁあぁあぁぁぁあぁあぁああぁああ!!」

「ひぃぃぃ!?」

いきなり背後で響いた悲鳴に、俺は涙目で振り向いた。

——背後である。テレビの中ではない。もっと言えば、ホラー映画の主演を演じる月浦の断末魔ではない。

七瀬《ななせ》さんだ。

ソファで寝息を立てていた彼女の、この世の終わりのような絶叫。

引き締まった体を思いっきりのけ反《ぞ》らせ、頭を抱えて悶《もだ》えている。毎朝恒例の二日酔いだ。

「なんつータイミングで起きるんスか……あんたは……」

「起き……起きたくなんてェ……なかった……安らかに……眠ったまま、安らかにィィ……」

こちらも恒例の物言いである。死にたくなるほどの頭痛と吐き気で目を醒《さ》まし、何時間かけて復活するのがこの人の午前中の過ごし方。朝は死を望み、夜はお酒を飲める人生の素晴らしさを噛《か》み締《し》める。濃い日々だとは思う。

「……あれ?」

紫色の顔をした七瀬さんが、画面と俺を見比べた。その動きでまた頭が痛んだのか、「いぎィ」と小さく呻《うめ》いたが。

「弟クンが水守《みもり》ちゃんの映画観《み》てる……てことはここ天国？　弟クンと水守ちゃんが仲直りした幸せな世界？」

「天国でも二日酔いするんですかあんた」

この酔っ払い、昨夜の記憶が綺麗《きれい》に抜け落ちていやがる。これもいつものことなので、もう驚かない。

「ちょっと必要になったんですよ」

ディスクの再生を止めて、俺はキッチンへと向かう。梅干しと水を出してやろう――と、そこで気づいたが、窓から朝日が差し込んで来ていた。時計を見ればもう六時半。マジか。徹夜で月浦の映画をハシゴしてしまった。今日も学校だってのに。

「やっぱすげえな、あいつ……」

不覚にも素直な感想が洩《も》れた。昨日の十一時から今まで、実に七時間半に渡ってまったく集中が途切れなかった。月浦の演技はそれくらい魅力的だったのだ。

とは言え、ただ夢中になっていただけではなく、研究・分析もある程度進んでいた。大女優の名演に呑《の》まれず、きちんと理性を働かせ続けた自分をちょっと褒めてやりたい。偉いぞ俺。時間は忘れてたけど。

「必要ってー……？」

ナメクジよろしくソファに寝そべり、七瀬さんが掠《かす》れた声で訊《たず》ねる。俺は答えない。「あんたの手伝いになるかと思って」なんて言えない。言えるわけがない。

戸棚から梅干しの瓶《びん》を取り出して、菜箸《さいばし》でひょいとつまみ出し――

「……もしかして、私のためだったりする？」

ぽと。梅干しが落っこちる。

それを目で追う余裕もなく（後でわかったが、瓶の中に落ちていた。セーフだ）、俺は七瀬さんを見やった。イヤな動悸に苛《さいな》まれながら。

「……ど」声も引きつってしまう。「どうしてそう思います？」

「えーだって……昨日言ってたじゃん……？」

今にも死にそうな濁り切った目で、七瀬さんが俺を見る。

「私のこと手伝ってくれるって。何度でもいくらでもってさー……」

「なんで覚えてるんです⁉」

「だって嬉《うれ》しかっ……あ」

そこで七瀬さんが黙った。ちょっと引きつらせた顔に「しまった」と書いてある。

どうしたのかと見ていると、顎《あご》を乗せていたクッションにいきなり顔を埋めてしまう。何ごとだ。頭痛に耐えられなかったのか、言ってはいけないことを言いかけて呑み込んだか。

「……言っときますけど」

どうにか平静を装いつつ、俺。

「出来ることと出来ないことがありますよ。あんまり期待されても」

「わかってる！　うんわかってるよー別に嬉しかったのそこじゃないし期待とかしてないし」

何スかその早口。頭痛は平気ですか。あと、クッションに顔を埋めたままで普通に喋《しゃべ》れるの凄《すご》いなあんた。

「キミが言ったこと覚えてたのはさー、えっと……そう、『おつまみたくさん作って』ってこの先十年甘えられるのが嬉しかったからでさー」

「梅干し増やすぞコラ」

「やめて。……んー、本当はなーここから怒涛《どとう》の弟クンイジりに移りたいんだけどなー、まだそういう体調じゃないな残念だなー」

「イジられても効きませんよそのネタじゃ」

「そーなの？」

七瀬さんはクッションから顔を上げ――案の定「ひぎゃぃ」と頭を抱えた。それでも喋りたいようで、涙を拭《ぬぐ》いつつこっちを覗《のぞ》き込んでくる。

「照れると思ったのに。勢いで言っちゃったーとかってさ」

「ちゃんと考えて言いましたから」

胸を張る俺。口に出したのは勢いだったが、サポートしたいという気持ちは本物だ。いくらか役に立てる自信もある。

問題なのは、そのために月浦の研究をしようとしていたことがバレる方。そこまで一生懸命なんだと気づかれるのは恥ずかしかった。もっと気楽にやってると思っててほしいんだ。

まあ、「いくらでも」とか言っちゃったし、そもそも撮影現場まで全力疾走した後だから、もう遅いかもしれないが。

「……そっか」

吐息にも似た七瀬さんの声が、俺の耳に辛《かろ》うじて届く。

「そっかぁ……困ったなあ……」

「迷惑ですか？」

「え⁉　違う！　違う全然！」

慌てたように手を振って、七瀬さんがまた「えひい」と悶える。がっつり両目に涙を溜《た》めて、それでも笑顔を作る七瀬さんは、掛け値なしに嬉しそうだった。少なくとも、俺の目にはそう見えた。

「困っちゃうっていうのはー、私ちょっと罪作りが過ぎるなーって。雫《しずく》先輩とか水守ちゃんとかひつじちゃんとかぁ、素敵な人を引き寄せ過ぎてるよ。フェロモン出てるのかな」

「出てはいますね。顔から大量に」

「褒めるときは褒めるー。そういうとこ良いよ弟クン。アテにするね」

「任せてください」

「おおー、かっこいい。……ねえ弟クン？　さっきから気になってるだけどその瓶なに？　なんで中身取り出すの？　やめて持ってこないで。見るだけでキツいのお願い待ってヤだ待ってヤだヤだ——!!」

七瀬さんの悲鳴を聞き流し、箸《はし》でつまんだ梅干しをその口に捻《ね》じ込もうとしたそのとき。

ガチャッ

ドアの鍵《かぎ》が開く音がした。同時に「ただいま」と静かな声。姉さんだ。朝帰りとは珍しい。

一緒に朝ごはんが食べられそうだ、と俺はぼんやり考えて——

「!!」

気づく。

廊下から聞こえてくる足音が、多い。姉さんの他にもう一人いる。誰《だれ》だ。考えられるのは一人だけ。

次の瞬間、俺は今年最速のスピードでテレビの前に滑り込んだ。

床に、観たままほったらかしていたブルーレイのケースが散らばっている。それをかき集めて棚に戻すべく、俺は必死に手を伸ばしたが……遅かった。

それより早くリビングのドアが開く。

入って来たのは姉さんではない。

月浦である。

「サプラーイズ♪」

制服姿の月浦が、心底楽しそうにそう告げて、手を振る。姉さんと一緒に来たらしい。

その姉さんは、月浦より数歩遅れて無言でリビングに入って来た。いつもよりちょっと目つきが悪いのは、徹夜明けで眠いからだろう。お帰りなさい。朝から月浦のお守りお疲れ。どこかに捨ててくればよかったのに。

「……別にサプライズでもねーだろ」

ケースをさりげなく本棚に戻し、俺は冷ややかに月浦を見やる。何を観ていたか気づかれなかったかと、内心ヒヤヒヤしながらだったが。

「まあ♪」

俺の氷の視線をものともせず、嬉しそうに手など合わせる月浦。

「さすが先輩。私のこと理解《わか》っていてくださいますね」

「驚きが無いってことは、お前に成長が無いってことだからな?」

「先輩に愛されてた頃《ころ》の私のままでいたかったので。先輩さえ良ければ、いつでも昔の二人に戻れますよ?」

「俺が変わったから無理。酷《ひど》い失恋して大人になった」

「なるほど」

また『なるほど』か。一昨日からずっと思っていたが、『ごめんなさい』じゃねえのかよ。

浮気《うわき》したこと責めてんだぞ俺は。

まあ、謝られたら謝られたで困るけど。図々《ずうずう》しい、悪い女でいてくれた方がラクだけど。

「でも」

と、月浦は何故《なぜ》か本棚の方に目をやった。意味ありげな視線に緊張するが、ちゃんとカーテンも閉じてある。何を観ていたかは気づかれてないはず。

「私の映画は観てくれたんですね」

「ンな」

愕然《がくぜん》と、俺は月浦の笑顔を見やる。バレただと？　どうして⁉

「あら」

月浦が可笑《おか》しそうに噴き出した。

「本当に観てらしたんですか？　カマをかけただけだったのに」

「てめぇ！」

「びっくりです！　一昨日は観ないって言ってたのに、嬉しい……ちょっとは昔に近づけてるのかな」

「近づいてねーし観てねえ！　観る理由がねーだろ理由が」

「う、うるさいよぅ……」

大声で喚《わめ》く俺の横から、もっともな訴えが飛んできた。今にも死にそうな七瀬さんの声。

「響くの……わ、割れるのぉぉ……お願い、もーちょっと……静かに……」

目の焦点が合っていない。月浦と姉さんが来たというのに挨拶《あいさつ》する余裕も無いようで、さっきのホラー映画に出ていても違和感ないレベルの悲惨な顔だ。さすがにちょっと痛ましい。

「あらあら。和泉《いずみ》さん」

月浦がちょっと驚いたように、七瀬さんを覗き込む。

「どうしたんです？　具合でも？」

「昨日お前にボコられ過ぎてこうなったんだよ月浦。お前のせいだ」

「まあ」

「ウソつかないの穂澄《ほずみ》。二日酔いでしょ」

せっかくのデマを姉さんが否定する。ちっ。

「ああ、これが二日酔い」

どうも生まれて初めて見たようで、月浦は興味深そうに七瀬さんの前で膝《ひざ》を折る。おお、月浦の注意が逸《そ》れた。ありがとうございます七瀬さん。二日酔いも役に立つことがあるんですね。加えて言うなら、姉さんもありがとう。あなたが基本的に二日酔いしない体質だから、月浦が七瀬さんを珍しがってるよ。

「あー……あのね、水守ちゃん」

七瀬さんは相変わらず真《ま》っ青《さお》な顔で、月浦に申し訳なさそうに言う。

「期待させちゃうとアレだから言うけど……ドラマ、私が観たんだぁ」

「‼」

俺は思わず目を丸くする。七瀬さん、もしかして庇《かば》ってくれるんですか⁉　重ね重ねありがとうございます。そうしないと当分俺が騒ぎ続けるからだろうけど。

「昨日ね、お酒飲みながら観はじめたら止まんなくなって。あはは、結局徹夜」

「あらあら……。二日酔いって徹夜でもなるんですね」

「なっちゃったー。水守ちゃん分を摂取し過ぎて二日酔い」

「まあまあ」

くすくす笑い合う月浦と七瀬さん。なんか仲いいなこの二人。一歩間違えれば七瀬さんは月浦に潰《つぶ》されそうなのに、不思議な関係性である。

……あれ？

ふと気づき、俺は首を傾《かし》げた。

今、月浦は七瀬さんのウソを信じたのか。

ウソとはつまるところ演技のことだから、七瀬さんは月浦が見抜けないような演技をしてみせたことになる。

どういうことだ？　もしかして、二日酔いでも演技は出来るとか？　だとしたら朝の仕事に限っては問題なくこなせるんじゃないか。だから何だって話だけど。

そこらへん、姉さんは把握してるんだろうか？　七瀬さんのレッスンを担当するトレーナーさんもいるはずだが、その人は？

「ああ、七瀬。業務連絡」

眠そうに目を半ば閉じたまま、姉さん。

「あなたのトレーナー、昨日づけで正式に退職決まったから。あとでＲＩＮＥででも挨拶してあげて」

「え⁉」

俺と七瀬さんの声が重なる。ただし、俺の引きつった悲鳴に対して、七瀬さんは何故か嬉しそう。

「……退職って」

俺はおずおずと姉さんに訊《き》いてみる。

「七瀬さんがうまくならないからクビとか？」

「いえ、寿退職」

おめでとうございます。

わー、と七瀬さんは顔をほころばせ、早速スマホを操《あやつ》りはじめた。二日酔いも忘れたようなその様子から、よほど仲が良かったとわかる。顔も知らないトレーナーさん、お疲れさまでした。さぞ大変だったと思います。

「ああ、素敵！　寿退職！」

月浦も声を弾ませて、何やら俺の方を見た。

「羨《うらや》ましいですね、先輩！」

「ああ。幸せになってほしいな」

「そうですね！」

「……何で俺に振った？」

「他意は無いですよ？　先輩とキャッチボールしたかっただけです」

「そうか」

「そうです」と満足げな笑顔で答え、月浦もスマホを取り出した。こちらからもメッセージを送るらしい。トレーナーさんとの思い出話を七瀬さんと楽しげに語りつつ、液晶に指を走らせていく。

「穂澄」

ふと、姉さんに呼ばれ、見やる。

姉さんはほとんど舟を漕《こ》ぎながら、半分閉じた目で手招きしていた。何でしょうかと近づくと、俺だけに聞こえる声で言ってくる。

「ありがとうね」

「……何が？」

「七瀬、元気になってるみたいだから」

「自力で立ち直ってたけどね」

「いいえ」と、姉さんは首を振る。

「一度元気を取り戻しても、一人でいるとうだうだ考えてしまうものよ。そうしたらまた落ち込むの。元気な状態で安定させるには、話し相手が必要なのよ」

それを聞いて、俺は驚いた。七瀬さんでもそうなのか。

「あの子も人の子なのよ、穂澄。例外は、仕事が話し相手みたいな私くらいのもの」

「ああ……」

じゃあ俺も例外側だ。一人でいると基本的に脚本とか舞台のことしか考えないし。こういうところは似た者姉弟か。

くぁ、と姉さんが大あくびをひとつ。こんなに油断した姉さんは久しぶりに見た。多分、今日は仕事が無いか、夕方くらいまでオフなんだろう。完全にこれから寝るモード。

そんなところに悪いとは思いつつ――

「姉さん、ちょっといい？」

言って、俺は廊下を示した。二人で話したいことがある。

「ん」

姉さんは目を軽くこすってから、コキコキ首を鳴らして言った。

「大事な話ね？　顔洗ってくる」

◇

ばしゃっ

脱衣所を兼ねた洗面所で、姉さんが荒っぽく水を使っている。三回、四回、こびりついた眠気を削ぎ落すようにざぶざぶと顔を洗うのを、俺は考えをまとめつつ待つ。

やがて。

「お待たせ」

タオルで顔を拭《ふ》きながら、姉さんの鋭い目がこちらを見る。仕事モードのときを想わせる真剣な表情に、俺は改めてこの人を尊敬した。眠くても、相手が弟でも、相談を受ければ決して疎《おろそ》かには扱わない。立派な人なのだ。酔うとアレだけど。俺的ヒエラルキー蚊以下だけど。

「で、何？」

「前置きからになっちゃって悪いんだが」

なるべく手短に終わらせようと、俺は多少焦《あせ》りつつ言う。

「正月にさ、七瀬さんに役作りのアドバイスしたことがあった」

「知ってる」

姉さんが頷《うなず》いた。七瀬さん自身から聞いたんだろう。

「なかなか的確だったわよ、あれ。七瀬の演技が目に見えて変わったもの——まあ、その後水守が台無しにしちゃったけど」

「そ、そっか」

思いもよらない高評価に、俺はソワソワしてしまう。

「出しゃばったかなーって思ってたんだけど」

「そんなことないわ」

姉さんは真剣そのものの調子で言う。

「もともと、アマチュアのあなたが出しゃばるなんてことは出来ないのよ。アドバイスの取捨選択は役者自身の責任だし、それで変な風になったのを修正できないのはスタッフの責任だもの。当然でしょ？　みんなプロなんだから——七瀬も私も、あなたの意見が正しいと思ったから採用した。それだけ」

「……わ、わかった」

油断すれば緩《ゆる》みそうになる頰《ほお》を、俺は必死に引き締めた。言い方こそキツめだが、要するにベタ褒めしてくれているのだ。俺の意見はプロから見ても参考に出来る、と。

「じゃあ、ここから本題」

無言で先を促す姉さんに、俺は一瞬躊躇《ちゅうちょ》して、訊ねる。

「ほとんど答えを言ってもらったけど……これからも口出ししていいかな」

畏《おそ》れ多《おお》いことだとは思う。でも、七瀬さんがああも追い詰められてると知って、何もせずにはいられない。本人、今はヘラヘラしているが、収録本番でやらかせば同じ顔でいられるはずは無いのだ。

いや、その前に、月浦との合同レッスンで完全に叩《たた》き折られる恐れもある。

「トレーナーさんがいないならなおさらだ」

俺は言う。

姉さんはほとんど月浦に付きっきりだし、合同レッスンがあるにしても、そう長い時間は取れない。七瀬さんは、自分の演技についてほとんど一人で考えることになる。月浦に定期的にブチ折られながらだ。あまりにも辛《つら》い孤独な戦い。

そんな状況なら、俺でもいないよりはマシだろう。

「いいわよ」

またあっさりだなこの人は。

「好きなようにやってみなさい。――言ったでしょう？　責任は七瀬と私が取るって。もし変なクセでもついたら、こっちで直すから心配しないで。それに、あなたの指導は的確だからあまり心配してないの」

「……ありがとう」

「こっちこそ。七瀬をお願いね。――それと」

姉さんは珍しく少し笑って、羽織《はお》っていたジャケットのボタンを外した。

「朝ごはんもお願い。シャワー浴びるわ」

◇

「あ、先輩！　内緒話終わりましたか？」

リビングに戻ると、ソファの脇《わき》に陣取った月浦がこちらに笑いかけてきた。こいつにこういうことを言われると、何を話したか筒抜けになっている気がして落ち着かない。

俺は月浦の言葉には答えず、代わりにそちらへ目をやった。月浦は何やら中腰で、ソファの上で伸びきっている七瀬さんを観察している。

あ、突っついた。こめかみのあたりを。

「やめてぇぇ……痛いのぉ……死んじゃうのぉぉぉ……」

一旦《いったん》は復活したはずの七瀬さんが、体も動かせずに涙声を上げている。トレーナーさん効果が切れたか。これでも「殺して」とは言わなくなったぶん、寝起きよりは回復している。

そんな半死半生の七瀬さんを、月浦が何度も突つきまわしていた。つんつん。つんつん。

「ひ、響くのぉ……ぐわぁんってぇ……頭の骨割れるのぉぉぉ……許してぇぇ……」

「ぐわぁんって言われてもピンと来ないですよ」

真面目《まじめ》な顔で月浦が言う。

「もっと具体的にお願いします。こうするとどんな風に痛むんです？　気持ち悪いんですか？　どこがどうなって気持ち悪いんです？」

研究中か……。

「は、二十歳に……二十歳になったら……」

されるがままに突っつかれながら、七瀬さんは掠れた声で言う。

「一緒に飲もうよ水守ちゃん……そしたらこの痛みがよくわかっ、痛いっ、痛ぁいぃぃぃ……」

「飲みませんよ私は。先輩に嫌われますから」

「そ、それがね水守ちゃん。弟クンって、頑張ってるとこ見せたら結構お酒のこと許してくれるの」

「あら」

「余計なこと吹き込むんじゃねーよ酔っ払い」

言いながらキッチンに向かう俺。カウンター越しに、死にかけの酔っ払いに目をやって、

「……七瀬さん、メシ食えます？　今から作りますよ」

「ほら優しいでしょ？」

「返事しろ」

「あー……ごめん。無理かなーって……」

まあそうだろうな。二日酔いが抜けてから食べられるように、おにぎりでも用意しておこう。

「あ、先輩っ」

何やら元気に手を挙げて、月浦。

「私、朝は目玉焼きがマストで――」

「ああ、半熟だったよな」

「！」

言ってやると、月浦が目を丸くした。再会してから恐らく初めての、こいつが本気で驚いた顔。驚きと喜びがないまぜになった表情に、俺は内心ほくそ笑む。ようやく一本取った。

「……覚えていてくれたんですね？」

「まあな」

月浦の言葉に、俺は頷く。付き合っていた頃に聞いた話を、記憶の底から引っ張り出してきた。もちろん親切心からではない。月浦にちょっと話があるので、本題に入る前にヤツのガードを緩める工作だ。

「朝はご飯派で納豆もマスト。これも変わってないか？」

「いえ、納豆は無しで」

おや。

「昔は先輩の好みに合わせてウソついてたんですが、もうその意味も無いみたいですし。むしろ朝からあんなもの食べてテンション下げるのは問題です。仕事に障ります」

「そんなに嫌いだったのか……」

つーか俺、別に納豆好きじゃないけど。でも納豆が好きな女子は好きかもしれない。好感が持てる。

「先輩と一緒に朝を迎えたとき納豆食べなきゃいけないことだけが憂鬱《ゆううつ》で憂鬱でたまりませんでした」

「よかったな。もう一生そんなこと心配しなくていいぞ」

「そうですね。これからはウソはつきませんから。――それで先輩、何ですか?」

「あ?」

「なんだか急に優しくなったので。朝ごはんで私の気持ちを解して、何か狙《ねら》っているんだろうなって」

「気づかないフリしとけよ、そういうのは」

「朝ごはんで絆《ほだ》されたと思われてもヤですから。私はとっくに先輩に絆されきっていますよ」

「じゃあメシ抜きでいいな?」

「拗《す》ねますよー?」

「わかったわかった。――話はメシの後だ。学校行きながら話そう。どうせ一緒に来るって言うんだろ」

無言で浮かべた月浦の笑みは、子どもっぽいほど無邪気で嬉しそうだった。

◇

歩き慣れたはずの朝の道。

隣に月浦がいるだけで、全然違うものに思えた。悪い意味で。

左右にビルが立ち並ぶ通りを、車たちが急ぎ足で駆け抜けては、街路と俺に軽く風を浴びせていく。その一台一台から、あるいはビルの窓一枚一枚から——月浦を狙うカメラが覗いているような、そんな気がして胃が痛いのだ。

「先輩、朝から怖い顔です」

幸せいっぱいといった笑顔で、月浦が覗き込んでくる。俺はそっちを見ようともしなかったが、視界の隅にチラッと金色の髪が映った。朝日を吸って照り映える、絹糸のように艶《つや》やかなショートヘア。

何もかも忘れて見入りたくなるような、芸術品とも言える髪なんだが、それを堂々と晒《さら》してしまうのは大問題だと思うのだ。

今朝《けさ》の月浦は、例の変装をしていない。金色の髪も、国民全員を泥酔させるといわれる美貌《びぼう》も、完全にオープンで出歩いていた。俺の隣を。男子の隣を。

『ああ、心配しなくていいわよ』

家を出る前に、姉さんはそう言っていた。

『水守は横須賀で仕事してるってダミー情報撒《ま》いといたから、パパラッチはそっち行ってるはずだし』

そこまでするのか、と正直ビビった。大女優のプライベートを守るのは大変だ。

『それに、街中を普通に歩くぶんには水守ならちゃんと正体隠せるわ。学校が近づいたら変装すればよし』

そんなこと言われても、隣を歩かされる身としてはまったく気が気じゃないんだが……実際、これまですれ違った通行人は誰も月浦に気づかなかった。これも月浦の演技力なんだろう。自分が放つオーラを封じ込め、ちょっと綺麗な金髪のＪＫくらいまで存在感を薄めている。

とはいえ。

「やっぱカツラ被《かぶ》れよ……俺が怖い……」

「私の演技力に不安でも？」

「そうじゃねーけど」

安全装置がかかっていても、拳銃を持ってる人がいると怖いだろう。

「自覚してるかわかんねーけど……お前、普通に歩いてるだけで何十メートルも先の相手に

『あ、月浦水守!』って気づかせるくらいオーラあるんだからな? ちゃんと抑えとけよ?」

「やだ先輩、買い被《か》りです」

「学校来たときみんなに気づかれたろ」

「あれは気合を入れてましたから」

「……そうなのか?」

はい、と月浦は胸を張る。ドヤ顔が実に鬱陶《うっとう》しい。

「『穂澄先輩、気づいてくださーい!』って。かなり本気で集中したんですよ? 帝国劇場の舞台に立ったときと同じくらいパワー使ったと思います」

「無駄使いすんなよ。貴重なパワーを」

「先輩のためなら無限に湧《わ》きますし。それに、誰か一人のためにって意識した方がクオリティ上がるんですよ演技は。散漫にならないから」

「その演技のことなんだが」

今の月浦の金言はしっかり心のメモに書き留め、俺は本題を切り出した。

「お前、七瀬さんのことどう思う」

「もの凄くタフなのは間違いないですね」

月浦は好ましげに笑って答える。

「昨日あれだけ絞っておいたのに、もう元気になってましたし。今日のレッスンも本気でやれそうです」

「今日もやるのか⁉」

「地方にいるとき以外は毎日。和泉さんが調整つけやすい人なので、合わせてもらってます」

「……いじめるなよ、共演者を」

「あら。全力で演じているだけですけど？」

「ウソつけ」

確信を持って俺は言い切る。

「もっと器用にやれるだろ、お前なら」

中学の頃の月浦は、全力で演じることしか出来ずに共演者を泣かせてしまっていた。でも今のこいつは違う。

ひと晩かけて研究したが、今の月浦は自分の演技を調整するスキルを会得している。それも相当高いレベルで。

作品全体の質に合わせて、浮かないように演技のレベルを変えるのはもちろん、自分の演技で共演者を引き込んで実力以上のものを引き出すことすらしていた。

なのに、七瀬さんの前でそれをやらないのは何故なのか。

「和泉さんを引き込んでも焼け石に水ですから」

相変わらず本心の読めない笑顔で、月浦。

「先輩もご存知ですよね？　和泉さんの演技。あれをちょっとマシにしたぐらいじゃ見られるものにはなりません。だから、そのぶんを私が補います。観た人の誰も和泉さんを覚えていないくらい、私の演技を魅せつけるんです。そんな風にカットも編集してもらえば、何とか誤魔化《ごまか》しきれるでしょう」

「……なるほど」

素直にそう言ってしまうくらいには七瀬さんの演技は酷いし、月浦の実力ならそれが可能だと思えてしまう。

「それに、和泉さんの次の収録まで一ヶ月以上ありますから。本番まではスパルタで叩いて叩いて、少しでも質を上げてもらいます」

「効率悪いだろスパルタ式は……プロ的には違うのか？」

「悪いですね、和泉さんの成長だけ見れば。でも副産物が」

「副産物？」

「あ、それは社外秘なので」

細い指を唇に当て、ウインクまで投げる月浦である。あざとい。このあざとさに日本中が泥酔させられているのだから、まったく世も末だと思う。俺もうっかりスマホで撮りたくなっちまったし。

「撮っていいですよ、先輩なら。オススメはややアオリのこの角度」

心を読むな心を。でもその角度は確かに完璧《かんぺき》だな。撮らないけど。

「まあ、要するにです」

月浦はポーズを取るのをやめて、真剣な表情で言ってくる。

「私なりに、ドラマ全体のことを想ってやっているんです。いけませんか？」

「……いいや」

俺は首を振るしかない。姉さんの言葉を借りれば、月浦はプロとしての責任を負って行動している。それが出来ない立場の俺が止めようとするなどお門違いだ。

特に何の考えも無く、私怨《しえん》で七瀬さんをイジめているなら止めるべきだと思ったが、そんなものではなかったらしい。いくら何でも、月浦に失礼過ぎたようだ。

「……悪かったな」

「お詫《わ》びにキスしてください」

「アホか」

「あら。先輩も似たようなものでしょう？」

「俺？」

「今日も学校なのに、徹夜で私の研究なさってたんですから。先輩もどうかされてます」

「だから観てねえって言っただろーが」

「ウソですよね？」

とことん嬉しそうに、月浦が笑う。

「私が演技の調整を出来るようになってるなんて、先輩が知ってるはずありません。観ましたね？　ひと晩たっぷり研究しましたよね？」

「ッ……‼」

しまった、語るに落ちた。いやしかし、月浦の七瀬さんイジメ（冤罪《えんざい》だったが）を止めるためには必要だったんだ。仕方ない。俺は開き直ることにして、ふいっと月浦から目を逸らす。

「……まあ、うまくなってたんじゃねーか？」

「でしょう？」

月浦が声を弾ませる。そっぽを向いてるので顔は見えないが、何というか、そちらから感じる光みたいなものが二段階くらい一気に増したような気がした。おいオーラ抑えろよ？　大丈夫か？

「先輩のために練習したんですよ。毎日ネットやテレビに顔を出せば、先輩が私を見てくれるはずだって。それで」

「それは信じねーが」

「うーん、好感度不足」

月浦の声に苦笑が混じった。

「別にいいんですけどね、私も信じてもらえるとは思っていませんでしたし。そもそもウソですし」

「こいつ」

はっきりウソだと明言されると、それはそれでイラッとする。あと気味が悪い。

「先輩？　一昨日言ったこともウソだと思って頂いていいですからね。愛してるとか傍《そば》に置いてほしいとか。嫌がられるってわかってたのにガマン出来なくなっただけですから、あれは」

「ガマンって、何を」

「先輩に会うのを」

一切《いっさい》迷いの無い月浦の言葉に、俺は何も言えなくなってしまう。「今言ったことはウソです」と言われると、直後の言葉にはひどく真実味が生まれる気がする。俺の錯覚なんだろうか。

「何しろ二年もお預けでしたから」

月浦の穏やかな声は、ひどくしみじみとしたものに聞こえた。

「でも、おかげで今は満足しています。今日のところは、こうして一緒に歩くだけで充分ですよ」

昨日も言ってたな、それ。

「……それもウソだと思っていいのか？」

「これは信じてください。——おっと」

不意に、月浦が街路に身を隠した。

少し先の交差点を、高校生たちがぞろぞろと渡っている。この辺りから、電車通学組が増えるのだ。よって――

「お、お待たせしました、瀬戸《せと》先輩っ」

街路の奥から出てきた月浦は、黒髪の転校生さんになっていた。

「行きましょう！　えっと、そこを……左ですよね？」

「右な」

方向オンチ設定もしっかり守る芸の細かさに舌を巻きながら、月浦が隣に並ぶのを待つ。

ちゃんと見ていないと、本当に迷子になるところまで演じきりそうで心配だった。


――さて、俺は考える。

半ば予想していたが、月浦が七瀬さんを凹《へこ》ませることはどうも止められそうにない。そうなると、七瀬さん自身の演技力を大急ぎで鍛える必要があった。月浦と同等はもちろん無理にしても、月浦に呑まれて落ち込むことが無くなるくらいまでは。

そのためには協力者が必要だ。俺が持つ人脈の中で、月浦を除いてもっとも演技に精通した彼女の協力が。

そこで。

◆

「――以上、本日の朝練終わり！　放課後も頑張りまッしょう。お疲れさまでしたー！」

お疲れさまでしたー！

明るく作った私の号令に、部員たちが唱和してくれた。

朝日が差し込む演劇部の部室。十五人が入るとちょっと手狭な空間で、みんな押し合いへし合いしながら引き揚げて行く。それぞれの顔には軽い疲労感と、それ以上の充足感が浮かんでいて、私は嬉しくなってしまう。そしていつも思うんだ。この中に瀬戸がいてほしいって。みんなの顔を二人で眺めて、「今日も良く出来たね」って笑い合いたい。三学期こそ。いや、明日こそ。毎日必ず思うんだ。

「部長！　いいッスか」

そんなことを考えながら突っ立っていた私に、一年生の子たちが声をかけてくる。昨年のクリスマスパーティで見事結ばれたカップルだ。私が瀬戸に入部届をプレゼントしたあの前の日にだ。だから何だってことじゃないけど。別に全然。ぜーんぜん。

「なぁに？」

必要以上に優しく笑うと、女子の方がクリアファイルを差し出してきた。その手つきといい表情といい、ちょっと興奮気味の様子だ。男子の方もほとんど変わらない。どうしたのかと思いつつ受け取ったクリアファイルには、Ａ４サイズの紙が一枚、丁寧に収められていて――

うっわ。

笑顔が引きつるのが自分でもわかった。

その紙には、写真がプリントされていた。

和泉さんと月浦の、ＳＮＳでバズったあの一枚が。

「それ、その辺に飾っていいですか⁉」

私が硬直したのにも気づかず、二人は壁の一角を指さす。とある世代の集合写真――もっと言えば、雫さんが三年生で、和泉さんが一年生だったときのものだ。

「和泉先輩、あの写真よりこっちのがいい感じですよね⁉」

「毎日みんなで見てあやかりたいです！　すっごいご利益《りやく》ある感じしません⁉」

「ご、ご利益はわかんないけど……いいんじゃない……？」

「あざッス！」

「がっつりあやかって美人になります！　舞台映えしてみせます！」

二人は嬉々《きき》として写真を貼《は》りつけ、ひと通り眺めてから帰って行った。仲が良さそうで何よりだ。羨ましい。本当、羨ましいです。

「うーん……」

一人部室に残された私は、渋い顔で和泉さんたちの写真を見上げる。

例の写真がバズり倒してから、部員たちの間に和泉さんブームが巻き起こっていた。

もともと、部内のアルバムに残っていた写真で「美人過ぎる!!」と信仰じみた扱いを受けていたが、今度のことで一気に人気が加速した。男女を問わず、雑談となると和泉さんの話ばっかり。彼女の恋敵である（と思う）私としては、正直なんともヤな感じ。

もう一人の恋敵、月浦がほとんど話題にならないのは、うちの学校がエスカレーター式で、月浦に泣かされた子がたくさんいるからだと思う。アンチ月浦過激派を公言する部員もいるから、この写真の月浦の部分は早晩切り取られるかもしれない。

「部室でまであの二人の顔見たくないんだけどなー……本当はなー……」

そんな風にボヤいちゃう自分が、何だか無性に情けない。情けないけど止まらない。

「二人ともどんだけ美人なんだよー。何か恨みでもあるのか私にー」

ブツブツブツブツ。和泉さんのビジュアルは瀬戸の好みドンピシャだし、月浦は月浦で、一昨日は瀬戸への色仕掛けっぽいのを成功させかけてたし。それに比べて私はどうだ。こんなモジャモジャの癖《くせ》っ毛じゃないか。和泉さんに教わった縮毛矯正もまだ行けてないし。このままじゃビジュアルの暴力だけで、瀬戸を持ってかれちゃうかも。

瀬戸はそんなヤツじゃない、なんて無邪気には信じられない。あいつ、私が必死に矢印出してるのにちっともわかってくれないし、そのくせ綺麗な人にはあっさり流されかけちゃうし！

アレなの、瀬戸って面食いなの⁉　それとも私の押しが弱すぎるの⁉　両方⁉

「あーあーあー……」

ぐったり溜め息。

月浦には「二年も何してたんだ」って嗤《わら》われたけど、むしろ告白できなくて良かったのかもしれない。そんな考えが頭をよぎる。

だってそうだろう。こんな強力なライバルに瀬戸がドギマギしてるところを、恋人になってから見せられてたらどうしたらいいかわからなかった。これくらいのショックで済んでいるのは、私の気持ちが瀬戸に届いていないからだ。形の上では友だちだからだ。

でもだからって、友だちのまま終わるのはイヤだ。瀬戸が二人のところに行っちゃうなんて絶対イヤだ。イヤだよお。

ああもう、やっぱりこっちから行くしかないか。今夜あたり、二人みたいに瀬戸んちに突撃しようかな。でも、父さんと母さん絶対怒るよなぁ。怒るっていうか泣くよ。娘が男子の家に行って両親が泣くか、瀬戸が他の女のとこに行って私が泣くかの二択だよ。救いは無いの救いは⁉

「……ん」

膝を抱えて凹んでいた私は、カバンの中のスマホが鳴ったのに気づいて手を伸ばす。ＲＩＮＥ着信。相手は、

「瀬戸ぉ……」

通知欄に書かれたその名前に、私は思わずスマホを抱き締める。おお、我ながらキモイキモイ。

「好きー。せ……ほ、穂澄ー。好きだよぅ……」

誰にも聞かせられない声で呪文《じゅもん》みたいに囁《ささや》きながら、液晶に指を走らせる。どーせあんたは私のこんな気持ちも知らずに、和泉さんか月浦の愚痴《ぐち》でも零《こぼ》すんでしょ。はいはい聞きますすよ聞きますよ。

なになに？

『今夜、お前んち行っていい？』

目を疑った。

読み間違いじゃないのかと、じーっと、じーーーーーっと液晶を見詰める。『今夜、お前んち行っていい？』確かにそう書いてある。え、打ち間違い？ ウソでしょそんな一足飛びに。

私が返事を打てないうちに、瀬戸から次のメッセージが来る。

『いや、ヘンな意味じゃなくてさ』

「ヘンな意味じゃないのかよ」

声に出た。そこはヘンな意味を込《こ》めろよ。いつでもいいよ私は。いや、うちだと親がいるからダメだけど。

『ちょっと頼みがあるんだが……ご両親に挨拶しなきゃいけないヤツで……』

ご両親に挨拶！

私は耐え切れずに顔を覆《おお》った。ヤバい。どーせこの流れからして『娘さんを僕に下さい』的なことじゃないんだろうけど、瀬戸からこの言葉が出てきたこと自体がたまらない。贅沢《ぜいたく》を言えば彼自身の声で、面と向かって聞きたかったけど、それだと私の正気がもたなかったかも。

――っといけない。返事しないと。

慌てて文字パットを叩こうとするが、手が震えていてうまく出来ない。まずいって。急げ急げ。この前、返事が遅れた瀬戸を思いっきりイジっちゃったから、トロトロしてるとやり返される。やり返されたい気もする。

『いいよ』

結局五、六回はミスって、ようやく三文字だけ送信する。それが精一杯だったんだけど、結果的にクールな感じが出た気がするぞ。ナイス私。

何度も深呼吸しながら、慎重にもうひとつメッセージを打ち込む。

『今日は二人とも家にいるし。で、頼みって？』

『七瀬さんの役作りに協力してほしい』

「？」

ちょっと意味がわからなかった。人が幸せの絶頂にいるところに和泉さんの名前を出す根性も理解できないが、それ以上に、プロの役者の役作りに協力ってどういうこと？

和泉さんが月浦と互角に渡り合ってたのを、私もあの砂浜で見ていた。あんなハイレベルな演技する役者に口出しするなんて無理だよ私。四、五年くれれば追い抜いてみせるけど。

『出来るだけ毎日、俺んちでやりたい。うちは防音だから相当声出しても大丈夫だし。あと細かいことはまとめて書いて送る。長くなるから』

長話上等だよ、私は。瀬戸となら。……ああ今は駄目か。ホームルーム始まるし。

とか思いながら、私はメッセージを投げる。

『私は普通に家にいればいい？』

『協力してくれるか？』

当たり前でしょ――と打ちかけて、書き直す。『当たり前』はちょっと距離感が近すぎるような……ああ、こんな風にビビって一歩引いちゃうから月浦に馬鹿《ばか》にされるのかもしれない。

そうは思っても変えられない。踏み込んで引かれるのイヤだもん。

結局、『貸しひとつね』と送っておく。ビジネスライクでいい文面だ。いい文面のはずだ。

待つほどもなく、瀬戸から『助かる』と一言返ってきて、それでやり取りは終わった。

「………」

私は真顔で、ＲＩＮＥの画面をじっと見詰める。瀬戸がくれた最後の一文。その前の一文。スクロールして読み返す。一度、いや二度、ひと通り目を通し直して――

「……やった！」

もろ手を挙げて、ガッツポーズ。弾みで壁に手が当たったけど、痛くない。怒涛と化したアドレナリンが、脳を駆け回っている。

やった。やった。瀬戸がうちに来てくれる。いやそうじゃなくて——それもあるけど——瀬戸とまたお芝居が出来る。

彼が演劇部に入ったわけじゃない。一緒に舞台を作るわけじゃない。でも、二人で役者のサポートをするのは間違いなくお芝居の一環だ。中学の頃、部員たちの悩み相談に二人で何度も乗ったように、今度は和泉さんを手伝う。私に出来るかどうかは置いといて、そのチャンスが来たのがとにかく嬉しい。瀬戸が私を頼ってくれたのが嬉しい。

夢みたい。

信じられない。

「……羊子《ようこ》？」

と。

気がつけばドアが開き、副部長の光梨《ひかり》が入って来ていた。長い黒髪が綺麗な彼女は、不審そうにこっちを覗き込んでいる。あの様子だと、ガッツポーズを見られたわけではなさそうだけど、それでもアガりきった私の顔はばっちり見られてしまっただろう。何せ今もまだその顔のままだし。

「どしたの羊子。スイーツ食べ放題行ったときの三倍くらい浮かれた顔してるよ」

「……その百倍くらいいいことあったから」

「え、何。片想《かたおも》いでも実った？　つか片想いしてたの羊子って」

「あー近いかなー！」

きゃーっ！　と一人で声を上げ。ぴょんぴょん飛び跳ねてしまう私。まずい。光梨が置いてけぼりだ。引いちゃってるよね。ごめんね光梨。

しかも私、瀬戸と一緒にお芝居することを恋の成就と同列にしちゃってる。本当にそれくらい喜んじゃってる。いくらなんでも大袈裟《おおげさ》すぎる。でも。でも。

「どーしよー光梨、私チョロい。悪い男に騙《だま》されるかも」

「今自覚したのか……」

あきれ果てたように、光梨。え、どういうこと？

「あのね羊子、あんたってチョロいんだよ」

うん。

「ヒモに絡《から》まれたら延々粘着されるから気をつけな？　それがイヤだったらさっさと結婚しちゃうといいよ。彼氏への要求が低いから、結婚したら幸せになれる」

「なんかアドバイスが具体的すぎない？」

「五年も友だちやってるからね。あとあんたって、要求が低いぶん押しが弱いから取り合いになったらとにかく不利なの。なるべく穴場っぽい男子を探すんだよ？」

その穴場にライバルが押し寄せて困ってるんだよ……とは、まだ相談する勇気が無かった。

「聞いてる？　羊子。気をつけなね？」

「うんわかった。わかったけど」

ついつい顔が緩んでしまう。

私の押しは弱いかもしれないけど。

月浦や和泉さんの方が、瀬戸へのアピールは強いかもしれないけど。

でも、瀬戸は私を頼ってくれたよ。

……えへへー。

「羊子が嬉しそうで何よりだよ」

緩みまくった私の頬を、光梨がぷにぷにと突っついていた。

なおその後、ホームルームにはギリギリ間に合った。念のため。

◇

「嫌がるかなー、七瀬さん……」

ＲＩＮＥの画面と睨めっこしながら、俺は頭を抱えていた。

クラスでこんな顔をしていたら蔵森《くらもり》あたりが心配しそうなので、あらかじめ三階の渡り廊下に移っている。よく晴れた昼休みとはいえ一月の寒さの中、吹きっさらしのこんな所に来るもの好きはいない。安心して連絡に集中できる。

七瀬さんの役作りを手伝うことと、それに羊子が協力することを、本人に了解させなくてはいけない。

七瀬さんの性格から言って、あまり嫌がるとは思えないんだが……あの人は羊子の見ている所ではかっこいい大人でいようとするのだ。昨年の大晦日《おおみそか》、羊子がうちに来たときに見せた、物腰穏やかでピシッとしたレディの演技は忘れられない。酒の力を借りさえすれば、羊子さえ騙し切る名演をしてのける。

あの才能は潰したくない。

だから出来るだけのことをする。そう決めている。

そして、俺が出来る一番のことは、羊子を七瀬さんのサポートにつけることだ。

「……聞き入れてくださいよ」

メッセージを打とうとするのをやめて、通話のボタンをタップする。こういうのは文章じゃダメだ。直に喋って伝えないと。

とはいえ、七瀬さんあれで忙しいからなあ。こんな時間じゃ出ないかもしれない。

引き受けてくれそうな羊子から話をつけてしまったが、やっぱり順番を間違えただろうか？

『――もしもしー？』

あ、出た。

いつも通り呑気《のんき》な声が、スマホの向こうから聞こえて来る。

『おっつー。どしたの、今学校でしょー？　人がいない所で話さないと、誰かが聞き耳立ててるかもよ？』

「それは大丈夫です。寒いとこにいるんで」

『そか。じゃあ安心して長話しよーぜ』

「俺が風邪引いたらおつまみ出ないですよ」

『冗談冗談ー。で、どしたの？』

促され、俺は腹を括《くく》る。この様子だと、七瀬さんはしばらくヒマそうだ。前置きから入ってもいいだろう。俺は寒いけど。

「えーと……七瀬さん、トレーナーさんが退職したんスよね」

『まあねー。さっきおうちに挨拶してきた。いま喫茶店《きっさてん》でまったりー』

居酒屋じゃねえんだな……この時間にやってる居酒屋は無いだろうけど、馴染《なじ》みの店には開店前から上がり込んでそうな七瀬さんである。

『お腹《なか》触らせてもらっちゃったぁ。今度差し入れ持ってきますって言ったんだけど、妊婦さんはお酒飲んじゃ駄目なんだってさ。かわいそ。あーあー、私ガマン出来るかなぁ……』

「……産む予定あるんですか?」

『無いけど。でも心の準備っているじゃん? しかもね、産んだら飲んでいいーとかじゃなくて、赤ちゃんが乳離れするまでダメみたいなの。おっぱいがお酒になっちゃうんだって』

「お……」

そういう単語を女性の口から聞くとドキドキしてしまう。免疫が無いんだ。普段話す羊子とはその手の話しないから。

『お母さんって大変だよねー……せめてご飯だけは美味《おい》しいの食べたいなあ。弟クン、作りに来てくれる?』

「何でですか」

『居酒屋穂澄の出張店! あ、お酒出ないから小料理屋穂澄かな?』

「自分で作るって発想は無いんですか。マリッジブルーが紛《まぎ》れるらしいですよ? 今のうちにお菓子とか練習してみたら」

『おーいいね。アイスとか作ってワインに合わせよかな』

「いや酒は」

『そーだったぁ』

「……まあ、そのときは行きますよ」

苦笑いして、俺は言う。七瀬さんの旦那になる人はきっととんでもなく大変だろう。気の毒なその人へのせめてものサポートだ。離乳食も作れるようにならないと。

『お願いしまーす。あ、でも急がなくていいよ？　当分は役者しかやんないから私』

「そのことなんですが」

そろそろ場が温まったと見て、俺は本題を切り出した。

「早く演技力磨かなきゃですよね。来月の撮影までにある程度は」

『……飲まないよ？』

いきなり警戒した声に変わる。わかりましたってば。

『んーでも、実際困ったよねえ』

へらへら笑っているようだったが、さすがにどこか元気がない。

『トレーナーさんがいないのはキツいよ。お祝いはしたいけど、七瀬さん的には痛手だなー』

「じゃあ、もし」

そこで一瞬躊躇してから、俺は早口で言ってやる。

「もし今誰かにその辺の相談するんなら、誰にします？」

『キミとひつじちゃん』

「ひ……」

いきなり飛び出した意外な名前に、俺は口をパクパクさせる。七瀬さんはそんな俺に気づいたか、『そりゃそーでしょ？』と先を続けた。

『雫先輩にはこれ以上負担かけらんないし、水守ちゃんは忙しくて私どころじゃないし。それに、弟クンとひつじちゃんだもん。アマチュア最強のツートップだよ』

「いやでも、いいんですか。羊子の前ではかっこつけたいんじゃ」

『あーそれ、もう正月で懲りた』

あっけらかんと笑って手を振るのが、目にも見えるようだった。

『しばらく弟クンのとこ行かなかったけど、何にも変わんなかったからねー。大事なときに見栄《みえ》張って、出来なきゃいけないことが出来ないとかだーれも幸せになんないよ。だからもうやんない』

「七瀬さんも成長するんですね……！」

『はっは。恐れ入れ』

怒らねーのかよ。失礼なこと言っただろ俺。

とはいえ、七瀬さんがそういう気持ちなら話は早い。

「……じゃあ七瀬さん、今日から始めましょう」

『ん？』

「俺と羊子で、七瀬さんのレッスンします」

その宣言に、七瀬さんが黙った。ぽかーんと口を開ける顔が、なんだかありありと想像できて――

『お願いしまっす！』

電話の向こうで、七瀬さんは頭を下げたようだった。

◇

今朝、姉さんが使っていた洗面台で、俺はひとつ気合を入れる。

時刻は夜の八時前。そろそろ七瀬さんと一緒に羊子の家に向かう時間だ。その七瀬さんはまだ来ていないし、姉さんはついさっき仕事に出たので、家の中はひどく静かだった。集中しやすくてとても助かる。

「……ぃよっし」

鏡を覗いて、きちんと着込んだ制服を確かめる。

野原《のはら》家の厳しいご両親を説得するには、身だしなみは必要不可欠だ。だから昼間着ていたのは一度脱ぎ、シャツもズボンも交換している。誇張抜きに、高校受験のときの十倍気を遣っていた。当たり前だ。受験は所詮《しょせん》テストだが、今回は真剣勝負なんだから。羊子の力を借りられるかどうかで、七瀬さんへのレッスンはまるでクオリティが変わってくる。

――チャイムが鳴った。

こんな時間にそんなものを鳴らす非常識者は、俺が知る限り一人しかいない。訂正。最近二人増えたが、一人はいま自宅で俺たちを待っているし、もう一人はロケで昼から神戸である。残る最後の一人――七瀬さんを迎えるべく、廊下に出る。ビシッとキメた制服を見たらまた笑うかな、とか思いつつ、俺は玄関を開けてやり、

「……あれっ」

たじろぐ。

見たことのない女性がそこにいた。

年齢は七瀬さんと同じくらいか。ウェーブをかけた髪を後ろで束《たば》ね、お洒落《しゃれ》な丸眼鏡《めがね》をかけた人。しっかり巻いたマフラーで口元が隠されているが、それでも相当な美人だとわかる。

「えぇっと……」

どちら様ですか、と俺が声をかけようとしたとき。

「ぷ」

いきなり、女性が噴き出した。何ごとかと驚く俺を無視して、マフラーから口を出し、ケラケラ笑う。やっぱり美人だし、笑い方自体は明るいが、だからこそ怖い。なんかこういう妖怪《ようかい》とかいそう。

――って、おい待て。よく見たら。

「七瀬さん⁉」

「当ッたりー！」

めちゃくちゃ嬉しそうに言って、その女性――七瀬さんが眼鏡を取った。いつもの完全無欠の美貌が、からかうように俺を見る。

「弟クン気づくの遅っそーい！　さすがは水守ちゃんプロデュースの変装だね」

「月浦……？」

「そそ。さっき電話で教えてもらったんだー。『もう有名人なんですから、変装くらいしてください』って。有名人だってさーいやー困っちゃうなあ」

確かに月浦の言う通りだった。実際に昨日は気づかれたわけだし、有名人の先輩である月浦の変装レクチャーはありがたい。

でも。

「アテにしない方がいいかもしれませんよ」

ちょっと気になって、そんなことを言ってしまう。別に月浦が嫌いだからではないんだが。

「あいつ、変装しなくても普通に変身できるから。同じ感覚でやっても足りないかも」

「大丈夫でしょー。この距離で弟クン気づかなかったし」

……それもそうか。

「ちなみにー、私は気づいたよ？　弟クンが制服しっかり着てるの。なかなか悪くないぞ」

「羊子のご両親厳しいですから。あ、基本俺が話すんで、七瀬さんはニコニコしてればいいです」

「うわー、お偉いさんに顔見せするときみたい」

「あんたがちゃらんぽらんだと思われたら、まとまる話もまとまりませんから」

「何おう」

口を尖《とが》らせる七瀬さん。

実際のところ、距離感がバグってることを除けばこの人は意外とまともなんだが、それが死ぬほど伝わりづらい。まず間違いなく、初対面ではアホだと誤解される。

その一方で、見た目だけならパリコレのランウェイに立てそうなほど完成されてるから、黙ってさえいれば押し出しが効く。

だから、今日はそれを利用して、俺の口車と七瀬さんの雰囲気で何とか丸め込む戦略だ。

「んじゃ行こっか。――あ、その前に」

何かを思い出したように、七瀬さんは脇に置いていた買い物袋を持ち上げる。

言うまでもなく中身は酒だ。俺をからかうためだけに、わざわざ死角に隠したらしい。細かいこだわりが地味にウザいが、こういう気配りは役作りの上で重要なので怒れない。いや、どうだろう。それはそれこれはこれで怒ってもいいのか？

「お酒、冷蔵庫に入れてきてー」

酒を押しつけてきやがった。これは間違いなく怒っていいヤツ。

「ひつじちゃん連れてきて、祝杯上げよーぜ弟クン」

「……もちろん」

ひとつ頷き、俺は買い物袋を七瀬さんに突っ返した。自分で入れて来い。

◇

「おおー……いい家」

七瀬さんの率直《そっちょく》な感想に、俺も隣で頷いた。

マンションから歩いて十五分ほど。『野原』の表札が提《さ》げられた、白い壁がファンシーな二階建ての家である。羊子とご両親の三人の住まい。

小さいながらも芝生で覆われた庭では、ゴールデンレトリバーのメリーちゃん（御年十七）が「あ、お客さんだ」としきりに尻尾《しっぽ》を振っていた。はじめましてメリーちゃん。いつも羊子に写真を見せてもらってます。

「弟クン大丈夫？　緊張してない？」

「してます」

からかうように笑う七瀬さんに、俺は素直に答えてしまう。仕方ないだろ、緊張したって。羊子の親には舞台のとき何度か会ってるけど、家に入るのは初めてなんだよ。何なら女子の家に入るの自体初めてだ。正直、喉《のど》が干上がってる。

「七瀬さんは緊張……してるわけないか……」

「してるって言ったら心配してくれる？」

「もうしてます」

「およ」

「心配だからここに来たんです」

「……そっか」

七瀬さんの声が少し震えた。ような気がした。

見れば彼女はちょっと横を向き、ソワソワと胸の前で指など組んでいる。おいどうした。それ緊張してるときのポーズだぞ。

「違うの。緊張じゃなくて……ドキッとした的なね……」

「？」

「ありがと弟クン。嬉しいよ」

「巧《うま》くなってから言ってください」

「おっけー覚えとく」

まかせろー、と笑った七瀬さんは、もういつもの調子に戻っていた。

俺は準備完了と見て、思い切ってドアベルを鳴らす。待つほどもなく、家の中からパタパタという足音が聞こえて——ドアが開いた。送受話器越しに挨拶することになると思っていたので、ちょっとびっくりしてしまう。

「いらっしゃい！」

弾んだ声とともに顔を出したのは、羊子。玄関を照らすオレンジ色の灯《あか》りを浴びて、てくてくやって来る彼女に俺は「おう」と手を掲げ、

「……………」

息を忘れる。

近づいて初めてはっきり見えた、羊子の姿に。その服に。

鮮やかな青のロングスカートと、オフショルダーの白いニット。この季節にそれじゃ寒いだろ、とは思いつつ、袖口《そでぐち》と襟《えり》回りをフリルで飾った可愛《かわい》らしいトップスを着た羊子をついつい無言で見詰めてしまう。

これは……。

「わー！　ひつじちゃんかーわいー！」

七瀬さんが代弁してくれた。かっこいい大人を演じるつもりはもうまったく無いようで、完全に素の顔で身を乗り出している。

「そ、そうですか⁉　可愛いですかっ？」

俺が事前に伝えていたからか、七瀬さんの素顔にはあまり戸惑わず、モジモジと腕を抱く羊

子。寒がっているようにも、あるいは照れているようにも見える。

「別に普通の部屋着なんですけど……」

「そんな気合入れた部屋着があるかー！」

七瀬さんが可笑しそうに言う。俺も同感だ。その可愛さはどう見てもデート用。それも勝負に出るときのヤツだろ。そこら辺の匙《さじ》加減は、月浦を見てたから多少わかるぞ。

「あ……ありがとうございます」

羊子はちょっと頬を染めながら、横目で俺の方を見た。

「瀬戸はどう思う？　可愛い？　――あ。あー！　そーだそーだ！」

俺が答えるより早く、羊子が早口で言った。最初から答えさせる気が無かったようにも聞こえたが。

「この前和泉さんが言ってた！　瀬戸ってこーいう服好きなんだよね？　今思い出した。うん今。じゃー答えは決まってるかあ」

「……いや、その前にだな……」

何故か目を泳がせまくる羊子に、俺は頭痛を覚えつつ言う。

「何でそんなハッピーな服着てるかがわからん。羊子の親御さんの説得って結構大変だと思うんだが……緊張してんのってもしかして俺だけ？」

「お洒落《しゃれ》は女の子の正装だよ弟クン」

失礼なことを言うなとばかり、七瀬さんが俺の肩を叩いた。そう言われても、世の中にはTPOというものが。

「ひつじちゃん的にはおうちでお母さんと話すだけなんだから、制服着るのもヘンでしょー？　だからこれでいーの」

「かもですけど。だとしても何でこんなお洒落に」

「だから気合入ってるんだって！　それとも何？　弟クン、ひつじちゃんのこの服嫌い？」

「ンなわけないでしょうが！」

聞き捨てならないことを言われて、俺は声を荒らげる。

「嫌いかって？　大好きに決まってるでしょう！　羊子にオフショルダーがこんなにハマると思いませんでしたよ。髪質との噛み合い方が……あ、いや」

危ういところでブレーキをかける。「俺の性癖にぶっ刺さる」という話を本人の前でしてしまうのはいくら何でもセクハラだ。それに、そんな勇気も無い。俺の変態性がバレて、羊子が二度とオフショルを着てくれなくなったら悲しすぎる。

「……何で黙るの」

非情にもせっついてきたのは、あろうことか羊子本人だった。

怖いくらい真剣な目をして、ずいっ、と一歩詰め寄って来る。こら、前のめりになるな。胸元を隠せ。普段そういうの見せないだろお前。お前のそれ見ちゃうと背徳感が半端《はんぱ》ない。

「髪質と合うって、どゆこと？　教えて」

「待て違う！　合うっていうか、俺が好きなだけで……」

「それでいいから。聞かせて」

やだってば。羊子をそういう目で見てると思われたくねーってば！　実際そういう目でも見てるけど。俺、男だし。

「弟クン、教えたげて」

がしっ、と俺の肩を摑《つか》んで、七瀬さんまで羊子に加勢する。どうせニヤニヤしてるんだろうと思ったら、羊子と同じくらいマジな目をしていた。戦友を応援でもするみたいな、熱い熱い眼差《まなざ》しだ。おいやめろ。逃げられないだろそんな目されたら。

「女の子が綺麗になろうとしてるの。手伝ってあげて」

「手伝いになるかなこれ……ただの俺の趣味……」

「参考にするかしないかはひつじちゃんが決めるから。キミの意見を聞かせてあげて」

姉さんが別件で似たようなこと言ってたな……。

「じ、じゃあ……えーと」

腹を決め、俺は語り出す。

「そもそもオフショルダーっていうのは、髪が首筋と肩に被さって肌を隠すことに真髄がある。鎖骨や首筋から肩にかけてのラインは確かに晒されてるんだが、髪が部分的なブラインドっていうかベールになって瞬間瞬間で覗く位置や角度を変えてくるんだ。まるで万華鏡みたいな、一生見てられる神秘性がある――で、羊子のクルクルした髪質だと、そのベールが普通より曲線的で蠱惑《こわく》的な被さり方をするんだよ。跳ねた癖っ毛とかウェーブした毛先とかが鎖骨や肩に被さってラインを主張してるところなんて、隠すどころか『私を見ろ！』って胸を張ってるみたいで倒錯した魅力を醸《かも》してる。総じて、肩から首回りにかけての肌と羊子の髪質の組み合わせは大胆さと神秘性を兼ね備えた奇跡のマリアージュと……羊子⁉　羊子顔真《ま》っ赤《か》だぞ⁉

すまん、引いたよな？　出来れば全部忘れてくれると……」

「ひ、引いてない！」

オタつく俺をなだめるように、羊子が手を振ってくれる。確かに、少なくとも引いたり軽蔑《けいべつ》したりはしないでいてくれたように見えた。どちらかというと、思いもよらないことを聞かされて困っているというのが近いか。目が泳ぎまくってるし。顔が赤いのは寒いからだろうが。

なんだお前天使か。改めて思うが、器の大きさが尋常じゃない。

「いやー……今のは刺さるよ。ひつじちゃんにだけだけど」

七瀬さんがしみじみと頷いている。なんで嬉しそうなんだよあんた。そして何を羊子と笑い合ってる。「良かったね」「はい」じゃなくてだな。

「言われたこと覚えとくね、瀬戸」

嫌いなはずの癖っ毛を愛《いと》おしそうに撫《な》でながら、羊子が笑いかけてくる。いやいや、忘れていい。忘れてください。

「よかったねえ、ひつじちゃん。ひつじちゃんでよかったねえ」

「そうかもしれません。でも困りました。もうその呼び方されても怒れません」

なんか俺の知らないうちに、羊子の中で革命が起きている。そしてそのことを七瀬さんも理解している。置いてけぼりにしないでほしいんだが、これは俺の察しが悪いのか？　普通はするすると呑み込める流れなのか？

「じゃーさ、ひつじちゃん」

俺は放置で、七瀬さん。

「いいことあったところで、勢いに乗ってご両親説得しよ」

「任せてください」

意気上がる様子で頷き交わし、二人は家の中へ向かう。そういえばそのために来たんだったと俺はようやく思い出し、慌てて二人の背を追った。それにしても何だったんだ、羊子のテンションのあの上がり方は。

◇

「父さん母さーん！　瀬戸と和泉さん来たよー」

ほとんどスキップまがいの足取りで羊子が案内してくれたリビングに、その人たちは声も無く待っていた。

広々としたフローリング。ダイニングキッチンが見下ろすテーブルで、並んで背筋を伸ばした夫婦。お二人ともどこか羊子を想わせる、優しげな顔立ちをしているが、二つだけ違う点がある。

ひとつは、刃物みたいに鋭い眼差し。親の、いや、娘の仇《かたき》でも見るような眼光。

もうひとつは――お母さんの、サラサラの直毛。

「お父さん似かあ……」

「しっ！」

余計なことを口走る七瀬さんを黙らせる。打ち合わせどおり、あんたは黙っててください。

「座りなさい」

羊子と同じ癖っ毛のお父さんが、低ーい声でそう言ってくれた。大人として穏やかな態度で話そうという懸命の努力がうかがえる――つまりは、内心警戒しまくってる声音《こわね》。予想通りなので俺は静かに受け流したが、七瀬さんは苦笑まじりに「ありゃー」と呻いたようだった。

静かにしてろってば。

「恐れ入ります」

俺も出来るだけ礼儀正しく、対面の椅子に腰かける。朝からビジネスマナーのサイトを参考に練習しただけだが、そこそこうまく出来たんじゃないだろうか。

意外だったのは、隣に座った七瀬さんがばっちりマナーを守ったことだった。さすが大学生かつ姉さんの妹分。いろいろ仕込まれているのかもしれない。

頼もしさに内心ホッとしながら、俺はご両親に意識を集中する。

「今回は急なご相談にもかかわらず、お時間を頂き——」

「シンプルに行こう」

俺の挨拶を断ち切って、お父さんの低い声。マナーサイト丸写しの台詞《せりふ》なんか聞く価値も無いということか。これは相当怒ってる。

「瀬戸くん。うちの子をどう思ってる？」

シンプル過ぎませんか。ちょっとは言葉を選んでくれないと「嫁にどうだい」みたいな意味に受け取れてドキドキするから気をつけてください。実際、羊子も真っ赤になってるし。

とはいえ、そういう真っ向勝負もちゃんと想定してあった。こっちもシンプルに返す。

「綺麗だと思います。とても」

「わかる」

間髪入れずにお父さん。親馬鹿《おやばか》か。羊子の方が驚いたように「ちょあっ⁉」とか変な声を上げている。いや、お前は褒められ慣れてるだろ高校演劇界の至宝。どっしり構えてろ。

「だから瀬戸くんは、ずっとうちの子に目をかけてくれているんだもんな」

「ビジュアルだけではありません」

「わかる。うちの子最高だよな」

親馬鹿が過ぎませんか。最高ですけど。

そのやり取りが不思議だったか、七瀬さんがちらりと俺を見た。彼女には話していなかったが、羊子のご両親とは中学の頃に何度か顔を合わせているのだ。舞台を必ず観に来てくれて、自慢げに俺の隣に立つ羊子にそれはそれは悲しい顔をしていた。

「わかるからこそ、私は」

お父さんがくわっ！　と目を見開く。舞台上の羊子にも匹敵《ひってき》するような、圧倒的目力。

「私たちは、親として娘とキミを遠ざけねばならないというかお前ムラムラ来たらうちの子襲うだろというか、早い話、死ね」

「父さん‼」

「ご心配は重々」

青スジを立てる羊子を押さえ、俺はやはりシンプルに言う。

「もちろん私自身、そういう衝動を一人で抑えられるとは思いません」

「そーなの瀬戸⁉」

なんで羊子が反応するんだ。「いいこと聞いた！」みたいな目が気になったが、そっちは意識から締め出して、俺は七瀬さんを示した。

「私と羊子さんの二人きりでは、羊子さんの安全は保障できない。ですので、この和泉七瀬に常に監視していてもらいます。もともと、私と羊子さんでこの人のレッスンを手伝うのが目的ですので、和泉が私たちと離れることはあり得ません」

「……弟クンの呼び捨てゾクゾクするぅ……苗字《みょうじ》呼びもアリだな……」

黙ってろ和泉。聞こえる。

幸いにも、七瀬さんの呟《つぶや》きはご両親の耳には届かなかったようで、お父さんが「ふぅむ」と腕を組んだ。効果アリ。このまま攻勢に出ようと、俺はひとつ息を吸い——

「でもねえ」

絶妙なタイミングで言ったのは、それまで黙っていたお母さんだった。さっきまでの凶眼はもう鳴りを潜め、悩むように眉間《みけん》にシワを寄せている。

「そういう気分になるのは、二人きりのときだけじゃないでしょう？　むしろ……」

……え？

「こらー!?」

いきなり不穏すぎる発言に、羊子がとうとう大声を上げた。

「私の友だちに何てこと言うかな!?　瀬戸はそんな変態じゃないから！　……ああいや変態だよ？　変態だけど」

そこは認めるのかよ。変態だけど。

「私のこの髪を褒めてくれたんだよ⁉ それで私やっと、髪《コレ》のこと好きになれそうなの！」

「何だって⁉」

大きく目を見開いたのは、お父さん。怒ったのかと思ったが、何やら感動した様子でご自分の癖っ毛に手を触れている。

「あー……これは嬉しいだろーねー……」

ギリギリ俺にだけ聞こえる声で、七瀬さんが説明してくれる。

「癖っ毛が遺伝しちゃったの、ひつじちゃん怨んでたっぽいから……多分これからは、お父さんと仲良くなれるんじゃないかな」

図らずも父娘関係の改善に貢献してしまったらしい。俺も嬉しいですお父さん。

「ど、どうだろう母さん」

お父さんはじんわり滲《にじ》んだ目で、渋い顔のままのお母さんを見た。

「瀬戸くんを信じてみるというのは……」

「お父さん」

甘いんだよバカ、みたいな調子で、お母さんが切り捨てる。

「むしろ危険が倍増しになったでしょう？ 瀬戸くんは羊子をそういう目で見てるってことなのよ？」

すみません見てます。常識の範囲で。

「それに……和泉七瀬さん？　芸能人ってやっぱりそういうところが緩いでしょう？　この前だって酔った役者がそういうこととして捕まったって」

言いにくいことをはっきり言う人だ。でもそうなんです。あの野郎が迂闊《うかつ》なことしなかったら、羊子に手間をかけさせずに済んだかもしれないのに。

とは言え、こうなるのは想定の内。対策はもちろん考えてきていた。それに、予想外の流れでお父さんが味方についたぶん、状況はかなり有利になっている。

ただ、結構ヒドいことを言われた七瀬さんの様子が気になった。懐《ふところ》の広い人ではあるが、さすがに文句言いたいんじゃないか。

ちらっと見やると、ちょうど七瀬さんと目が合った。この人には珍しく、何かを不安がるような様子で、俺と羊子を見比べている。やっぱりひとこと言いたいようだ。でも、黙っていると約束したたし、羊子のご両親に失礼になるから躊躇している。そんなところか。

「どうぞ」と、俺は七瀬さんに顎をしゃくった。いいぞ、言ってやれ言ってやれ。多少の暴言ならフォローするから。

「……ん」

こっちの意図が通じたか、七瀬さんは決心したように、ご両親に目を向けて。

「さすが、よくおわかりです」

いきなりそんなことを言い出すから、俺は思わず目を見張る。

信じられなかった。『芸能人ってエロいんでしょ?』という、お母さんの暴言を認めたのも驚きだが……それ以上に、いや、それがどうでもよくなるくらいに——

七瀬さんの顔つきが変わっていた。

見る側を安心させる緩さが消え失せ、視線を無理やり釘付《くぎづ》けにするような、妖《あや》しさ——に近いものが漂っている。

これは……。

「演技できてる……?」

独り言のような羊子の言葉が、俺を代弁してくれた。間違いない。これは演技だ。一滴も飲んでいないのに、確かに出来ている。羊子のご両親が違和感を感じないくらいには。

「一般的なイメージとして、芸能界がそうした目で見られてしまうのはわかります。自由なタイプの人が多いのは事実ですし、どちらかと言えば私もそうでしょう」

何言ってんだ、と俺は焦った。確かにあんたはフリーダムだけど、そういうのとは違うだろう。むしろガードは堅い方だ。

だが、俺がそれを言うより早く、七瀬さんは先を続ける。

「率直に言ってしまうんですけど……私、嫉妬《しっと》深いんです」

?

その意味が摑めず、眉《まゆ》をひそめる。羊子も、ご両親も同じ様子だ。

「恋人が他の女性と仲良くしているのを見るのも、なんだかイヤだと思ってしまいます。まして ヘンなことなんてされたら、自暴自棄になってしまうかも」

「は、はあ……？」

「ですから、どんなことをしてでも私が穂澄くんを止めます。彼は――いいえ。この人は」

声半ばだった。

食い入るように見詰めていた俺に、七瀬さんが顔を近づける。うおっ、とのけ反ろうとしたときには、頭の後ろに彼女の手が回っていた。それでしっかり押さえられ、動けなくなった次の瞬間、七瀬さんの美貌が視界を埋め尽くす。待て。何すんだ。抵抗する間もなく、彼女の艶やかな唇が俺のそれへと近づいて――

ふわっ
直後。

七瀬さんの小さな吐息が、俺の口の中へと流れた。

息だけが。

唇は、重ねられていない。その寸前、ほんの二、三ミリ先で、七瀬さんのそれが止まっていた。

ご両親の位置からは、がっつり重なっているように見える位置。

そこで、そのまま二秒、三秒――たっぷり五秒ほど静止して。

「ご覧のように」

ようやく顔を離した七瀬さんが、にっこり笑ってご両親に言う。

「彼は、私の恋人《モノ》なので」

おお……。

ようやく七瀬さんの意図を察して、俺は内心膝を打つ。

つまりこの人は、俺が羊子に手を出せないという証拠を示してみせたのだ。それもとびきり強烈なヤツを。社会的なルールがどうこうじゃなくて、恋人《じぶん》の嫉妬《しっと》が怖いから出来ないんだ、と。素晴らしい。理性でなく感情が理由であるぶん、遥《はる》かに説得力が大きいぞ。でもあんたには後で話がある。

「そ……そうなの⁉」

お母さんは愕然と目を見張り、何故か羊子に確かめる。おお、騙されてる騙されてる。一方、羊子は何故か死んだ魚のような目をして、何秒かぽーっとしていたが――

「うん」

それだけ言って、黙り込んだ。そんな娘さんの様子にいったい何を思うのか、お母さんが
「ああ……」と天を仰《あお》いで言った。

「何をしているの、あなたは……瀬戸くんみたいな優良物件を！」

「えっ」

それまでとは綺麗に真逆の台詞《せりふ》に、俺は目を点にする。

「は、はあ⁉」

羊子も息を吹き返し、お母さんに食ってかかった。お母さんは動じない。お父さんと顔を見合わせ、がっくりと肩を落としている。

「中学から一緒にいたくせに……抜け駆けされるなんて……」

「な、何⁉　さっきまでのは何だったの⁉」

「建前《たてまえ》に決まっているだろう⁉　それと、万一間違いを犯したとき高校生では責任が取れないから、今は控えさせようと」

「大きなお世話だよ！」

「ああ、瀬戸くんは実に惜しい……惜しいが……ともあれ安心して良さそうだ。二人を助けてあげなさい、羊子」

「！」

お父さんのその一言に、俺は思わず身を乗り出した。やった。意外な流れだったが、あと俺が用意して来た作戦は何の役にも立たなかったが、親御さんの許可は取りつけた。これで羊子が七瀬さんのレッスンに加わってくれる。

ありがとうございます！　と、俺と七瀬さんは頭を下げたが、ご両親はそれに気づかず、赤面する羊子と向き合っている。

「いい、羊子？　婚姻届けが出されていない限り、逆転の目は消えていないのよ。だから隙《すき》があれば」

「ありませんっ」

そこで割り込んだ七瀬さんが、俺の腕を抱き締めた。振りほどくわけにもいかず、愛想笑いを浮かべてみると、鬼のような目をした羊子に睨《にら》まれた。

◇

「ごめん！　あれしか思いつかなかった！」

平謝りに謝る七瀬さんの声が、真冬の夜道に小さく響く。

「あのときさ、弟クンがこっち見たでしょ？　困ってるのかなって思って。ひつじちゃんが怒るってわかってたんだけどさ、このまま黙ってちゃダメだーってさー！」

あの瞬間のアイコンタクトはまったく噛み合っていなかったらしい。やっぱ言葉って大事だと思う。

「ねー何か言ってー!?　ごめんひつじちゃん！　ゆーるーしーてー！」

羊子に抱きついて謝り続ける七瀬さんを、俺は数歩後ろから眺める。当初の目的は果たしたわけだから俺としてはおおむね満足なんだが、羊子は恐ろしく不機嫌だった。まあ、無理も無い。よりにもよってご両親に、俺とどうにかなれと言われたわけだし。そのきっかけを作った七瀬さんには、イライラしてしまうものかもしれない。

「いえ別に？　私は気にしてませんし？」

明らかに気にしまくってる声で、冷ややかに言う羊子である。気にしてるというか、なんか拗ねてる？

「大体、謝られる理由もないですし。でも瀬戸が困りますよね？　初対面の人の前で恋人とキスするよーなヤバい女と付き合ってるって思われましたよ」

「それはいいよ別に……前科あるし……」

乾いた笑いで俺は言う。五股《また》するよーなヤバい女と付き合った前科持ちとしては、そのくらいは問題無し。変な誤解ひとつで羊子のサポートが得られるなら安いものだ。

もっとも、七瀬さんに本当にサポートが要るかどうか、かなり疑わしくなったんだが。

「七瀬さん、さっきのアレ何ですか」

「だからごめんってば！」

「じゃなくて。演技できてましたよね？」

言ってやる。

羊子のご両親を信じさせた、あのヤバい女の演技。酒が入っているときほどではないが、それでも充分に名演と呼べるものだった。

が、七瀬さんは「んー」と首を傾げる。

「演技ってゆーか、ちょっとウソついただけだったからなー」

「いーや違いましたよアレは。なあ？」

「うん」と羊子も頷いてくれる。あのときの七瀬さんは、確かに別人になっていた。嫉妬深くてフリーダムで、高校生に手を出すアブない女。そんな人格を確かに演じ切っていた。

「そーだった……？」

そうだったんです。

「せっかくこんだけ大騒ぎしたけど……羊子のご両親に心配かけなくて済むかもな」

「え⁉」

そこでどうして羊子が泣きそうな顔をしたのか、俺にはよくわからなかった。

―5― さすがに乙女心を学ぶべきか

「お、お邪魔しますっ!」

ひっくり返った声で言いつつ、羊子《ようこ》が我が家の玄関をくぐる。

うちに来るのは三回目なんだし、そろそろ慣れても良さそうなものだが、やっぱり男がいる部屋に入るのは敷居が高いんだろう。それでも来てくれてありがとう羊子。

ギクシャクしながらコートを脱ぐ羊子に内心頭を下げていると、七瀬《ななせ》さんも入って来た。こちらは緊張のキの字も無く、いつも通りのゆるゆる顔だ。

「ただいまー」

そしてこの挨拶《あいさつ》である。

「た……⁉」

それを聞いた羊子が目を剝《む》く。ほら、七瀬さん。こーいう反応されるようなことしてるんですよあんた。反省しろ。

「あー、気にしないでひつじちゃん」

ひらひら手を振る非常識美人。

「私って雫《しずく》先輩の妹みたいなもんだから。実質ここも私んちみたいな」

「その理屈は通らねーよ」

「理屈は通さなくても家には通してくれるあたりが、弟クンの優しいとこだと思うの」

「うまいんだかうまくないいんだかわかんねーな……」

「…………」

俺《おれ》たちのダラダラした出来損ないコントを、羊子が悲しそうな目で見ていた。おいどうした。頬《ほお》っぺた膨らませて拗《す》ねるほど面白《おもしろ》くなかったのか。

「やっぱり……どんどん仲良くなってる……」

「なってねーよ？　俺が諦《あきら》めてるだけだよ？」

「性格は諦めても才能は諦めないでいてくれるあたりが、弟クンの優しいとこだと思うの」

「……そこは私も同感」

急に褒められた。ありがとう。

「じゃー始めるか早速。七瀬さん、次の脚本ってもうあります？」

「うん！」

「あ、ごめん」

リビングに向かおうとする俺たちを、何やら羊子が呼び止める。

「私、着替えるから。ちょっと待って」

「着替え?」

「うん。――ほら瀬戸《せと》。覚えてるかな」

言って、羊子は持ってきたバッグから一枚のTシャツを取り出した。深い紫一色の、ひどく見覚えがあるそれに、俺は目を丸くする。

中学の頃《ころ》、演劇部のみんなで着ていたユニフォームだ。

「また懐かしいもんを……」

「せっかく瀬戸と稽古《けいこ》するからさ、持ってきちゃった! まさか捨てたりしないよね瀬戸」

「捨てるか」

楽しかった演劇部時代の象徴だ。まあ、その後半には月浦《つきうら》との黒歴史も含まれているが、それでも大事な思い出の品には変わりない。実家からここに引っ越すときにもちゃんと持ってきて、今はタンスの奥で眠っている。

「瀬戸も着ようよ! こーいうので一体感出すの大事でしょ?」

「七瀬さんがハブになるだろそれだと……あと」

なんだか浮かれている様子の羊子に、俺は躊躇《ためら》いつつも続ける。

「それ、まだ着られんのかお前?」

「太ったって言いたいの!?」

「じゃなくて! 中一の春に揃《そろ》えたヤツだぞ? ほら、成長期があったわけだし、着られるにしても……何て言うかこう……」

「………‼」

考えていることが伝わったらしく、羊子が慌ててTシャツを見下ろす。

彼女は高校に入ったあたりから――何と言うか、つまり――女性的な特徴が顕著に表れはじめたので、そのユニフォームを今着ると俺の目の毒にならないだろうか。親御さんも泣くと思います。

「だ、大丈夫だよ！」

しかし羊子は頑固にも言い張る。顔引きつってるぞお前。着たらどうなるか想像できてるだろ。

「何でも着こなすのが役者だもん、平気！　和泉《いずみ》さんだって野暮《やぼ》いパーカー着こなしてたじゃん。同じこと出来なくてどーすんの。指導する側だよ今回」

「いやあれはモデルとしてのスキルで」

「弟クン」

さっきから黙っていた七瀬さんが、静かに俺の肩を叩《たた》いた。さっき見たのと変わらない、頑張る戦友を見守る顔で力強く首を振る。

「ひつじちゃんがチャレンジしようとしてるの。止めちゃダメ」

「いや、でも……」

「私がチェックするから、任せて」

七瀬さんは羊子と連れ立って、重々しい足取りで洗面所へと入って行った。そこで着替えるようだ。

◇

『わー！　ひつじちゃん可愛《かわい》いの着けてる！』

『い、いやこれは……今日だけたまたま……』

洗面所の女子二人の会話が、リビングまではっきりと聞こえてくる。

『でもさーひつじちゃん、そーいうお洒落《しゃれ》なのってゴワつかない？　私あれ苦手でさ、着けやすさで選んじゃうんだよね。ほらこーいう』

『あ、それいい！　どこのヤツですか⁉　……えっと、色はもうちょっと大人しいのが……』

『このくらいの方が気合入るよ？　着けてみる？』

『え⁉　……じ、じゃあちょっとだけ……』

『おっけ。待っててね外すから』

「聞こえてるぞ女優ども……トーン落としてください……‼」

俺はローテーブルに突っ伏し、ただただ頭を抱えるしかない。

別に二人は大声で喋《しゃべ》ってるわけじゃないんだが、鍛え上げられた発声法ゆえにクリアにここまで届くのだ。おかげで、洗面所のあられもない光景まで高画質で脳内再生されてしまう。頭じゃなくて耳に手を当てれば再生はそこで止まるんだろうが、それはその、ヤだし。

『あ、あの、和泉さん？　早く貸してもらえませんか。そんなに見ないで……』

『ごめんごめん。──ひつじちゃん、体綺麗《きれい》だねー。スラッてしてるし。弟クンそれくらいが好みって言ってたよ』

『ほんとですか⁉』

そうなのか。羊子ってそんなにスリムなのか。あいつ体のラインが出る服着ないからよくわからないんだが、確かに肩は華奢《きゃしゃ》だったな！

『信じますよ⁉　もっとしっかり見なくていいですか？　あ、脚はこんな感じなんですけど』

『いいじゃーん、バッチリ！　あったかくなったらショーパンとか穿《は》いてみ？』

『オフショルにショーパンですか⁉　冒険し過ぎかも……』

俺もそう思うが、オフショルは固定なのか羊子。そんな無理して俺の需要に応《こた》えなくても。

でもありがとうごちそうさまです。

『んじゃ本命行こ！　ユニフォーム着てみて』

『はい！　……あ』

『あーこれは……さすがに、くっきりし過ぎっていうか……』

何が？　どのラインがくっきりしてるんですか？　どれくらいくっきりしてるんですか⁉

『んー……アウト！　弟クンには刺激が強すぎます。オフショルで行きましょ』

『はぁい』

数分後。

元の格好でリビングに来た羊子たちを、俺は辛《かろ》うじて張りつけた鉄面皮で迎える。

「……始めるか」

「うん」

「お願いしまーす！」

ちょっとしょんぼりした様子の羊子と、それを盛り上げようとひときわ元気な声を出す七瀬さん。やっぱり酒さえ絡《から》まなければ、七瀬さんはいい先輩だと思う。

さっきの感じだと、演技の方でもしれっと貫禄を見せてくれそうな気がするが……どうだろうか。

◇

ダメだった。

次回の収録で使うという脚本をひと通り読んでもらったが、相変わらず力みまくり、うねりまくりで、ほとんど異世界の言語のようだった。

スマホで録画しておいたその様子を再生、七瀬さんが涙目で「わかった、もうわかった」とすがりついてきたあたりで、羊子が静かに口を開く。

「原因は？」

中学の頃と同じ端的な物言いが、なんだか無性に心地よかった。アレな演技を見せられても決して呆《あき》れず、ボヤくこともなく、クールに解決策を探す羊子は掛け値なしにかっこいい。

「気合の入り過ぎ……だと思ってたんだがな」

俺は答える。

予想では、『これから演技するぞーっ！』という気持ちがあまりに強すぎて、ガチガチになるのだと考えていた。その気合が酒でほどよく解《ほぐ》れ、あの名演が生まれるのだと。でも。

「だとしたら羊子んちでのことが説明つかねーんだよ。どう見る？」

「んー……とね」

羊子は天井《てんじょう》を見上げたが、すぐに七瀬さんへ――自分の破滅的な演技を目撃し、のたうちまわる残念美人へ目を向ける。

「和泉さん、自分のキャラ好きですか」

「大好き！」

「そのせいですね、多分」

「⁉」

あっさり言ってのけた羊子に、俺と七瀬さんは目を見張る。

羊子は特に勝ち誇ることもなく、どっしり構えた部長の顔で頷《うなず》いた。

「気持ちが入り過ぎってのは瀬戸の推測通りなんだけど、その原因は『お芝居やるぞ！』って気合じゃなくて、『この子が好き！』って気持ちの方だね。愛が強すぎるの」

「そんなことあるのか⁉」

「何であんたがわかってないのよ、演出家」

「いや、脚本《キャラ》を創る側としてはだな……そこまで惚《ほ》れてもらえるなんて思わないっつーか」

「未熟者」

「し、精進します……でもアレだな、何事も好きになり過ぎるってのはよくねーんだな……」

「実感籠《こも》ってるね、弟クン」

それはもう。俺が月浦に入れ揚げ過ぎて、どれだけイタいことになってたか。あのときの俺に比べれば——比べようが無いが——七瀬さんの演技なんて可愛いものだ。

「そう。ほんとにそーなんだよ！」

俺の数倍の実感を込《こ》めて、羊子が握りこぶしで言った。何だどうした？

「自分でもどーにもならないよーな強い気持ちってほんと怖いの。好き過ぎて、大事過ぎて、距離詰めるのも怖くなっちゃうんだ。壊しちゃうのがイヤだから」

「……俺で良かったら相談に乗るぞ？」

「キミじゃダメなんだよ弟クン。キミだけはダメなの」

「何でッ⁉」

「それがパッとわかんないからだよ」

わけのわからないことを言い、七瀬さんは「んー」と腕を組む。さっきまで悶《もだ》えていたとは思えない、余裕たっぷりの微笑を浮かべて。

「でもねえ、私はひつじちゃんと意見違うかなー。抑えられないくらい好きなら、抑えないで突進した方が楽しいよ？　それでいろんな味を知ってさ、楽しみ方もどんどん掘り下げるの」

「酒のこと言ってます？」

「もちろん」

こいつは……。

「掘り下げた結果、高校生につまみ作らせたり、二日酔いの世話させたりするわけか……好きの行き過ぎはやっぱダメだな……」

「何でそんなこと言うの弟クン⁉」

「そーだよ瀬戸！　今のはダメだよ！」

なんで羊子まで怒るんだそこで。

「よく聞いて瀬戸⁉　好きって気持ちに間違いなんて無いんだよ。そりゃいろいろ問題起こすけど、それでも世界で一番尊い気持ちだよ！　……いや待ってごめん、そうでもないかも……こんなに好きじゃなきゃ、こんなに大事じゃなきゃ気軽に踏み込んできっと今ごろ……」

「ひつじちゃん⁉　ひつじちゃん声に出てるよ⁉」

「‼」

「いやあの、俺としては意味深なこと言うだけ言って口ふさがないでほしいんだが」

「意味深てことはわかるのにそこから先は意地でも理解しないんだね弟クンは……先は長そうだねひつじちゃん」

「べ、別に私は、瀬戸とはそんなんじゃ」

「この子はこの子で」

「はいっ！　はい雑談終わり！　芝居の話しましょう、和泉さんの演技の話！」

「なるほど、こーやってチャンスを棒に振って来たんだねひつじちゃん」

「だーかーらー！」

「実際、どうしたもんだろうなあ……」

羊子の号令に従って、俺は話を戻してやる。七瀬さんが何やらもの凄《すご》く残念そうな目で見てくるが、放置。

「中学の頃は、こういう行き詰まり方する役者はいなかったし……羊子、今の部にいるか？」

「何人か」

「どうしてる？」

「悩みどころ」

「だよなあ……」

俺と羊子は揃って腕を組む。

脚本を書く人間としては、役者の愛を尊重したい。それをそのまま活《い》かした演技をしてほしい……んだが、そのせいで七瀬さんみたいになるなら、愛の方を削るしかない。

削るというか、うまく馴染《なじ》ませるというか。多分今の七瀬さんは、カップル成立直後の中学生みたいに全身全霊でキャラのことを好きでいる。それを、十年連れ添ったパートナーのような、自然な愛し方に変えるのだ。

そのためには――

「反復練習ですね」

羊子が言う。俺が考えた通りのことを。

「取《と》り敢《あ》えず今は数をこなして、ちょっとずつ修正していきましょう。大丈夫、私と瀬戸がついてます」

お世話になります！　と冗談めかして土下座する七瀬さんに、羊子がクスクス笑っている。

姉さんから聞かされた話では、次の収録は二月十四日。一ヶ月と少ししかない。プロのトレーナーがまる二年かけてほとんど変えられなかったものをどうこうしようとしていると思うと、今さらながら無謀ではあった。

それでも、楽しそうな七瀬さんと羊子の顔を見ていると、始めてよかったと素直に思える。

この先ひと月でこなすべきプランを、俺は急ピッチで組み立てていった――最終手段の、本番直前にアルコールを盛る作戦も含めて。

「あ、瀬戸が悪だくみしてる」

「いつもなの？」

「そうなんですよ。芝居が絡むと」

やれやれと肩を竦《すく》める羊子は、そろそろ五年になる付き合いの中でも五本の指に入るほど幸せそうに笑っていた。

◇

「えー、素晴らしい進展があったと思います！」

稽古を終えて。

部長としての習慣か、羊子がごく自然に総括を語るのを、俺は背筋を伸ばして聞いた。七瀬さんも同じである。

「和泉さんの成長は今後に期待ですが！　現状を把握できて、何をすべきかも見えました。これは素晴らしいことだと思います！　明日からも頑張りましょう。お疲れさまでしたっ！」

「お疲れさまでしたー！」

三人一斉に頭を下げて——真っ先に動き出した羊子が、ぽすっ、と床のクッションに腰を下ろす。めいっぱい伸びをするその顔には、「大満足」と書かれていた。

「んーーーー！　楽しかったぁ！　交ぜてくれてありがとね、二人とも！」

「こっちこそー！」

飛びついた七瀬さんとハイタッチしている。さっき羊子自身が言ったように、七瀬さんの演技は一時間でまったく成長しなかったんだが、稽古後にそれを引っぱらないのが良い部長のスキルである。

去年、三年生が引退する前に二人でいろいろ考えたもんな。どうすれば部をまとめていけるかって。あのときドーナツ屋で考えた作戦を、羊子は今も実践してくれているようだ。

「おーしお酒だお酒ー！　弟クンおつまみ任せたー」

「へいへい」

こっちも引きずらない七瀬さんと一緒に、キッチンへと向かう。

買物袋ごと冷蔵庫に突っ込まれていた酒どもを、残念美人が嬉々《きき》として取り出す。その様子を横目で眺めつつ、俺は内心ほっとしていた。

躊躇《ちゅうちょ》なく飲もうとするあたりを見ると、正月明けのときのように一人で抱え込む心配は無さそうだ。ああいうのはもう懲りたと言っていたが、本当らしい。

「〜♪」

片手にずっしりした買い物袋。片手に最初の缶ビール。絵にかいたようなダメ大人が、意気揚々とリビングに戻りかけ――

そこでダメ大人のスマホが鳴った。

「ありゃ」と、彼女は困ったようにデニムのポケットを見下ろす。スマホはそこにあるらしいが、両手がふさがっていて取れない模様。着信はどうも電話のようで、メロディがずっと鳴り続けている。

「ごーめん弟クン。取って」

「ビール置けよ」

「一度持ったお酒はカラになるまで放さないのー。それが礼儀なのー」

「聞いたことねーよ」

「はいはい取りますから私が」

仕方ないなー、と笑いつつ、羊子が七瀬さんのポケットからスマホを拾い上げた。

「あ」

何故《なぜ》か困ったように呻《うめ》く七瀬さんをよそに、液晶に指を走らせる羊子。受信のボタンをタップしたようだ。

直後。

「げ」

上機嫌だった羊子の顔が、一転してイヤそうに引きつった。

どうしたのかと訊《き》くより早く、スピーカー再生のスマホから、聞き覚えのある声がキッチンに届く。

『……なんで羊子先輩なんです？』

月浦だ。それも、珍しいくらい不満げな。

スマホを持っているのが羊子だとあちらにわかったあたり、ビデオ通話なんだろう。月浦のヤツ、そんな風に話すくらい七瀬さんと仲良くなったのか。

『和泉さん、どういうことですか？　穂澄《ほずみ》先輩にスマホ取らせてサプライズ決めてくれる約束でしたよね』

「ごめん、作戦失敗」

『信じてたのにー』

「羊子、切れ」

「まーまーまーまー」

七瀬さんはあっさり買い物袋を置き――ビールは放さない――羊子の手からスマホを拾い

上げた。「ほい」とこっちに向けて来る画面に、頬杖《ほおづえ》突いた月浦の仏頂面。

「ほらほら水守《みもり》ちゃん弟クンだよ！　そんな顔してたらがっかりされちゃうぞ」

『大丈夫です。穂澄先輩ならギャップの良さを理解《わか》ってくださいます』

「……何の用だ？」

渋々訊いてやると、月浦は一転して嬉《うれ》しそうに笑った。よく見るとベッドに寝そべってるようだが、収録先のホテルだろうか。

『いえいえ、せっかく神戸《こうべ》に来ているのでー。夜景を見ながら先輩とお喋りしたいなと』

「ならせめて映せよ。夜景を」

『私を見せないと意味が無いですから。それに』

と、カメラの角度が変わった。仰向《あおむ》けになった月浦を、上から捉《とら》えたアングルになる。短い髪がベッドに広がって、醸《かも》し出《だ》された無防備な色気に俺はうっかり息を呑《の》んだ。七瀬さんにニヤニヤされる。くそ、目ざといぞ残念美人め。

『これ、お見せしたかったので』

どれのことだ。頬に掛かってカーブを描くその金髪のことなら、白い肌に刻まれた紋様のようで、あるいはそこを走る指のようで、やたら背徳的ではあるぞ。これが黒髪なら雪みたいな肌とのコントラストでさらに強烈だったと思う。

「あー⁉」

何やら不満げに、羊子が叫んだ。どうした？　俺の視線がそんなにエロかったか？　すまん。でも、月浦をどう思ってるかは別として、良いものは正当に評価すべきだし。

「月浦！　その服！」

服。

羊子の言葉でようやく気付いた。月浦が着ている無地のTシャツだ。華やかで線の細いこいつのイメージに合っているとは言えないが、それでも不思議なほど馴染んでいる。少なくとも俺と、羊子の目にはそう映る。

深い紫のそのTシャツは、例のユニフォームだったから。

『今も練習着にしているんですよ。ちょっと小さくなっちゃいましたけど』

とか言いながら、チラッと覗《のぞ》くお腹《なか》にカメラを向けるのをやめろ。予想はしてたけどくびれ方半端《はんぱ》ねえな。

『ところでー、今日は和泉さんのレッスンをされていると聞きました。ですよね、羊子先輩？』

何で羊子に振るんだろうか――思いつつそちらに目をやると、羊子は何故か、もの凄く悔しそうに歯噛《はが》みしていた。

それを煽《あお》るようにして、月浦が画面に顔を近づける。

『あらあらー？　穂澄先輩と稽古なのに、羊子先輩は私服なんですかー？』

「うるッさい！」

落ち着け羊子。鬼みたいな顔になってる。あと俺も私服のままだぞ。

『この季節にオフショルなんか着てずいぶん気合入れたご様子ですけどー、稽古にその格好で来るのはどうなんでしょうかー。ちょっと勘違いされてませんかー』

「ユニフォーム持ってきたもん！　私も！　でも入んなくて」

『なるほどー。なんだか象徴的ですねー』

「な、何がよ⁉」

『穂澄先輩との想《おも》い出《で》が無くても、もう大丈夫ということじゃないですかー。私はこの通りまだまだですので、心も体も先輩の傍《そば》に』

こっち来んな。

『うーん、穂澄先輩が味わい深い目をしています……。ところで、和泉さんが飲んでるようですけど、今日の稽古はもう終わりですか？』

「そう！　そーだよ月浦。だからもう切った方がいいよ」

まるで天啓でも得たように、勢い込んで言う羊子。何もそこまで噛《か》みつかなくても。

「私たちこれからご飯だから！　わかる？　瀬戸のご飯を！　食べるの！　羨《うらや》ましいでしょ」

お前も食うのか……？　もちろんいいけど、七瀬さん好みのおつまみしか出ないぞ。今朝《けさ》からじっくり漬け込んだ煮卵とか、子持ちししゃものピリ辛炒めとか、お前好きか？

『ははあ、確かに羨ましいお話』

大して興味無さそうに答え、月浦は俺に目を向けた。こっち見るな。

『ところで穂澄先輩、私いま神戸に来ているんです』

「らしいな」

『お土産《みやげ》に和牛とアナゴ買って帰りますから、お楽しみに。雫さんや和泉さんと美味《おい》しく召し上がってください――ああ、羊子先輩とも。ええ』

「お、おう……？」

『羊子先輩もどうぞお楽しみに。ええ、ええ。私が買って来た食材を穂澄先輩が料理したものを心行くまで召し上がれ。お口に合えばいいんですがー』

羊子が震えている。そこだけ地震かと思うくらいに震えている。羊子、クールに。なんでそんなに怒ってるのかよくわかんねーが、美味いもの買ってきてくれるのは確かなんだから素直に喜ぼう。な？

ほら、七瀬さんなんか四合瓶《びん》抱えて今からうっとりしてるぞ。この人最近灘《なだ》の酒にハマってるから、タイムリーで嬉しいんだろうな。

『それで？　どうです和泉さん、稽古の方は』

蕩《とろ》けた顔をしている酔っ払いを、月浦がスマホ越しに覗き込む。

『私に怯《おび》えないで出来るようになりますか？』

「もっちろ……」

「当分は無理だ」

無責任なことを言いかける酔っ払い（もう飲んでる）の後ろから、俺。出来れば「もちろん」と言ってやりたいが、そこは安請け合い出来ない。それくらい月浦の演技は凄いし、七瀬さんは……こう、アレだし。

「中学の頃からズバ抜けてたくせに、さらに馬鹿《ばか》みたいに進化しやがって。この天才め」

「瀬戸ぉ……」

むくれるな羊子。俺も同じ気持ちだ。

『天才。天才ですか私。そうですか』

その言葉を繰り返す月浦は、ひどく嬉しそうだった。

『だとしたら、私の才能を引き出したのは穂澄先輩です』

「ンな大仕事をした覚えはねーよ」

『私の覚醒《かくせい》が大仕事ですか。そう言ってくださるんですねえ』

「この国の芸能史に残る大事件だ。俺がやったんじゃねーけど」

『いいえ、先輩がやりました。私が稽古を頑張ったのは先輩に見てほしかったからですから。実質、先輩の功績です』

「見てなかったけどな」

『見ないようにするというのは、見ているのと同じなんですよ？　頑張ってよかったなあ』

なんつーポジティブ思考だ。もはや執念じみてる。

『まあ、出来ることなら？』

月浦がまた酔っ払いを見る。

『私も和泉さんみたいに熱ぅくサポートされたかったですね。恋人だったのに、この扱いの差は何だろ』

「お前が浮気《うわき》するからだろうが」

『それだけとは思えません。だってだって、私のことは走って助けに来てくれたこと無いじゃないですかー。差別のにおいを感じますー』

妙な拗ね方すんな。お前は何かとハイスペック過ぎて俺が出る幕が無かっただけだ。

恋人だろうがそうじゃなかろうが、自分が役に立てると思えば俺はどこにでも飛んで行く。役者なら誰《だれ》が相手でもだ。

まあ、でも……七瀬さんは特にそうしたくなるから、他の役者に比べて熱の入り方が多少違うんだが……それを言うべきかどうか、俺はちょっと考える。微妙に恥ずかしい台詞《せりふ》になるし、七瀬さんはまだあまり酔ってないから、忘れてもらえないだろうし。

『先輩せんぱーい？　肯定は沈黙と受け取りますー。このまま納得いく説明が無い場合、私の和泉さんへの当たりが三十パーセント強化されますけどかまいませんかー』

「私怨《しえん》でイジめてんじゃねえって言ったくせに⁉」

『そうだったんですが、事情が変わってしまいそうです。先輩のせいで。先輩のせいで』

こいつは……。

「大変だー弟クン。助けてー」

七瀬さんが横から言ってくるが、やたら楽しそうにニコニコしている。イジめられるのはあんたなんだってわかってるか酔っ払い。わからなくなるの早過ぎねえか酔っ払い。

「早く水守ちゃんのご機嫌を取るのだー。私の命がかかってるぞぅ」

やだよ今さら。月浦におべっかなんて死んでも御免だ。そうなると本心を語るしかない。表現はなるべく抑えて、端的に。

「……俺は」

『俺は？』

「俺はただ、七瀬さんが好きなだけだよ」

「‼」

月浦が目を丸くしたが、構わず続ける——視界の外で羊子も、そして当の七瀬さんも硬直していることに俺はまったく気づかない。

「当たり前だろ？」

気づかないまま、七瀬さんを顎《あご》で示した。「待っ……」と七瀬さんが呻いたようだが、

「ま」？　しゃっくりの亜種だろうか。酔っ払いだから変なしゃっくりくらいするだろう。

「こんだけビジュアル磨いてりゃ、いくらでも注目集められるのに。なのにこの人は自分を通して他の誰かをみんなに見せようと頑張ってる。もう二年もだぞ。そりゃ応援す……」

「あ、ありがとー弟クーン！」

酔っ払いがいきなり抱きついてきた。嬉しくてはしゃいでいるというより、大慌てで言葉を遮《さえぎ》ったような感じがしたのは俺の気のせいだったんだろうか。酒臭くてウザいのには変わりないけど。

七瀬さんは俺と肩を組みつつ、いつの間にか開けていた二本目のビールをグイッといく。この至近距離でいい度胸だ。まだまだ褒めるつもりだったのにその気が消えたぞ残念美人め。

その残念美人は、相も変わらずヘラヘラと――いや、そう見せようとして失敗したような引きつった笑顔を寄せてくる。どうしました？

「まーた褒められちゃったなー！　最近の弟クン優しめでうれしー。でも好きとか言っちゃダメだよー水守ちゃんとひつじちゃんの前でー」

「何でですか。文脈でわかるでしょＬＯＶＥの好きじゃねーってことくらい。小学生じゃあるまいし」

「……小学生……」

羊子が何やらボソッと呟《つぶや》く。俺がそっちに声をかけるより早く、七瀬さんが肩を抱く力を強めた。何ですかそんな、凹《へこ》んだ羊子から俺の注意を逸《そ》らすみたいに。別にヘンなことは言いませんよ。「もちろん羊子はわかってたよな？　ＬＯＶＥじゃないって」って確認するだけで。

「ふっふー甘ーい！　七瀬さんはお酒を飲んでいるのだー小学生より素直だぞー。そーいう意味に取ってアガっちゃうぞー」

「素直な七瀬さんに教えてあげます。酒飲んじゃ駄目です」

「ねーねーもっと褒めてもっとー！　七瀬さん今ならどんなお世辞も信じちゃうぞー」

「もう品切れです」

「えっ」

冷ややかに言ってやると、七瀬さんが何やらブルッと震えた。

「顔と芝居への態度以外どう褒めろと」

「お……おぅ」

七瀬さんが目を逸らす。そそくさと俺から体を離し、ちびちびとビールに口をつけ始めた。

「温度差……この温度差ぁ……ゾクゾクするぅ……」

？

『――ほら羊子先輩、いいんですか流れに乗らなくて』

スマホの中から、月浦が羊子を覗き込んでいた。

『私も褒めてーって行くとこですよここは。この流れなら答えてもらえます』

「だ、駄目だよそんな」

ブンブン首を振る羊子。

「めんどくさい子って思われちゃうじゃん……」

『そうやって足踏みしてるから和泉さんや私に追いつかれるんです。ほら見てください和泉さんのあの顔。お酒で誤魔化《ごまか》してるつもりっぽいですけど恋する乙女の顔ですよあれ』

あれがか……？　確かにいつもより静かだけど、俺には見分けがつかねーぞ。

『乙女心がわかってないなー』

「秋の空くらい変わりやすいのは知ってるぞ浮気魔」

「わ、私のことはいーじゃん！」

七瀬さんが声を上げる。強引に矛先を逸らそうとするのは、酔ってるときにしては珍しい。ふてぶてしくマイペースに別の話題を捻《ね》じ込んでくるのがこの人のスタイルだったはずだが。

「ヘイヘイ弟クン、ひつじちゃんが褒めてもらいたそーにそっち見てるよ。言ってあげてほらほら」

いやこっち見てないでしょあいつ。そっぽ向いてますよ。

でも確かに、あのしょんぼり顔には見覚えがあった。昔、荒れてた頃の羊子が素直になれないときも大体あんな感じだったものだ。そして、そういうときは直球で褒めてあげるといつも機嫌を直してくれた。

つまり――流れがよくわからないが――ここは褒めるところらしい。

「つっても……羊子の良さなんて、普段から言い尽くしてるけどなあ……」

俺は言う。週イチのドーナツ屋トークは伊達《だて》ではない。伊達ではないが、人には一度言われたことをもう一度聞きたい瞬間があるものだ。例えば俺が知ってるある役者は、開演直前にこれまで演出にもらった誉め言葉を全部脳内でリピートするらしい。

今の羊子がそういうタイミングなのだとしたら――

「今日改めて思ったよ」

ちょっと考え、口を開く俺。

「やっぱ羊子がいるといい稽古が出来る」

「!!」

羊子がこっちを見た。そのときにはもう、花が咲いたように顔が明るくなっている。

「場が締まるし、切り替えが早いからギスギスしたり暗くなったりしないし。何より、背中で引っ張ってくれるんでみんなの士気が上がるんだよな。トップにいてくれるとこっちは小細工に集中できる。本当にやりやすいよ。問題が起きたら意地張らないで何でも相談してくれるから、早めに手が打てるしな。欠点といえば、他の人をトップに担《かつ》いだときちゃんと出来なくなりそうなことだけだ」

「せ、瀬戸もういい！　もういいから！」

『ひと通り聞いてから遮るこの卑しさ』

月浦の言葉をまったく無視して、ぷいっと背を向ける羊子。そのまま、膝《ひざ》を抱えて顔を埋める。肩がぷるぷるしているが、果たして喜んでもらえたんだろうか。中学の頃とリアクションは同じだが。

と、羊子がちょっと顔を上げる。目だけ覗かせ、スマホの中の月浦をちらっと見た。『あんたは言ってもらわないの？』とか言いたげな視線。

『私は催促しませんよ別に』

冷たく一蹴《いっしゅう》する月浦である。

『他人に言われなくたって自分の良さくらいわかってますから。そもそも、改めて言わせるというのが相手との信頼関係を疑ってるみたいでダサいっていうか』

「何それズルい⁉」

「一人だけ別格オーラ全開だー。別格だけどさー」

『ふふふ、ありがとうございます。私はいつだって別格です』

自分で言うのかよ。

『とはいえ……こうして見せつけられると、さすがにちょっと妬《や》けますねえ』

「あぁ？」

俺は警戒して身構えたが——月浦は泣きそうな顔をしている羊子をニヤニヤと覗き込む。

『久しぶりに、穂澄先輩のレッスンが受けたくなってきました。先輩が演劇部に入るなら、私もついていきましょうか……私たちが入ったら、今年のコンクールは余裕でしょうねえ。どうです部長さん』

げ。

それを聞き、俺は青ざめた。

大晦日《おおみそか》に羊子自身が言っていたが、彼女は俺の勧誘のためならどんなきっかけも利用する。当然、このトスも活かしてくるだろう。七瀬さんも羊子の味方だから、三人がかりでせっつかれるぞこれ。面倒くせえ。

そう思っていたのだが。

『……あら？』

月浦が意外そうに目を丸くした。羊子が黙っている。ぷーっと頬が膨らんでいるのは、喉《のど》どころか口の中まで出かかっている台詞——『ほら瀬戸、月浦もこう言ってる！』あたりか——を無理やり押し込めているからだろうか。眉間《みけん》のシワが死ぬほど深いのは、『この話題でも月浦とだけは同調しない！』という意地の表れか。

俺としては助かるんだが、凄く葛藤してないかお前。辛《つら》そうだぞ？　言いたいこと言っていいぞ。俺スルーするし。

「へいへーい弟クン。お誘い来てるよー？」

ほら見ろこの酔っ払いを。関係ないくせに最高に楽しそう。

「入りません」

しっしっと手を振り、一蹴してやる。まだ脚本が書けてないんで何言われても入りません。どうせ結果は変わんねーんだから、言いたいこと言え羊子。涙目になってるぞ。

「だいたい七瀬さん、いいんですか？　俺が部活はじめたらおつまみの仕込みする時間が減りますよ」

「仕込みとかしてんの⁉」

当たり前だろうが。頑張ってる役者に半端なものを出せるか。姉さんの面倒を見て培ったスキルが今となってはありがたい。でも出来れば、酒は飲まないでおつまみだけ食べてもらいたい。ダメか？

「弟クン……！」

七瀬さんはどうも感動したようで、「ありがとー！　乾杯ー！」と缶ビールをこっちに向けてきた。感謝するなら乾杯するな。あとそろそろ羊子が眠そうだから、あんま飲むな。

「弟クン最高！　男前！　性格イケメン！　そっかあ、ひつじちゃんがあんなに勧めてるのに入らなかったのは私のため――」

「ンなわけねえだろうが」

「えーじゃ何でー？　まだ内緒？」

「当たり前です」

「そろそろよくない？　話してくれてもー」

「前に訊かれたときと何も変わってないでしょう。……そうでもねえか。でも話せないもんは話せま……」

『私を贔屓《ひいき》し過ぎて他の部員に嫌われたんですよ』

「…………」

瞬間。

月浦のあっさりした一言に、本気で目の前が真っ白になる。

怒りとか、後悔とか、恥ずかしさとか、そうした諸々《もろもろ》が脳内で爆発《ばくはつ》する。爆裂する。呼吸どころか心臓も止まった。少なくとも、俺の実感としては。

だって、月浦の言う通りだったから。

大声で否定するどころか表情や姿勢を変えることすらままならず、俺に出来たのは持っていた菜箸《さいばし》を折れるくらい握り締めることだけだった。

『ほら、うちってエスカレーター式で、高校でも部員の顔ぶれが同じでしょう？　だから戻りづらいんだと思います。まあ憶測なんですけど、状況からだいたい察しはつきます』

「つ、月浦ッ！　つ……つき……!!」

『キョドり過ぎです先輩』

うるせえキョドるに決まってんだろ。言葉にならない裏返った声を途切れ途切れに吐き出して、俺は涙目で月浦を睨《にら》む。

なあ、何でバラしたんだ今。お前確か俺に嫌われたくないいんだよな？　好感度稼ぐみたいなこと言ってたよな？　ならどうしてそんな、俺が一番バラされたくないことを！

『あ、先輩可笑《おか》……可愛い顔』

「言い直しても遅せえぞ⁉」

『遅いのは先輩の方ですよ？』

「あァ⁉」

『私は憶測って言ったんですから、すぐに否定すればよかったのに。そんな顔して怒るから本当だってバレちゃうんですよ』

一瞬でそこまで考えて行動できるのはお前ら役者だけだアドリブ巧者ども！　俺は台詞考えるのに時間がかかるんだよ。かけていいんだよ脚本家なんだから。

「！」

はっと気づいて目をやれば、羊子がさっきまでのガマン顔を消し去って、「あちゃー」と両手で顔を覆《おお》っていた。一緒に恥ずかしがってくれるのか。ありがとう羊子。いつもすまん。

それに引き換え。

「……ぷ」

酔っ払いが遠慮なく噴き出しやがった。

もちろんそれだけでは終わらない。

「あはははははははは！　納得！　弟クンっぽい！　真面目《まじめ》可愛いー！」

「笑いごとじゃねー！」

「笑いごとだよー。だよねひつじちゃん？」

どうしてそこで羊子に振るのか。そいつは被害者だぞ俺の。

俺が月浦に入れ揚げて、ヤツが映えるように脚本書き換えたり無茶《むちゃ》な演出お願いしたりして周りがどれだけ迷惑したか。そういう状況だったから、月浦が泣かせた役者の説得はほとんど羊子がやってくれてたし。俺に出来たのは、どう説得するかの作戦を考えることだけで。

改めて本当に悪かった。死にたくなる。そんな想いを込めながら、俺は羊子に目をやった。

その瞬間。

「……笑いごとです。今となっては」

苦笑いして、羊子が頷く。ブルータスお前もか。

いや、お前はいつもそう言ってくれてるけど。

「だよねだよねー⁉　だって、それってあのときの話でしょ？　弟クンが初めて演出した舞台！　動画で観《み》たよ私。……そういえば水守ちゃん出てなかったよね？　稽古中に浮気バレちゃったの？」

正解。そして逃げたんだ、この部活クラッシャーは。

「そっかー、そりゃ荒れただろーなあ。でもさーひつじちゃん、あの舞台って確か……」

「全国金取りましたね」

「水守ちゃんがやめた後弟クンどーだった？」

「すっごくがんばってました」

「金取ったときみんなどーしてた？」

「抱き合ってもう大泣きしました。瀬戸も含めて」

「ならいーじゃん。結果オーライ」

オーライじゃねえだろ。酷《ひど》かったんだって。マジで酷かったんだってば俺。

「そーいうの気にしちゃう弟クン可愛いなー。いい子だなー」

「いい子じゃねえからこうなってるんです！」

「まあ一応、瀬戸のために言っておくとね」

困ったように笑ったまま、羊子。

「今の部員の半分くらいは、まだ瀬戸のこと許してないから……瀬戸もそこまで大袈裟《おおげさ》ってわけじゃ」

「普通に続けてたら仲直り出来てたんじゃない？」

「ああそれは、はい」
　ウソだろ。信じねえ。俺は信じねえぞ。
『えー……まだ引きずってる人がいるんですか？　小さいなあ。誰のことか大体想像つきます
けど』
「あんたが言わないの」
「なるほどなー。うんうん、弟クンらしくていいなー」
　何がいいんだ酔っ払い。日本酒を注《そそ》ぐな。俺の黒歴史を肴《さかな》にするな。おつまみなら作って
あげるから。
「なーんか、水守ちゃんのことニガテって言ってるのも納得ー。二人の仲にみんなを巻き込ん
じゃったって思ってるんだねぇ」
「え。いやそれは」
　見当違いのことを言われて、俺は思わず眉《まゆ》をひそめる。何言い出すんだこの人は。
「月浦を贔屓したのは完璧《かんぺき》に俺が悪いじゃないですか。月浦は役者で、俺は演出だったんだ
から。それは月浦関係無いです」
　言ってやるが、七瀬さんは不思議そうだった。だから何ですかその顔は。俺が月浦を嫌いな
のはあくまで五股《また》かけられたからで、それ以外は別に。
「ははあ……」

七瀬さんはコクコク頷きながら、ひときわ美味しそうに日本酒を一口。

「今わかった。弟クン、大学行ったらモテるよ」

「はあっ⁉」

「自分と相手の何が悪いかって、ちゃーんとわかってるしー。人間関係リセットされたら、そういうクールな男子はモテます。楽しみにしとくといいよー」

「ダメですよ困りますよ⁉」

何が困るのか、羊子の悲鳴。月浦もやけに真剣な顔で、『それは大変です』と呻いた。

『つまり、リセットされるまでに先輩を落とさないと面倒なことになるわけですね』

「落ちねーよお前には。いやお前に限らず」

「限らないの⁉」

どうして羊子が泣きそうになる……？　なんかさっきから俺だけがまったく別の理論で会話をしてる気がするぞ。男だからか？　いやまあ、七瀬さんと月浦は普段からしてどんな理屈で動いてるかわからんけど、今は羊子も理解できん。

「せ、瀬戸？　そーやって可能性を潰《つぶ》しちゃうのはよくないって思うんだ」

「いや潰さなきゃだろ今年だけは。来年受験だし」

「演出家が夢の無いこと言わないで！」

「お客さんに夢を見せる仕事ほど、リアリストじゃなきゃ務まらねーと思う」

「マジメか⁉」

「ダメか……？」

「えーでも弟クン、私の友だちは予備校でカレシ作ってたよー？　いまめっちゃ幸せそー」

ダメな例を出すな酔っ払い。幸せそうならいいけど。

それにしても、昔はこのちゃらんぽらんも大学に合格するくらい真面目に勉強してたんだよな……いつからこんなことになっちまったんだ。姉さんか。姉さんが酒を教えたせいなのか。

『予備校恋愛ですかあ。浪漫《ろまん》ですねえ』

ああほら、後輩がヘンに憧《あこが》れてる！

『実際、私も両立できると思いますよ受験と恋。私、先輩のことをずーっと想いながらお仕事も試験もクリアしてきましたし。成績は上の下を維持してるんですよ褒めてください』

「それは凄いけどな……ほんとに……」

『先輩の後輩でいたかったですから♪』

あーそうかい。

『というわけで、穂澄先輩もどんどん恋しましょう？　大丈夫です。私と結婚してくれれば学歴なんて』

「しねーよ」

「えー、良くない？　水守ちゃんのおうちってキッチンちゃんとしてそーだし。居酒屋穂澄月浦本舗」

「その居酒屋穂澄ってのやめろ。……つーか、夫婦の家に呑みに来る気ですか!? 寝オチするまで居座るくせに!?」

「ダメ？ ……ダメかさすがにー。そっか、私《わたし》的には弟クンは独身でいてくれた方がいーのか……今気づいた」

何言ってんだあんた。

「どーしよ。二人のこと応援してたけど……足引っ張るべき？」

「和泉さん!?」

『いーずみさーん？』

「ウソウソウソウソだからそんな顔しないで特に水守ちゃん怖い笑顔怖い助けて弟クン殺される私」

本気で怯える七瀬さん。俺の黒歴史は笑い飛ばしたのに、月浦に凄まれたらビビるんだなこの人は……その扱いの差はどこから来るんだ。

泣きついてくる七瀬さんを追っ払い、俺はキッチンに向かう。先のことはさておいて、今日のところは一日頑張ったご褒美を作らないと。

キッチンカウンターの向こうで、七瀬さんが二人に詰め寄られていた。どういうわけか今日は潰れずに頑張ってる羊子と、スマホ越しでも殺気めいたオーラを垂れ流す月浦にたじたじになる七瀬さんは、なかなかに見ものではあった。姉さんや七瀬さんの物言いからすると、こういうのを肴に飲む酒は美味しいのかもしれない。

◇

「じゃあ、えっと……さ」

野原《のはら》家のお父さんが迎えに来てくれた、帰り際。

マフラーをやたら厳重に巻きながら、羊子は何故か不安げに俺を見た。お父さんは車で来てくれたんだから、コートもマフラーもあまり要らないと思うんだが、まるで一秒でも引きのばそうとするみたいに丁寧に丁寧に巻き方を確かめている。

「明日も来るね。……来ていいんだよね？」

「頼む」

来てもらえないと困る、と、俺は強めに頷いた。

「アテにしてる」

「……ん。されてあげる」

ニッと笑って、羊子が玄関のドアを開けた。「おやすみ」と最後に声をかけると、あちらからも同じ言葉が返る。――ドアが閉じた後、羊子の「おやすみっていい！　おやすみっていいなあ！」という裏返った声が聞こえた気がしたが、空耳だろう。この部屋は防音だし。

「……おお」

ぽつんとそんな声が漏《も》れる。

羊子と芝居の稽古をした。その余韻が今さら湧《わ》いてきて、なんだか妙にワクワクし始める。いつもドーナツ屋で相談するのと同じ感覚だと思っていたが、とんでもない。楽しい。あれよりずっと楽しいぞこれ。

七瀬さんの役者生命が懸かってるんだから、浮かれてちゃいけないんだけど——でも、これは……。

フワフワした足取りでリビングに戻ると、七瀬さんがソファでニコニコしていた。

ソファにぐでっとうつぶせになり、蕩けた顔でスマホを眺めている。

「あー。弟クン、見て見てー」

と、こちらに差し出す画面では、月浦の寝顔が大映しになっていた。さっきまでは起きていたのに、羊子を送り出してる間に寝落ちしたようだ。

「水守ちゃんの寝顔めっちゃかわいー。待ち受けにしたいー」

「止めないけど許可は取った方がいいですよ。犯罪ですから。——月浦。おい月浦！」

スマホにギリギリまで顔を近づけ、呼びかける。七瀬さんが「何で起こすのー」と悲しそうな顔をするが、無視。画面の向こうで、月浦が半分目を開けた。寝ぼけ顔だ。

『……あぇ……穂澄先輩？　一緒に寝ましたっけ……あー、夢かいつもの……』

　いつも見てんじゃねーよそんな夢。

「ちゃんと布団被《ふとんかぶ》って寝ろ。あとスマホ充電しとけよ？　明日も仕事だろ」

『ふぁい』と月浦は素直に頷き、のろのろとスマホを充電器に繋げた。その様子が見えるわけではないが、画面の動きで大体わかる。

　それで良し、と思っていたら、月浦が覗き込んできた。もはや目がほぼ開いていない。今にも液晶にキスして、寝息を立て始めそうな勢い。

「布団入れって。いいから」

『せんぱい』

　何だよ。

『だいすき』

「……何度も聞いたよ」

『そっかー』

　安心したように笑って、のそのそと月浦が画面から去る。通話を切ってから寝られる知能はもはや残されていなかったようだが……ちゃんと布団被っただろうな。腹でも出して寝ないだろうな。腹を見せるのはグラビア撮るときだけにしろよ？

　まったく、と息をついたとき、気づく。何ですか七瀬さん、その満足げなニヤニヤ笑いは。

「やっぱりお母さんだねー、弟クン」

「月浦の親じゃなくて本当に良かったと思います。娘が浮気したら泣く自信があります」

「親じゃなかったけど泣いたでしょー？　浮気されたとき」

「……何でバレたんです？」

「だいたいわかるよー」

　ああそうですか。察しがいいのはわかったから、その優しい目をやめてください。かえってダメージある。

「にしても、結局」

　終話のボタンをタップしてやり（七瀬さんがさっきから何度もやろうとして失敗していた。酔ってるせいだ）、俺は大きく息をつく。

「何の用だったんだ月浦は」

「弟クンの顔見たかったんでしょ？」

「やめてください」

　とは言ってみたが、月浦に訊いても同じことを言いそうな気がした。あいつの場合、本心かどうか知れたものじゃないけれど。

「本当にそのためだったとして、あの暴露は余計でしたよね⁉　バラすだけバラして結局それきりだったし、嫌がらせか！」

「いーじゃん？　私面白かったし」

「人の恥を……」

「恥ずかしがってる弟クンが面白いんだよー。そーゆーところも好きなんだろね、水守ちゃんはさ」

「だとしたら悪趣味が過ぎます、あいつ」

「そんなことないよ。水守ちゃん初恋だもん」

「………」

初恋。そう言われれば、俺にも少しわかる気がした。

あまりに忌《い》まわしくて認めたくないが、俺も月浦が初恋で……他の何も見えなくなるくらいあいつに夢中になっていた。誇張抜きにあいつの全部が好きだった（浮気してたことを除く）。

その初恋が、月浦の中でまだ醒《さ》めていないとしたら、あのガン攻めも理解できる。

もっとも、月浦が囲ってた五人の彼氏で俺が最初だったとは限らないが……あいつのことだから「五人まとめて初恋です」とか言いかねない。コケろ。道端でコケて、ケガしない範囲で痛い目見ろ。

「七瀬さんもそうだったんですか？」

「何がー？」

「初恋ですよ」

俺は言う。この人も彼氏がいたことはないそうだが、好きになった男子くらい何人かいるだろう。二十歳だし、『中学生の恋なんて大抵どうしようもない』とか妙に含蓄があること言ってたし。

「んー……」

七瀬さんは何やら小さく呻き、しばらく無言でゆらゆらしてから——

困ったように笑って、言った。

「……わかんない」

「はい？」

「いやー」

ひらひら手を振り、困り顔のまま七瀬さん。

「私ねえ、男の子好きになったこと……ないかなーみたいな……」

「んじゃあの偉そうな物言いは⁉」

「友だち情報。あと想像」

「うわ最悪だこの人」

オブラートが間に合わず、ぶっちゃけてしまう。

「二十歳にもなってーとか、そんなことは別に思いませんけど」

「じ、じゃあ言うなー」

「思いませんし言いませんけど、初恋もまだのくせに『恋は緩《ゆる》めがいい』なんて枯れたこと抜かすのはどーなんですか。知ってますよ、そういうタイプに限って一回火がついたら暴走するんですそして引かれてフラれますから気をつけてくださいおい耳ふさぐな」

「聞こえなーい。聞こえないぞー」

後半はガチのアドバイスだったのに……。まあ、いつかこの人が失恋した日はおつまみを一品増やしてあげよう。

それにしても驚いた。初恋もまだのくせによくもまあ、俺のねじくれた恋愛観をああも理解できたもんだ。他人への理解と共感は役者にとって重要なスキルだから、やっぱりこの人には才能があるということなんだろう……だからって褒める気にはならねーけど。

「こらこらー弟クン何よその顔ー」

酔っ払いのへらへら笑顔が、さすがにちょっと恥ずかしそうだった。

「夢見る乙女だよ可愛いでしょー? 綺麗で頑張り屋でその上可愛いってもう私自分が怖いわー七瀬さんパーフェクト過ぎて怖いわー」

「安心してください。例えどんな美点があっても酒飲みって時点でド底辺です」

「なにおーう」

なにおうじゃねーよ。この先あんたと恋愛トークするときは格下に見るからな。見下してイジるからな覚悟しろよ。

「あ、弟クンなんか馬鹿にしてるなー？　それは人を見下す目だぞーレッスン中の水守ちゃんと同じ目だからわかるんだぞ」

「未経験のくせに偉そうなこと言う方が悪いんです」

「未経験でも理解《わか》ってればいーじゃーん。役者だぞ私は」

「わかってんのかほんとに……？」

「おー疑ってるなー？　じゃー弟クンが教えてよう恋ってどんな感じかをよう」

「何ですその絡み方」

「教えてってばー。演出さんが役者に演技指導する感じで。さん、にー、いち、はい」

「ヤな振り方しやがる……」

妙に強く押してくるので、俺は真面目に受け止めてしまう。

恋する演技を指導しろって？　それをやるには、まずどんなキャラがどういう状況で恋に落ちるかから決めなきゃいけないが……今回はその辺の指定が無い。ということは、差し当たり自分の経験を語るしかないわけだが……。

「……最初は」

ぼそぼそと、俺は語り出す。

「その人が隣にいてくれると、何だか安心して、離れたくなくなります」

「安心」

七瀬さんが小さく繰り返した。その声は驚いたように震えていて、まるで思い当たる節でもあるようだったが……どうした。自覚してなかった初恋に気づいたか。

「そ」

生温かくそっちを見ていると、慌てたように七瀬さん。

「それで?」

へいへい、と俺は先を続ける。

「その人に何をされても、何を言われても許せるようになります。それどころか、その人が何かするごとにどんどん好きになってくみたいな……そんな症状が現れます」

「症状って」

「病気ですよ病気。あんなもんは」

言い切る。多分俺なども、その症状のままでいられればずっと幸せだったんだろうが……実際にはすぐに独占願望と視野狭窄《きょうさく》に陥《おちい》って、周りを巻き込んでヒドい目に遭った。

「不健全すぎます。今思えば」

頬杖を突いてボヤく俺。

「もうあんなのは御免です。前にも言いましたけど、次に誰かを好きになるならもっと緩いノリがいい。バカやって、気楽に何となく一緒にいられる感じがいいです。——七瀬さんもそうだって言ってましたよね」

年の瀬の映画館でのやり取りを思い出す。理想としているカップル像が、俺と七瀬さんはほぼ同じだった。この人は失恋もまだなのに、よくこんな枯れた境地に至れたものだ。

――と、そこで気づく。

七瀬さんが何やら顔を覆って、ソファにひっくり返っていた。どうしたのかと覗き込む。いつもの寝オチかと思ったが、それにしてはちょっと呼吸が早い。首筋も赤い――のは通常営業か。酔ってんだし。

「大丈夫ですかー？　おーい？」

「……ん」

適当な呼びかけに返って来たのは、思いのほかか細い声だった。おい、本当に平気なのか。

「七瀬さん？」

「……ごめん。寝る」

「具合とか」

「平気平気」

七瀬さんはひらひら手を振り――すぐに寝息を立てはじめる。早い。いや、いつもは『寝る』と宣言する前に爆睡するから、むしろ遅いというべきなのか。どっちにしても、普段とは様子が違うようだ。

とはいえ、寝息のリズムは良いし、叩き起こして体調を問いただすまでもないか……。

「ヘソ、見えてますよ」

シャツから覗いた真っ白なお腹から目を逸らし、俺はのっそりと立ち上がる。酔っ払いは寝オチした。酒を片づけて俺も寝よう。

カラになった瓶やら缶やらを抱えて、俺がキッチンへ向かった、その後。

「……初恋の、症状」

寝言だったたか、それとも狸《たぬき》寝入りだったのか。

七瀬さんの小さな小さな呟きは、俺の耳には届かなかった。

「まさか……まさかね」

ささやかすぎる唇の動きも、流しに立つ俺からは見ることが出来ない。

◇

——なお。

翌朝の七瀬さんは、いつもとまったく同じ様子で二日酔いにもがき苦しんでいたため、寝入る直前の違和感のことはうやむやのまま流れてしまった。

― 6 ―
急に新しい顔を見せられると フリーズしがちなのはわかってほしい

何気ない風を装って呼んだのに、賢明なる演劇部副部長はこちらを見もせず冷ややかに言う。

「優しくしたくなる案件を頼むよ、部長」

「………」

「ねーねー優しい副部長ー。提案」

何となく先を続けづらくなって、私は口を尖《とが》らせた。

瀬戸《せと》の家で出張稽古《げいこ》をした、その翌日。

放課後の演劇部部室には、私たち以外の部員はまだ来ていなくて、夕陽《ゆうひ》が差し込む二人きりの空間を沈黙だけが支配する。

私の演技力が足りなかったのか、それとも、この子との付き合いが長すぎるせいか。何しろ中学に入ったその日に友だちになったんだから、瀬戸より数ヶ月も長い。私のクセも性格も、瀬戸と同じくらい詳しいと思う。あの鈍感と違って思考に変なフィルターが無いから、瀬戸以上かもしれなかった。

そんな副部長・百地光梨《ももちひかり》は、部室に置かれた長机の向こうでクールな横顔を上げもしないでスマホを眺めている。いかにもガードが堅そうな友人を、私は長机にうつぶせになって覗《のぞ》き込む。

「中学の頃《ころ》さー、ユニフォームあったじゃん。あれまたやろ」

「急だね？」

光梨がようやくこっちを見てくれた。心底嫌そうな目ではあったけど。

「何？　もしかして瀬戸穂澄《ほずみ》案件？」

……どーして一発でバレちゃうんだろ。

はいそうです。昨日、ユニフォームを着られなかったのがヤだったんです。もっと言えば、月浦《つきうら》は着てたのに私は私服だったのがシャクに障りました。だから高校でユニフォーム導入して、予備と称して瀬戸のぶんも確保しようかって……ダメですかやっぱ。

「大体瀬戸が原因なんだよ、羊子《ようこ》の急な思いつきは……あいつに言われたのか、あんたが勝手に考えたのか知らないけど」

私の習性は知り尽くされている。

「あのねぇ羊子。あの男にかまってもいいことなんてひとつも無いんだよ何度も言ってるけど。疫病神《やくびょうがみ》だからねアレ。あんたの幸せ、今もう相当吸い取られてるからね」

思いっきりイヤそうに、それでも熱心に光梨が言ってくる。我が部におけるアンチ瀬戸の一番手が、誰《だれ》あろうこの子なのだった。古い親友で副部長でもあるこの子がそういうスタンスだから、瀬戸への勧誘もいまいち強気になり切れないんだ。すごく困る。

「ほんとはね、羊子にGPSとか持たせたい。瀬戸の半径十メートル以内に入ると自動でビーム出して心臓ぶち抜くヤツ。誰か作ってくんないかな」

「同じ教室にも入れたくない」

「学校にも入れたくないじゃん……？」

怖い。怖いけど、それでも私が瀬戸を勧誘すること自体は黙認してくれてるんだから、光梨は優しいんだと思う。

ドーナツ屋で毎週会ってる件には今のところ何も言われてないけど、まだ気づかれてないんだろうか。それともお目こぼしされてるだけか。後者ならありがとう。愛してるよ光梨。

「……まあ、瀬戸はクソだけど」

最後にもう一度悪口を言って、光梨は座っていたパイプ椅子から立ち上がる。どうしたのかと見ていると、後ろの本棚を覗き込んだ。

ガラス戸が張られた棚の中には、過去の公演でお客さんに書いてもらったアンケートのファイルが並んでいる。普段は誰も見ないけど、古いものなら二十年近く前の資料もある、私たち演劇部の歴史そのもの。

その歴史の中で、七年前から五年前のファイルだけが他の倍くらい分厚かった。しかも、他の年はほとんどが一年で一冊なのに、その間だけ二、三冊もある。雫《しずく》さんがいた最強世代は、お客さんもそれくらい多かったのだ。さすがは後の辣腕《らつわん》マネージャー。

地味に重いガラス戸を光梨は苦労しながら開けて、「どれだったかな」とファイルをめくる。

「ユニフォーム自体はアリかもね。何年か前に一回導入してたみたいでさ、練習してるとこがかっこよかったって結構書かれてた」

「光梨愛してるー！」

「はいはい私も愛してる。……この年じゃないな。いつだっけ……どうしよ、なんか気になってきちゃった」

「私も探す！」

光梨が乗り気なのが嬉《うれ》しくて、私も本棚に飛びついた。ファイルを適当に取り、めくっていく。いつもそうだけど、公演のアンケートっていうのは九割以上が『面白《おもしろ》かった』としか書いてもらえない。感想を文章にまとめるのには練習とエネルギーが要るんだなと、アンケートを見ているといつも思う。

そんな中で『練習してるのがかっこよかった』と書かせるだけのパワーがあるなら、ユニフォームはそれだけで価値がある。価値があれば瀬戸にも押しつけられる。やった。やったぜ。

一冊目のファイルをひと通り見終えたが、ユニフォームに触れたものは無かった。次の一冊に手を伸ばしたとき、ふと気づく。

「……なんか抜けてない？」

右から左まで見回すが、間違いない。ファイルが無い年がある。

五年前――雫さんが三年生の年の一部と、そこから二年ぶん。

って、ちょうど和泉《いずみ》さんがいた頃？

「あー、それあっち」

言って、光梨は上を指さす。

本棚の上。そこに並んだ二つの段ボール箱だ。私たちが入学した頃からあそこにあるけど、
そういえば中身を私は知らない。いつだったか男子たちが開けてみようとして、あんまり重いからとギブアップしてたっけ。

……え？　まさか。

「あれがここに無い二年半のヤツ。幅取り過ぎるから隔離してるって、前に先輩が」

「ウソでしょ⁉」

私はあ然として見上げるしかない。二年半で段ボール二箱ぶん？　雫さん世代の何倍なのそれ。そして私はなんでそのことを知らないの。そんなにお客さんが来てたならウワサにくらいなってるはずでしょ。でなきゃ先輩が聞かせてくれるとか。

「なんかね、『和泉七瀬《ななせ》が見たい！』って人が学校の外からも山ほど来てたんだって。んでもー体育館毎回満員。瀬戸雫先輩が混雑対応のマニュアル残してくれてなかったら、絶対何回か事故ってたらしーよ」

「……また和泉さんか……」

「また？」

何でもない、と首を振ったとき、ドアが開いて部員たちが入ってきた。一瞬胸を刺したイヤな気持ちを私は笑顔で上書きし、彼らの「おはようございます！」に応《こた》える。

恋する乙女タイムはここまで。今から部活が終わるまで、野原《のはら》羊子は『全国屈指』と瀬戸に褒められた演劇部部長に徹します。

「ねーねーみんな、ユニフォームとかって興味ない？」

「羊子」

頼れる副部長に怒られた。ごめんなさい。

◇

右手のグラウンドからは野球部の、左手の武道館からは、剣道部の大声が聞こえてくる。

すっかり部活時間となった前庭を、俺《おれ》は小走りに校門へ向かっていた。別に急ぐ理由も無いんだが、いつもと空気が違うのでつい落ち着かなくなってしまう。帰宅部はみんな帰った後で、帰ろうとしてるの俺一人だし。

七瀬さんの稽古プランをホームルーム中に考えはじめてしまい、気がついたら三十分くらい経《た》っていたのだ。それだけ考えて、結局は現状維持しか浮かばなかったが仕方ない。七瀬さんの情報が足りていないのだ。あれだけ長い付き合いの姉さんや、二年もレッスンしたプロのトレーナーさんが矯正《きょうせい》できなかった演技の硬さ。焦《あせ》らずヒントを探すしかない。

「ああ、いい顔」

いきなり。

前から飛んできた声に、俺は思いっきり眉間《みけん》にシワを寄せた。

校門にゆったり背中をもたれ、こっちを見ている黒髪の女子。長い前髪で顔を半分覆《おお》っているそいつを、俺はよく知っていた。

「先輩のそういうお顔が好きなんです。撮ってもいいですか」

「……今なら別にいいぞ。ガンつけまくってるこの顔で良きゃ」

ぱしゃ
「………」

本当に撮って、黒髪の女子――月浦は嬉しそうに笑った。マジかこいつ。

「宝物が増えました♪　あとで羊子先輩に自慢します」

「自慢になるのかそれ」

「撮らせてもらえたーって自慢するんです。あのダメひつじをイラつかせる効果はあります」

「ダメひつじって……」

前から思ってたが、こいつは羊子に対してだけ極端に口が悪くなる。他の人にも慇懃無礼《いんぎんぶれい》だけど、羊子には慇懃さも無くなってる気がする。

「今日も和泉さんのレッスンですか？　ダメひつじと」

「頼りになるんだよ羊子は。昨日も言ったろ」

「先輩が仰《おっしゃ》るならそうなんでしょうねえ――なるほど？」

と、月浦が上を見やった。俺を通り越し、その奥へ。

俺もその視線を追って、校舎の屋上へ目を向ける。そこで一列になった演劇部が、発声練習を始めていた。

その中でもひときわよく通るのは、一番左に立つ羊子の声だ。立ち姿すら他と違って見えるのは、俺の単なる贔屓目《ひいきめ》か、本人は気にしている癖《くせ》っ毛が風になびいているからか。

「……確かに成長してます」

月浦が認めたその理由は、俺にはよくわからない。ひどく真剣な声音《こわね》だったが、俺がそちらに目を向けたときには、月浦はいつもの微笑に戻っていた。

「で？」

その微笑に訊《き》いてやる。

「何の用だ」

「訊いてくださるんですねえ。走って逃げてもいいのに」

「この前も言ってたなそれ……逃げてほしいのか？」

「いいえ。誰かを走らせるのが好きなんです。馬車馬のよーに」

「……姉さんは労《ねぎら》ってやれよ？」

「もちろんです、恩人ですから。仕事もプライベートも」

プライベートもか……。月浦と連れ立って校門を出ながら、俺は内心首を捻《ひね》った。こいつが普段どんな風に暮らしているのか、ほとんど想像できない。付き合っていた頃からそうだった。雰囲気が幻想的で、非現実的で、今から山奥の妖精郷《ようせい》に飛んで帰るのだと言われたら信じてしまう気がする。実際には、姉さんの車で仕事に行くんだろうけど。

「そうだ、先輩。聞いてくださいます？」

「断る」

「今朝《けさ》まで神戸《こうべ》だったんですけど、灘《なだ》のお酒って有名なんですね？　雫さんが死ぬほど買い込んでました」

だろうな……。明日か明後日には宅配でうちに届くんだろう。姉さんが地方に行ったときの恒例行事みたいなもので、俺としてはもう慣れたもんだが、酒を冷蔵庫に入れるのが毎度面倒くさくて困る。

「そのお酒を和泉さんに飲ませたら、わざわざ稽古なんてしなくていいのでは」

「……お前」

月浦の言葉に、目を見張る。七瀬さんの酒のことを知っていたのか。

「姉さんあたりに聞いたか？」

「あの浜で即気づきましたよ、お酒の臭いしましたし。少しでしたけど」

「……………」

「例の事件のことが気になります？　大丈夫ですよ、和泉さんは別にベロベロにならないとダメなわけじゃありませんし。あの感じだと、ちょっと何かに染《し》み込《こ》ませたくらいで足りるんじゃないんですか。ウィスキーボンボンとか」

よく見てやがるなあ……。

「本人が飲みたがらないんだよ」

「なら、どうやってこっそり飲ませるかを考えるべきです。そっちを捨てて、演技の基礎からやり直しなんて面倒なことをやるなんて非効率が過ぎます――先輩の時間はもっといいことに使うべきです。私とお喋《しゃべ》りとか」

「それにだけは使わん」

「そー言うと思いました」

堪《こた》えた様子もなくクスクス笑って、月浦。

「本当、和泉さんとか羊子先輩とか、手間がかかるっていうかクセのある役者が好きですね先輩は」

「そうか?」

「そーです。知ってますよ? 羊子先輩だってあんな優等生ぶってますけど、昔は相当面倒くさかったんでしょう」

「……クセは無い方がいい」

「じゃ、あの二人より私がいいでしょ?」

「クセの塊が何言ってやがる」

「お望みなら消しますよ。このクセ」

「?」

月浦の言う意味がよくわからなくて、眉《まゆ》をひそめる。当の月浦はその反応も予測済みだというように、笑みをそのまま続けてきた。

「さすがに過去は消せませんけどー、昔のことが気にならないくらい夢中にさせてあげられます。先輩の理想の子になってね」

「俺の理想……?」

「ええ。女の子としても、役者としても」

その言葉に、俺は記憶を探る。

どういう役者が好きかについては、昨日ちょっと話したが――女の子のタイプを月浦に伝えた覚えは無かった。中学の頃は月浦こそが俺の理想そのものだったから、わざわざそういうことを言う必要が無かったのだ。あと、中学の頃の俺は自分がエロいと認めたくなかったので、肩フェチとか首フェチとかそういう話もタブーにしていた。人間性もビジュアルも、月浦に俺の好みを語ったことはない。

「それでもわかります。見てますから」

月浦は言い切る。

「いつもそうやって役作りするんです。監督の表情を見て、リクエストを聞いて、それをそのまま形にします。声も、表情も、骨格も。自由自在って言ってもいいですよ、そろそろ。あとはプロデューサーの意見とか、SNSの反応も見て修正していって」

だから——と、大女優が俺を覗き込む。

「先輩の今の理想も叶《かな》えます。ねえ先輩、観念して私と一緒にいてください」

「……お前のそういう所は凄《すご》いし、嬉しいとも思うけどな」

束《つか》の間《ま》、俺は言葉を探す。もう少し悩むかと思ったが、不思議なほどスラスラと言うべきことは見つかった。

「俺は別に、理想の彼女を演じてほしいなんて思わないんだよな。こっちで勝手に好きになるから、その人のままでいてほしい」

月浦を見やる。彼女のまっすぐな眼差《まなざ》しが、俺のそれと重なった。怯《ひる》まず、俺は先を続ける。

「役者もそうだ。お前たちを自分の理想に仕立てようとしたことはない」

本心だった。演出家としての、脚本家としての、奥の奥にある俺の根本。

「役者のみんなには、俺の理想なんか飛び越えて行ってほしいんだ。俺の想像もつかないような景色を見せてほしい。期待してたのとは違うものでも。俺はそういう役者が好きだ」

包み隠さず俺は言う。こういう大切なことを月浦に話すのはシャクでもあったが……今だけはそうも言っていられない。だって、月浦は役作りの仕方を教えてくれた。役者として何より大切な、自分だけの秘伝。それを明かしてくれたなら、俺も腹を割るしかない。あいにく、月浦に自慢できるような大した考えではないけれど。

「……そうですか」

ややあって、月浦がぽつりと呟《つぶや》く。俺の言葉がどう響いたか、視線を逸《そ》らした横顔からはわからない。

そのまま、彼女は言葉を続けた。

「つまり私、空回ってただけです？」

「あんだけファンがいて何言ってんだよ。俺と噛《か》み合《あ》ってないってだけで、お前は」

「あなたに合ってなくちゃ意味がないんです」

感情の浮かばない声が、なんだかひどく耳に残った——

その直後だった。

「うーん、ちょっとショックですねえ」

一転してブスッとした声で、月浦がそんなことを言う。

「拗《す》ねてみましょうか。軽く」

「拗ね？」

俺はたじろぐ。それを面白がるように、ようやく月浦がニタッと笑った。さっきまでより遥《はる》かに怖い、裏に何かを滾らせた笑顔。何かというか、怒りを。わかりやすい怒りを煮え滾《たぎ》らせて、上目遣《うわめづか》いに俺を覗き込む。ひい。

「うん、やめました。一旦《いったん》やめました可愛《かわい》い子ぶるのは」

「おい」

「少し素を出してみますね。すっごいことをします。ええ、先輩の理想を跳び越えた、すっごいこと」

「……ど、どうする気だ」

「さあ？　想像してください。超えて見せますから」

そう言うと、月浦が不意に駆け出した。目で追うしかない俺を置き捨て、少し先の角を右に折れる。

ただ立ち尽くして、俺はそれを見送った。

機嫌を損ねた——でも、他にどう答えればいいか俺にはわからなかったのだ。本気には本気で返すしかなかった。そうしないと、この先も延々と同じことの繰り返しになる。

「見る側の理想を叶える、か」

月浦が言っていたことを、思い返す。監督やプロデューサーだけならともかく、SNSの意見まで分析すると言っていた。あれほどの名演に至るために、いったいどれほどの時間をかけ、どれほどの量の感想に目を通してきたのか。俺の想像を絶している。

……でも月浦、釈迦《しゃか》に説法だと思うけど、エゴサはほどほどにした方がいいぞ。世の中には必要以上にボロクソに叩《たた》いてストレス発散する層もいるから。舞台のアンケートにすら、「つまんねー」とか「クソ」とかだけ書いてくるヤツが一定数いるし。

「……アンケート」

ふと、閃《ひらめ》くものがある。

アンケート、七瀬さんの稽古に役立てられないか。

彼女が高校時代に出た舞台のアンケートを読めば、当時どんな演技をしていたかある程度わかるかもしれない。姉さんが知っていた頃から高校卒業までの空白が埋められるかもしれなかった。もちろん、アンケートの九割五分までには「面白かった」みたいなことしか書かれないが、逆に言えば残りの五パーセントはそうではないということだ。

羊子に持って来てもらうようRINEを送っておいてから、俺は歩き出しかけて――

「なんで追い駆けてこないんですか」

怒られた。

いつの間にか戻ってきていた月浦が、むくれ顔でこちらを見上げている。

いや、何でと言われても……。

「まあ、そうだろうと思ってましたけどね。今日のところは」

今日のところは。つまり、近いうちに俺の理想を叶えてくれるということなのか。それを直接訊くべきかどうか、悩んでいるうちに月浦が何か差し出してくる。ずっと持っていた紙袋。

「これ、渡すの忘れてました。アナゴと和牛です。神戸土産《みやげ》の」

「す、すまん」

それを押しつけ、月浦は俺の隣にくっついた。少し後、社用車の姉さんと合流するまで、月浦は絶対に離れなかったし、一度も口を開かなかった。その様は、さすがに俺にも理解できるほど、はっきりと俺に腹を立てていた。

◇

帰り道で月浦と話したからか——つまりは、モデルのイメージをより強く持てたからか、脚本の執筆は恐ろしいほど順調に進んだ。

キーボードの音がまったく途切れないほどに。その音圧で、コルクボードの入部届がふわりと浮き上がるほどに（過剰表現）。

結果として。

「……書けた」

ぽつっと漏《も》らしたそんなフレーズが、誰もいない部屋に零《こぼ》れて消えた。

ノートPCのモニタ上に——全画面表示したテキストファイル上に、【終劇】の字が見えている。そのすぐ下で、カーソルが穏やかに点滅《てんめつ》している。

書けた?

ほんとに?

「書けた……!」

あふれ出た声は大きくて、震えていた。遅れていた現実感、そして達成感が手に手を取って押し寄せて、頭の中で暴《あば》れまわる。書けた。演劇部提出用脚本第五十二号(タイトル未定)、完成だ。それも間違いなく面白い。演劇部への手土産として申し分ない仕上がりだ。

これで後は——後は……。

「俺が勇気を出すだけ、だなあ……」

棚上げにしていた最大の問題と、俺はとうとう向き合った。コルクボードから見下ろしてくる入部届に目をやって。

羊子や七瀬さんに言われるまでもなく、部に戻れるかどうかなんて結局は俺の覚悟次第だ。部員たちの冷たい目に耐えられるか。信頼を回復する働きが出来るか。山ほど書いてきた脚本は、それらを成すための補助輪でしかない。

でも。

正直言って、俺はビビっている。

入部した後のことどころか、脚本を提出すること自体が怖くて怖くてたまらない。だって、つまんないって言われたらどうする。使えないって言われたらどうする。立ち直れないぞ俺。ああもう、まったく情けねえ。俺は自分を叱咤《しった》する。羊子に太鼓判押されただろうが。自信持て。大丈夫、俺は出来る男だし、この脚本は面白い。自信持て自信持て自信持て――

「……ん」

スマホが鳴って、俺はぐったりと目をやった。RINEの着信。今は午後六時過ぎだから、たぶん羊子だろう。七瀬さんのアンケートを持って来てほしいというリクエストに返事をくれたのだ、きっと。

「今ちょっと、見せる顔が無いんだけどな……」

我ながら情けなく呻《うめ》きつつ、とにかく既読だけは付けようと俺はRINEを立ち上げて。

『アンケ持ってくの無理……』

届いていたその一文に、思わず肩をコケさせた。

『和泉さんのときだけ凄い量になってててね、一度には無理。四日に分けてくらいなら何とか』

段ボール箱二つだという。確かにそれは、女の子一人に任せられる量ではない。

でも、七瀬さんの稽古は急ぎたい。もともと次の撮影まであまり時間が無い上に、今日のことで月浦を怒らせてしまった。ヤツが七瀬さんに何かしてくる恐れもある。ヒントがあるなら一秒だって早く見たい――となると――

『わかった』

俺はRINEに打ち込む。

『今から取りに行く。悪いけど部室で待っててくれ』

送るなり、すぐさま動き出す。既読がつくかも確かめず、ブルゾンとマフラーを手早く着込んで全速力で玄関へ。

「急げよー……急げー……」

口の中でブツブツ繰り返している。そう、急がなくてはいけない。ヒントを一秒でも早く得るために。あと、早くしないと怖くなって部室に近づけなくなる。

実際、頭の中では早くも「やっぱやめよう」の大合唱が巻き起こっていた。みんなに許されてもいないのに部室に入るなんてダメだとか、羊子以外の部員が残ってたらどうすんだとか。

「ッ……‼」

そうした雑音を、俺は昨日耳にしたひとつの言葉で押し潰《つぶ》す。

――あははははははは！　納得！　弟クンっぽい！　真面目《まじめ》可愛いー！

「何だと蚊以下のくせに……！」

呻く。あんなに思いっきり笑いやがって、だから酒飲みは嫌いなんだ（※他にも理由多数）。その酒飲みに馬鹿《ばか》にされたままでいられるか。そんな風に、自分に発破をかける。

着信。靴を履《は》きながら通知欄を見る。羊子からだ。メッセージは短く、二文字だけ。

『こな』

「粉……？」

意味不明。誤送信か？　今夜は粉ものが食べたいというリクエスト……じゃねえよな。七瀬さんじゃあるまいし。

まあ、意味は部室で訊こう。そう決めて、俺は玄関を飛び出す。

◇

訊くまでもなくその意味を悟ったのは、部室の前に立ったときだった。

より正しくは、ドアの外からこっそり中を見た瞬間か。

この時期の午後七時前とあって、校舎の廊下はもう真っ暗。同じ階では演劇部の部室だけが明かりを灯《とも》しているような時刻である。当然、羊子以外の部員はみんな帰っているはずだからビビる必要は無いのだが、それでもしっかりビクつき倒して顔だけ覗かせると同時。

目が合った。

羊子ではなく、その隣にいた百地光梨さんと。

「……瀬戸ォ？」

ドア越しでも聞こえる低い呻きに、俺は本気で震え上がった。演劇部副部長にして、中学時代に俺が最も迷惑をかけた一人の凶眼が、虎《とら》の牙《きば》みたいな鋭さでこっちの眼を容赦なく抉《えぐ》る。いつもなら校内で俺を見るなり舌打ちしたそうに顔を背《そむ》けるのに、今はまったくの逆だった。ごめんなさい。あのとき月浦を際立《きわだ》たせるためにあなたの出番削ってごめんなさい。あ、あの、出来れば無言で近づいて来るのはお控え頂きたく。脇《わき》に飾られていた殺陣《たて》用の模造刀を華麗に抜き放って肩に担《かつ》ぐのもご勘弁ください。ドスの利《き》いた悪役をやらせると羊子より怖いんだこの人は。早くも涙目の俺である。

その羊子は、百地さんの後ろで「あちゃー」と顔を覆っていた。彼女が送って来たあの『こな』は、『来ないで』という意味だったのだ。百地さんがいるから来てはダメだ、と。お好み焼きでもたこ焼きでもなかった。

「も……百地さん」

必死で気持ちを立て直し、俺はむりやり背筋を伸ばす。昔のことを謝りたくなるが、それはダメだ。謝罪なら中学の頃にガチで三ケタやっている。その上で百地さんはこういうスタンスなのだから、さらに謝っても無意味どころかかえって心象を悪くしかねない。だったら今はビクビクしないで——ダメだ。冷や汗止まらねえ。

まずは、挨拶《あいさつ》。そう、挨拶から。

「ええと、その……遅くまでお疲れ……」

「羊子がいつまでも帰んないから、怪しいと思ってたんだけど」

聞いちゃいねえ。

「なるほど、こういうこと。——帰って」

「光梨ぃ……話くらい……」

「羊子は黙ってて」

ひゃい、と小さくなる羊子。羊子は部長で百地さんは副部長のはずだが、部員がいないところではそんな関係はものの役に立たないらしい。部長権限なんて使わせたらその後のこの二人がギクシャクしそうだから、笠に着るつもりは無いけれど。

「面倒くさいから先に言う」

氷の瞳《ひとみ》で、百地さん。

「どんな用だろーと却下よ。全部。あんたが部室の前に立ってる事実だけでもう耐えらんないから私。ほら帰って」

吹き荒れる敵意の暴風を、俺は必死で耐え忍ぶ。この人は本気だ。下手をすると「病気の母のためにアンケートが必要なんです！」とか泣いて訴えても却下されかねない。

打つ手なしか。——いや。

「見てほしいものがある」

俺が言うと、百地さんが眉をひそめた。羊子も怪訝《けげん》な顔をしている。二人の前で俺は素早くスマホを取り出し、続けた。

「き、脚本を書いてきた」

声が上ずり、ひっくり返る。

「読んでくれ。気に入ってもらえたら部に提供する。その代わり……頼みを聞いてほしい」

二人がどんな顔をしているか、俺にはよく見えていなかった。まともにものが見えなくなるくらい、緊張して脳が煮え切っていた。

――明かしてしまった。脚本を書いていると、羊子の前で言ってしまった。

これで、今後ますます羊子の勧誘は激しくなる。脚本書くくらいやる気があるなら入部しなさいとせっつかれる。

何より、大事な入部の手土産をここで使ってしまうことにもなる。仕方がなかった。今は一日でも早く、七瀬さんの高校時代を知る必要がある。

もちろん、百地さんに「読みたくない」と言われてしまえばそれまでだが――

「よ、読む！」

言ってくれたのは、羊子だった。

イヤな顔をする百地さんが口を開くより早く、「読むだけ！　まず読むだけ」と手を振る。

「面白かったらうちで使おうよ、光梨。何なら瀬戸が書いたって内緒で。……誰の脚本でもいいものはいいんだから、使えるものは何でも使おう！　ね！」

懸命に言葉を選びつつしきりに訴えかける羊子と、百地さんはしばらくの間、しかめっ面で向き合っていたが――

「……イエス、ボス」

妙にお洒落《しゃれ》な返事とともに、模造刀を鞘《さや》に納めた。俺は腰が抜けるほどホッとしたが、へたり込んでいる場合ではない。スマホに入れておいた脚本を、羊子と百地さんに送信する。百地さんは俺をブロックしているようで、羊子のスマホを見に彼女の隣に戻っていく。

「じゃー、読むね！」

拝むようにスマホを掲げ、そう宣言して羊子が笑う。嬉しそうに――まるで夢でも叶ったように。「またこの顔か」と百地さんが呟くが、俺にはその意味がわからない。また？

そっちに気を惹《ひ》かれる俺をよそに、羊子たちが脚本を読み始める。俺は廊下に突っ立ったまま、二人の様子をじっと見つめて。

「……くっ」

一分と経たずに反応があった。

百瀬さんが噴き出し、肩を震わす。いや、もっとはっきりと、腹を抱えて笑いはじめる。

やった。俺はこっそり拳《こぶし》を握る。脚本家・瀬戸穂澄の最高傑作は、演劇部副部長の心に届いた。これで——

「……足りない」

途端。ボソッと言って、百地さんが笑いを引っ込める。

「こんなんじゃ全然。使えたもんじゃないっていうか、やっぱ瀬戸ってこの程度……ぶふー」

「笑ってんじゃねーか！」

さすがに怒鳴る俺である。笑いを堪《こら》えて顔が真《ま》っ赤《か》になってるし、肩だってプルプルしてるぞ百地さん。そう言ってやると、百地さんは首を振って言い返す。振りながら笑っている。

「わ、笑ってない。ほらアレ、お笑いぐさってヤツ。こんなんで提出するとか嗤《わら》っちゃう」

「脚本読みながらもう一度言ってみ」

「やだ」とそっぽを向く百地さん。ええい、強情な。

羊子からも何か言ってほしいが、こっちは百地さんとは対照的に、スマホにかじりついてぴくりとも動かない。あまりに凄《すさ》まじい集中ぶりで、これを邪魔するのは気が引けた。

そんな羊子を、百地さんも何やら暫《しば》し観察し。

「……わかったわかった」

言って、やれやれと肩を竦《すく》める。何だその仕草ムカつく。

「特別よ、瀬戸。折れてあげるから感謝するように」

「!!」

「でもこんな脚本じゃ足りない。もうひとつ約束して」

人がせっかく感謝したのに、百地さんはそんなことを言う。

俺は思わず身構えた。それで話を聞いてもらえるなら、断るという選択肢はないが……何を約束させられるのか。部への出入り禁止？　あるいは羊子に近づくなとか？　前者はいざともかく後者は困る。とても困る。

ごくり。生唾《なまつば》を飲む俺へ興味無さげな目を向けて、百地さんはぶん投げるように言う。

「来月の十四日。家から一歩も出ないこと」

「……………？」

俺は首を傾《かし》げる。それだけでいいのか。二月十四日――バレンタインデーは日曜で、もともと出かける予定も無い。

七瀬さんの収録日でもあるが、万一の場合のアルコール投与は姉さんに任せればいいし。

「もちろんいいけど……」戸惑いながら訊いてみる。「ほんとにいいのか？　そんなんで」

「重要なことよ」

百地さんは言い切った。

「うちの部長とこっそり会って、チョコでも渡されたらムカつくじゃない。家から出ないってわかってれば安心――だよね羊子。いい？　瀬戸は十四日、家にいるの。近づいちゃダメよ」

その言葉に、羊子が目を丸くした。どうも、そこに込められた言外のメッセージを受信したらしい。もちろんさっぱり理解できずぽかんとしている俺をよそに、羊子は百地さんに抱きつく。本気でわからん。何がどうなってる？

いや、今は考えてる場合じゃなかった。アンケートを貸してもらえるよう頼まないと。

「百地さん！　頼みっていうのは……百地さん？」

言おうとして、俺はたじろいだ。百地さんがカバンを持って、何気ない足取りで近づいてくる。こちらへ、というよりも廊下へ。つまり。

「帰る。羊子、話聞いてあげて」

羊子が応えないのにもかまわず、百地さんはドアの前で俺とすれ違い、

「最初からそうすればいいのよ、瀬戸」

俺にしか聞こえない声で、囁《ささや》く。

「実績で取り返せば許してあげるから。少なくとも私は。……ブロック解除しとくんで、脚本送っといて」

「……あ」

俺が返事をするより早く、百地さんは早足で廊下を折れて、階段を降りて行ってしまった。

「実績……」

俺はほとんど茫然《ぼうぜん》としつつ、彼女が残した言葉を繰り返す。

逃げるなと言われた——そう思った。

失敗は実績で取り戻せと。失望は信頼で上書きしろと。

それは、羊子が今日までずっと言い続けてくれたことと同じ意味で。

そのために必要なものは何かなど、俺はとっくに知っていて――

「ありがとう」

この場にいない百地さんに、俺は深く頭を下げる。

それから、拒む人がいなくなった部室の敷居を勢いよくまたいだ――その瞬間。

「ボツ」

言ったのは。

さっきからずっと黙ったままだった、癖っ毛がキュートな部室の主だった。

「えっ」

見やる。羊子はスマホを握った両手に血管が浮くほど力を籠《こ》めて、ワナワナ震えながら息を吸い――

「書き直し！　ダメ！　受け取り拒否！」

「な、なんで⁉」

あまりの剣幕に後ずさる俺にスマホの画面を突きつけて、羊子が涙目でがなり立てる。どうも百地さんがいる間ずっとガマンしていたようで、爆発《ばくはつ》の威力が尋常ではない。よくわからないが、ガマンしてくれてありがとう。二人がかりで却下されたらきっと手も足も出なかった。

「どーして！　月浦が！　モデルなの⁉」

「そこか⁉」

「他に何があるってゆーのよ⁉　ねえ！　覚えてないわけ？　この脚本の話《はなし》したときのこと！」

覚えているに決まっている。クリスマスのドーナツ屋で、羊子から『ひと晩一緒にいた酒飲みの女性と、毎週デートしている同級生女子を交えた三角関係の話』を提案されたのだ。酒飲みのモデルを七瀬さんに決め、あの残念美人に対抗できる濃いキャラとして同級生のモデルは月浦に……。

「もっと適任がいたでしょーが！　バカ！　鈍感！」

「鈍感⁉」

バカよりそっちの方がショックだった。そういえば、この前も姉さんと七瀬さんから似たような感じでこき下ろされている。本格的に自分の感性を疑った方がよさそうだ。でも、具体的にどう鈍いんだろう……？

「月浦がモデルは却下ー！　他の人探してー！」

「でも、多分これが一番面白……」

「さーがーしーてー！　身近にいるから！　他は超面白いから月浦だけ変えてお願い！」

「……はい」

俺はしおしおと肩を落とすが、羊子は多少スッキリしたのか大きく息をついて居住まいを正した。脇の棚の上を指さし、言う。

「そこの段ボールがアンケート。二つともだから、頑張って持って」

「滅茶苦茶多いな。改めて」

「だから来たんでしょ瀬戸が」

その通りだった。俺はパイプ椅子をひとつ引き寄せ、その上に載って箱に手を伸ばす。抱えた。二ついっぺんに。重い。重いが、そんなことは言っていられない。

ちらっと羊子に目をやるが、手伝ってくれる気配はゼロだった。どうもまだ多少不機嫌なようで、こっちをのんびりと眺めるばかり。本当に、何が悪かったんだろう……？

「……はは」

そのとき、羊子が何故《なぜ》か笑った。

呆《あき》れたように。そのくせ、ひどく嬉しそうに。

「瀬戸がいる」

んん？

「部室に瀬戸がいる。なんか不思議」

「すぐに出てくぞ」

「……ん。帰ろ」

羊子がカバンを持ち、動き出す。少し遅れて俺も続いた。

次はもっと長居するからな。声に出さずに言い残し、俺は初めて足を踏み入れた演劇部の城を後にする。

――なお、階段を多少降りたあたりから羊子がファイルを三、四冊持ってくれた。

◇

「うっわー……」

引きつったような羊子の呻きを、俺はローテーブル越しに聞いた。

いつもは酒瓶《びん》が森を作っているローテーブルの上に、持ち出してきたファイルの山。そして、対面に座っているのは七瀬さんではなく羊子。その光景が不思議だと、俺はぼんやりと思った。

七瀬さんはまだ来ていない。リビングで羊子と二人きりだ。

あの酔っ払いならともかく、羊子とその状況なんだから少しは緊張すべきなんだが……二人揃《そろ》って、とてもそんな気分にはなれなかった。アンケートの内容に茫然としている。

曰《いわ》く、

『和泉さんめっちゃ綺麗《きれい》！』

『七瀬マジ美人！』

『和泉の綺麗さがヤバい。後ろから見てたのに美人なのがわかる』

全部こんな感じである。

おかげで、段ボール二箱全《すべ》てを二、三十分で読めてしまった。ほんのわずかな例外は、他の出演者の友だちとか、家族とか……あとはOBOGくらいだ。他は七瀬さんのビジュアルのことだけ。

「舞台の感想だよねこれ？」

羊子があきれ果てている。

「和泉さんの単独ファッションショーとかじゃないよね？」

そうだったらどれだけありがたかったか。

「てことはさ……これ……」

頭が痛そうな羊子に、頷《うなず》く。七瀬さんの演技が硬くなった原因は、恐らく——

ドアベルが鳴った。

喉《のど》まで出かけた結論を引っ込め、俺は玄関へと向かう。

ドアを開けると、泣きそうな顔の七瀬さんが立っていた。

「弟クンー……」

「どうしました、今日は」

「水守《みもり》ちゃんに嫌われたー……」

早速何かしやがったか、あいつ。

「中で聞きます。――酒は?」

「買ってないよぉ……こんな気持ちで飲むなんてお酒に失礼だよぉ」

これは重症だ。この前月浦に凹《へこ》まされたときはあっという間に立ち直ったのに、今日はまだグズっている。

「相当絞られましたね? 稽古で」

「それもだけど……別にそっちはどーでも……」

こんな風に言っちゃうあたりが、この人のタフなとこだと思う。メソメソしながらコートを脱いで、その下のニットや髪の乱れを整える七瀬さん。

「それよりね、ちっとも笑ってくれないし、喋ってもくれなかったんだー……私、何か悪いことしたかな……」

「してないと思いますよ」

俺は言い切る。

「なんか今日、拗ねるって言ってたんですあいつ。その……俺にムカついたみたいで。だから俺のせいです多分」

「……何それー……」

がっくりうなだれる七瀬さん。「とばっちりじゃん!」と、怒ると思ったんだけど。

次に顔を上げたときには、目をキラキラに輝かせていた。

「え、やだ何それ水守ちゃん可愛い！」

「ええ……？」

「だって八つ当たりってことでしょ⁉ かーわいー！ やっと十代っぽいとこが見えたよー。優しく受け止めてあげないと」

改めて懐《ふところ》深いなこの人。

リビングから顔を覗かせてこっちを見ていた羊子とも、俺は顔を見合わせた。

「あの、和泉さん……大丈夫ですか？ 当分その仕打ち受けるんですよ」

「可愛いと思えば凹まなーい！ よーし元気出た！ よーし元気になった！ 稽古はじめよーよろしくお願いします！」

酔ったみたいなテンションになってる。月浦の魅力に酔わされたのか。あいつにボコボコにされながらそんな味わいを見つけられるのは、世界にこの人だけだと思う。

「そーだよねー、あんなにスゴイスゴイ言われてても水守ちゃん十六歳なんだもんね。たまには拗ねたいし怒りたいよね。わかるわかるわかるー」

「……わかるんですね、やっぱり」

羊子の言葉に、七瀬さんが首を傾げた。

「やっぱりって？」

「アンケート見たんです。和泉さんがうちにいた頃の。そしたら……その」

七瀬さんのビジュアルしか褒められていなかった。演技がうまいとかヘタとか、他の役者のこととか、物語や演出のこととかは全無視で、ただ和泉七瀬キレイキレイと。こんなのウンザリするに決まっている。

恐らく、七瀬さんはあの頃から――

「お客に興味無いですよね」

「私が⁉」

意外そうに声を上げたのは、当の七瀬さんだった。

「き、興味あるよ？　だってトレーナーさんとか、雫先輩とか見ててくれるし……」

確かにその通り。が、俺はわざと答えず、次の質問を投げてやる。

「七瀬さん。本番の後とかに、観に来てくれた友だちと話したことありません？」

「毎回話してたよ⁉　みんな私のこと綺麗だったよーって褒めてくれて」

「舞台が面白かった、とかは？」

「………」

「七瀬さんが演じたキャラへの感想は？」

「………」

「なんで私じゃなくてキャラを見てくれないんだーって思ったことありません？」

「あ」

あるらしい。

多分それが原因だ。その気持ちが次第に積もり積もって、無意識に観客のことを意識から締め出すようになっていった。高校時代の三年をかけ、大好きなキャラと自分という二人だけの世界に入るようになってしまったのだ。

するとと何が起きるか。

周りにどう見えるかを意識しない、独りよがりの演技が出来上がる。

例えば、キャラへの愛が過剰になって、無駄な力が入りまくるような。

「これは気づけないよ……ノーヒントじゃ誰も……」

呻く羊子。姉さんやプロのトレーナーが突き止められないわけである。あの人たちが七瀬さんの演技を見たのは、二人きりの世界が完成された後。しかも本人は無自覚と来た。こんなややこしい拗《こじ》らせ方をされてノーヒントで原因を解明できるなら、心理学者になった方がいい。

「私がー⁉　えー⁉」

信じられないという顔で、七瀬さん。

「そんなのアリ⁉　自覚しないうちに興味無くすとか、何それ怖くない⁉　心のビョーキっぽい！　お医者さん行くべき？」

「いやー心が死ぬときって案外そんなもんですよ。マヒするから。俺も月浦と別れた後、かなり淡々と演出やってたし」

「イジッたら嫌がるようになったの、コンクールの後からだったよね」

その話はいいだろ羊子。あんま掘り下げんな。

「それに七瀬さん、SNSでバズったとき全然反応しなかったでしょう？　どうでもいいと思ってるんでしょうね、自分が見てほしいものを見てくれない人なんか知らねーって」

「えええええ……」

七瀬さんが愕然《がくぜん》としている。そりゃそうだ。自分がそんなに勝手なヤツだと言われても、俺だってすぐには受け容れられない。それどころか怒る。ふてくされる。だから──

「ま、今は信じなくてもいいです」

俺は軽く言ってやる。オロオロしている七瀬さんをさっさとリビングに押しやりながら。

「こっちで指導のしかた変えるんで。まず一回脚本読んでください」

「こーゆーのってまず私を信じさせるとこから始めない⁉　高校の頃のこと掘り下げるとか！」

「効率優先です」

「うえぇぇ……わ」

リビングに入った七瀬さんが、驚いたように目を丸くする。ローテーブルを占拠した大量のファイルを目に留めて。

どうした？　飲むときは片づけてやるから文句言うなよ？

「これアンケだよね⁉　なんで？　ひつじちゃん持って来たの？　力持ちー！」

「瀬戸ですよ」

パチパチ手を叩く七瀬さんに、羊子。何故だかちょっと苦笑いして。

「勇気出して飛んできたんです。部室まで。褒めてあげてください」

「ウソ⁉」

残念美人が俺を見る。信じられないというような目で。

「弟クン、部室……怖かったんじゃ……」

「七瀬さん笑ったくせに」

「笑ったりしないよ⁉」

「笑ったよ忘れたのか⁉」

「…………………………………思い出した！」

「忘れてたんじゃねーか！」

喚《わめ》く俺。こっちは笑われたことをバネにして勇気を奮い起こしたってのに！　意地の張り甲斐《がい》が無さ過ぎる。俺が二年も引きずる悩みは、寝て起きたら忘れるくらいのことか酒飲みめ。

「……そうなのかもなあ……」

ぼそっと、口を突いて出る。酔っ払いが笑い飛ばしてそれきり忘れてしまうような、つまらないこと。実績を積み上げていれば、とっくに清算できていたこと。

だとしたら……だとしたら、もう……。

「うりゃっ」

いきなり蹴《け》られた。七瀬さんに。

「何スか⁉」

「バカー！」と怒鳴る七瀬さん。こっちの台詞《せりふ》だ、この理不尽大怪獣が。

思いっきり睨《にら》みつけて――たじろぐ。

七瀬さんの目ににじむ涙に。

彼女は目を潤ませながら、泣いているような、笑っているような、何とも言い難《がた》い顔をしていた。すみません、それどんな感情ですか？　切羽詰まってることしかわかりません。

オロオロしながら見ていると、七瀬さんがようやく口を開いた。

「やめてよそーゆーの！　素面《しらふ》のときは！」

「し、しら……？」

やっぱり意図を汲《く》みかねて首を傾げるより早く、七瀬さんが俺を抱き締めた。ぎゅーっと。

待て。ちょっと待って。そんなことされたら慌てるしかない。喜んでくれてるんだろうか？

にしても、ここまで距離が近くなるのは飲んでるとき以外では初めてだ。

「困るんだよぉ」

耳元で囁く七瀬さんの声は、少しだけ——嬉しさを必死に堪《こら》えるように、ほんの少しだけ震えていた。その声がさらに先を続ける。

「素面のときは、誤魔化《ごまか》せないから」

「……誤魔化す……何を？」

「ありがとね」

質問に答えないままで、七瀬さんが体を離した。そのときにはもう、七瀬さんはいつもの笑顔で俺を覗き込んでいる。少しだけ涙をにじませたまま。

「弟クン、私頑張るね」

誓いの言葉のように、七瀬さん。まるで名残《なごり》を惜しむようにして俺の肩を摑《つか》んだ両手は、不思議なくらい温かい。

「頑張るから——見てて。一緒にいてね」

「……言ったでしょう」

ひどく今さらなことを言われて、戸惑いながら俺は頷く。

「観《み》てますから、見せる演技をしてください」

「うん」

答えて彼女が浮かべた笑みは、これまで見てきた中でも一番無邪気で、可愛らしくて——

「はいそこまで！」

割り込んだ羊子の声と掌《て》に、一発で現実に引き戻された。

ついでに鼻の頭を押された。ぐいっと。

「よ、羊子？　ちょっ……」

「あっ、痛い？　ごめん」

羊子の手がサッと俺から離れる。クリアに戻った視界の真ん中に（つまりは七瀬さんより前に）羊子の顔があったけど、何故かそっちまで涙ぐんでいた。どいつもこいつも！　頼むから泣くときは理由を教えてくれ。なんかもの凄く悪いことしてる気分になる。……してるんだろうか、悪いこと。

「……イチャつかないよーに。瀬戸も和泉さんも」

演劇部部長の顔で、羊子。

「稽古中だよ？」

「そうだったか？」

「そーなの！」

はい。

「ひつじちゃんごめーん⁉」

と、今度は羊子に抱きついて謝りはじめる七瀬さん。いったい何を謝ってるのか、やはり俺にはわからない。なんか最近、会話についていけないことが多すぎるから女心を勉強すべきかもしれない。真剣に。

「ガマン出来なかったのー！　はい、お返しします！　はいはいっ」

言いつつ俺の肩を摑んで、羊子に押しつけようとする七瀬さん。やめなさい。羊子が困ってるからやめなさい。

羊子は露骨に顔をしかめて——ニマニマするのを無理やり抑えたようにも見えたが——言う。

「引き取ります」

引き取られるの俺？

「私のじゃないんですけどね！　——はい、稽古続けるよー準備して準備！」

元気よく返事して、七瀬さんは脚本を取り出した。泣いていた名残はどこにも無い。

パラパラとめくる彼女の顔は、もう完全に稽古モード。俺も慌ててスイッチを切り替え、七瀬さんの表情に集中した。

力む理由がわかったからといって、いきなり変わるとは思えない。それでも、ほんの少しでも変化がないかと、俺は我知らず身を乗り出して。

そのとき、七瀬さんが俺を見た。一瞬。ほんの一瞬だったが、確かに彼女と目が合って、そして——

始まる演技に、目を見張る。

—７—　これくらいなら大したことねーけど

七瀬《ななせ》さんの演技が変わった。

それも急激に。確実に。役と自分だけの世界から出て、ぐっと自然な芝居になった。アンケートを読む前のことを思えばおよそ奇跡と言って良く、あの姉さんが『何が起きたの』と電話してきたほどである。

飲んだときの演技には遠く及《およ》ばないが、仕方がない。あれは七瀬さんの異様な力みが酒でいい感じに中和された結果、まったく偶然生まれたものだ。要はイレギュラー。まともな稽古《けいこ》で簡単に辿《たど》り着ける領域ではない。

だから、二月の収録までにあの域まで持って行こうなんて俺《おれ》は最初から思っていない。

この稽古が至るべき到達点。それは——

「月浦《つきうら》に認めさせることだよなー……」

床に敷いたクッションでゆらゆらしながら、俺は呟《つぶや》いて腕を組む。

毎度おなじみのリビングだ。隣には羊子《ようこ》。ローテーブルを挟んだ対面には、ひと通り脚本を読み終えた七瀬さんがいる。

その脇《わき》のサイドボードに置かれた賽銭箱《さいせんばこ》型の時計が、一月三十一日の夜十時を示していた。

明日から二月。七瀬さんの収録まで、あと二週間である。

それまでに、月浦が認めるレベルまで七瀬さんの演技力を引き上げるのがこの稽古のひとまずの目標だ。始めた当初の月浦は、「酷《ひど》すぎてカメラにも映せないから、自分の演技力で和泉《いずみ》さんの存在感を消す」みたいなことまで言っていた。

「そのスタンス今も変わってないねー。毎日ボコボコにされるし。困ったもんだぁ」

あんまり困った風もなく、ケラケラ笑う七瀬さん。この人がこんな風なので、稽古中の空気が重くなったことは一度もない。

「平気平気ー。もうすぐ認めるって」

自信たっぷりにそう言ったのは、俺の隣に陣取った羊子。本心では俺と同じようにハラハラしているはずなのに、それをおくびにも出さないあたりが演劇部部長の器である。

「明日から劇場《ハコ》入りだからねー。今までよりさらに伸びるよ、和泉さん」

劇場《ハコ》入りと言っても、まさか小劇場でも借りて稽古するわけではない。脚本の舞台と似たような場所に行って、そこで脚本を読むだけだ。

今までやらなかった理由は二つ。一つは、丁度いいスポットが見つからなかったこと。もう一つは、寒いからなるべく行きたくなかったこと。

何しろ二月の夜である。そして、次の脚本で七瀬さんが演技をするのは高層ビルの屋上だ。毎日通ったら風邪引くに決まっている。

もっとも、気軽に立ち入れる高層ビルなんて我が家の周りには無かったので、このマンションの屋上でやるんだけど。高層ビルとはとても呼べないが、まあ贅沢《ぜいたく》は言いっこなしだ。

「あー、それなんだけどねえ？」

七瀬さんが思い出したように、脇に置いていたバッグを漁《あさ》る。

取り出したのは、一枚のカードキーらしい。

「これ、都内のタワマンの鍵《かぎ》」

「⁉」

目を剝《む》く俺と羊子に、七瀬さんは当たり前のような顔で言う。

「雫《しずく》先輩が貸してくれたの。事務所にタワマン買った女優がいるから、その人にお願いしたんだって」

「またかあの人⁉」

頭を抱える。クリスマスの七瀬さんのときといい、どうしてこう簡単に鍵の貸し借りをしてしまうのか。その女優もよく引き受けたもんだ。

「あ、女優さんの名前は内緒ね。プライバシーだから」

「感謝してたって伝えてください」

「おっけ。んじゃ弟クン、鍵まかせた」

「俺が持つんですか⁉」

「それもそっか。じゃー私が」

「待った。待った七瀬さん信用できない。酔ってバッグごとどこかに忘れそう」

「失礼な」

不満を言いつつも渡してくれたのは、うっすらとでも自覚があるからか。あるいは、忘れ物しまくってる姉さんを横で見ているせいかもしれない。

後生大事にカードを預かり、俺はもう一度時計に目をやる。一月末日。七瀬さんの稽古を始めてから二十日以上が経《た》っている。

さらに言うなら――

「七瀬さん、月浦の様子どうです？」

訊《たず》ねる。

あの「拗《す》ねます」と宣言した日から、月浦は一度も俺に近づいて来なかった。学校にも姿を見せないので、七瀬さんが伝えてくれる合同レッスンの様子しか情報が無い状況だ。

何かしてくるか、してくるかと、正直言って気が気じゃない。俺に対して拗ねているのに、七瀬さんへの当たりを強くするだけというのは月浦らしくないと思うのだ。あいつならもっと直接的に来る。

「相変わらずだよー。ムスッてしてる」

「それだけですか」

「そんだけ。いやもーね、可愛《かわい》いったら」

タフだなあ……。

感心半分、呆《あき》れ半分、ケラケラ笑う七瀬さんを見る。この様子なら大丈夫だろうと、俺は小さく笑い返した。少なくとも、明日からの稽古には問題なさそうだ。


甘かった。

◇

「どこ行くの穂澄《ほずみ》ィィィ!! お酒もおつまみもまだあるでしょーがァ! 私ほったらかして出てくとか何ごとー⁉」

「だから七瀬さんの稽古! 昨日鍵貸してくれたんだろーが⁉」

腰に組みつく姉さんを引きずり、俺は強引にリビングから出ようと這《は》い進む。

この酔っ払い、珍しく朝から帰って来たと思ったらたちまち飲み始めてこの惨状だ。毎日頑張ってもらっている手前、世話を焼きたいのは山々だが、さすがに今日は七瀬さんの稽古を優先しないと。だから放せ。放してください。

廊下へ向かおうとする視界の端に、賽銭箱時計がちらっと映った。二月一日(SUN)午後四時前。そろそろバスに乗らないと稽古場のタワマンに辿り着けない。

「大体おつまみなら山ほど作っただろ⁉　テーブル見ろまだあんなにあるじゃん！　勝手に取って食えよ！」

「だーめー！　お酒は誰《だれ》かと飲むのが一番美味《おい》しいのー！」

いつかの七瀬さんと同じことを言ってやがる。さすがは酒の師匠筋。

だが、その物言いはどうも姉さんらしくない。いくら酔っているといっても、担当役者の稽古を疎《おろそ》かにするなんて、瀬戸《せと》雫のやることとは思えなかった。仕事が無いなら自分も参加するような人なのに。

「……どうしたんだよ」

心配になって、訊《き》いてみる。もしかして、今日の稽古に何か不安なことでもあるのか。でもだとしたら、不安を酒で紛《まぎ》らわすのはこれまた姉さんらしくない。

「………」

姉さんが黙った。俺を放そうとはしないまま、拗ねたように横を向く。うわ気持ち悪い。そんな仕草する人じゃないだろあんた。本当に何があったんだ。

「水守《みもり》が」

ようやく、姉さんが口を開く。

「水守が最近言うこと聞かない。なんか……よくない感じがする」

その言葉に、ゾッとする。

「拗ねる」と宣言して以来、七瀬さんへの当たりを強める月浦。姉さんの手にも負えないくらい怒りに怒っているとしたら。

何をしでかす？

七瀬さんに？　あるいは俺に？　ただの嫌がらせやイビリで済めばいい。でも、例えば七瀬さんの心を完全に折るような、何かとんでもないことをしてきたら——

スマホが鳴る。

七瀬さんからＲＩＮＥが来ていた。姉さんを振りほどけないまま見ると、写真がアップロードされている。今日の稽古場となるタワマンを見上げるような一枚で、アオリ気味のアングルで七瀬さん本人も写っていた。どうも自撮りのようだ。

「早く着き過ぎましたー」と言わんばかりの呑気《のんき》な笑顔に、しかし俺は硬直する。

七瀬さんの隣に、もう一人いた。

月浦。

常と変わらない穏やかな笑顔で、カメラを覗《のぞ》き込んでいる。

たまたま会っただけだろうか？　そんな甘い観測を、次の瞬間、送られてきたメッセージが打ち砕く。

『水守ちゃんが稽古してくれるって。タワマンにも入れてもらえるっていうから、先に始めてるね』

「ッ…………!!」

わずかに緩《ゆる》んだ姉さんの腕を、振りほどく。「穂澄！」という声を置き去りに、全速力で玄関に向かう。リビングを飛び出す瞬間、片手がサイドボードの上の賽銭箱時計に触れた。表示されたのは『大吉』だったように思うが、まさか確認する余裕もなく、蹴破《けやぶ》るように玄関を飛び出す。エレベーターなんて待っていられない。三段飛ばしで階段を駆け下りる。バス停はすぐそこだ。走る。道路に出た。

一番早いバスに乗れたとして、タワマンまでは三十分かかる。

たった三十分とは思えない。本気を出せば三十秒で人の心を摑《つか》む月浦だ。摑めるということは、壊すこともできる。

「あ、瀬戸！」

バス停で、羊子が手を振っている。

彼女の嬉《うれ》しそうな笑顔が、俺の様子を見て不安げに強張《こわば》った。彼女の肩越しに近づいてくるバスが、俺の焦《あせ》りをほんの少しだけ軽くしてくれた。これが大吉効果か。もう少しサービスしてもらえないか。

◆

「なんかバチが当たりそうだね」

水守ちゃんに連れられてエレベーターを待ちながら、私はウッキウキで言う。

タワマンの広いエントランスには他に人が誰もいなくて、私たちの貸し切りだ。今をときめく月浦水守ちゃんと二人きり！　いやむしろ、水守ちゃんを独り占め！　うーん贅沢。幸せ過ぎてお酒が欲しいって言ったら、神様は怒るだろうか。穂澄くんは怒ると思う。

「お酒ならありますよ」

「!!」

心を読んだような水守ちゃんの一言に、私は目を丸くする。見れば、彼女は持っていた大きめの肩掛けバッグから縦長の箱を取り出すところだった。受け取らなくても私にはわかる。あのサイズ、中身は四合瓶《びん》だ。そして、白地に金箔《きんぱく》が施されたその箱に書かれた銘柄は、現在マイブームの灘《なだ》のブランド!!

「先月買ってもらったんです、雫さんに。時期が来たら私からプレゼントしたいって」

「時期？」

「私からご褒美とお詫《わ》びを兼ねて」

「？」

そこで、エレベーターのドアが開く。灘の箱を持ったまま水守ちゃんが中に入ったので、私も一歩遅れて追った。向かう先はもちろん屋上。ドアが閉じる。

「水守ちゃん？　えっと……」

「率直《そっちょく》に言って、私はこの二十日間くらい和泉さんをイジメてるつもりでした」

いきなり、水守ちゃんがそんなことを言う。

浮かべた完璧《かんぺき》な微笑には似合わない台詞《せりふ》だったから、私は思わず噴き出してしまった。ギャップというか、清楚《せいそ》系ガラ悪というか、これは新ジャンル誕生だ。

「そこで笑うんですよね、和泉さんは」

水守ちゃんの微笑が苦笑に変わる。そりゃー私は笑いますとも。拗ねて八つ当たりしてきた――つまり甘えてくれていた子が、とうとう本心を話してくれるんだから。距離が一歩近づいた感じがして、嬉しくなる。水守ちゃんの言い方が可笑《おか》しいから噴いたけど。

「わりと本気で潰《つぶ》そうと思っていたんですが……結局ビクともしませんでしたね」

「いやー、ダメージはめっちゃ来てたよ？　でもすぐ治った。水守ちゃんのお芝居に憧《あこが》れてるからねえ」

「まだ憧れてます？　この期《ご》に及んで？」

「大人の女はタフなんだぜ？」

「大人。未成年にお酒の世話をさせるのが大人……？」

「弟クンの料理が美味しいのが悪い」

「そこは同感です」

「でしょ？　ま、でもねー……だからってあんまり甘えすぎるのも大人の態度じゃないって思うんだ、最近は。返せるところは返していかないと」

「というと」

「ん」と私は一呼吸置く。これ言うと怒るんだろうなー。でも、水守ちゃんはきっとここから先の話をするために来てくれたんだと思うし、言わなきゃなー。

ハラを決め、私は口を開いた。

「穂澄くんの気持ちに応《こた》えたい」

「………」

「あの子ね、本気なんだ。本気で私を一人前にしようとしてくれてる」

和泉七瀬を、お酒の力に頼らなくても演技が出来るように。水守ちゃんのプレッシャーに負けないようにしようとしてくれている。彼の性格から言って、おこがましいと思ってるだろうに。そんなことはおくびにも出さず、一応プロの私と向き合ってくれている。

それだけじゃない。

「部室からアンケート取って来てくれたんだよ？　偉くない？」

「……あなた大笑いしてたじゃないですか」

「私は笑うよー。あれくらいのこと二年も引きずってるとか、大袈裟《おおげさ》すぎるもん。でも、あの子にとっては笑いごとじゃなかったわけだ。なのに」

勇気を出してくれた。私のために、あれだけ怖がっていた部室のドアを叩《たた》いてくれた。そんなところを見せられちゃったら、さすがにドキドキしてしまうのです。

「だからさ、ごめんね。そのお酒飲めない」

水守ちゃんは何も言わずに、灘の銘酒を見下ろした。

彼女はこう言いたかったんだろう。飲めば演技が出来るんだから、飲めと。穂澄くんの時間を、穂澄くんと自分が一緒に過ごす時間を取るなと。でもごめん。お酒は飲めません。お酒にも、穂澄くんにも、失礼なことはしたくないんだ。

「……そうですか」

水守ちゃんがお酒から顔を上げる。鋭い鋭い、包丁みたいな眼光を、私は正面から受け止めた。うう、痛い。さっきまでの拗ねた目じゃなくなってる。完全に敵に向ける目だ。恋の障害をぶっ潰そうとする目。馬に蹴《け》られて地獄に落ちろ、だ。

「まあ、それはいいでしょう」

地獄に蹴落とされる前に、水守ちゃんが許してくれた。表情も見る見る和らいで、微笑が戻る。少なくとも見た目だけは。

「どうせ私は死ぬまであの人といますから、ちょっとくらい和泉さんに貸してあげます。そこをケチってあの人の好感度を下げることの方が問題です」

おお。横綱の貫禄だ。破局してから二年も相手を想《おも》い続ける子はさすがにマインドセットが違う。ちょっと重いから弟クンは引きそうだけど。

「ところで、ひとついいですか」

横綱は話題を変えるようだった。なになに？

「先輩が部室に行ったのはいつです？」

「んとね、先月の——」

スラスラ答える私である。何せあのときは嬉しかったから、日付もしっかり覚えていた。

そんな私を、水守ちゃんは無言で眺めていたが——

「なるほど」

やがて、こっくり頷《うなず》いた。

「そのスムーズさ。決め手はそのときだったんですね」

「決め手？」

「あの人を好きになった決め手です」

「す……」

いきなり剛速球をぶちこまれ、私は口をパクパクさせる。

好き？　私が穂澄くんを？

「違うとでも言うんですか」

まさにそう言おうとした瞬間、水守ちゃんが追撃してきた。間の取り方が天才的。

「先輩の気持ちに応えたいって決意表明するだけなら、たかだか部室に入ったくらいの半端《はんぱ》なエピソードを持ち出したりしません。他にもあったでしょう色々。浜辺に先輩が来てくれたこととか」

それは確かに……穂澄くんがかっこよかった想《おも》い出《で》はたくさんある。初めて会ってからそんなに時間も経ってないのに、嬉しかったことも、見惚《みほ》れたことも、泣きそうになったことも、いっぱい。

「わざわざそれをチョイスしたのは、和泉さんにとってそれが決定的だったからです」

「けってーてき……」

「決定的に恋に落ちたんです」

やだこの子、言葉のチョイスが大時代的。

恋に、落ちた。水守ちゃんの綺麗《きれい》な声が、頭の中でもう一度響く。「そうなんだろてめぇ」と思い切り問い詰めて来るように。もちろん水守ちゃんはそんな言葉づかいしないけど。

それは――その問いは。

実を言えば、頭のどこかからずっと聞こえ続けていたもので。

「やっぱ、そうなのかな？」

四歳も下の女の子に、私は訊《き》いてしまうのだった。

やっぱり、これって初恋なのかな……？

「あ！　あのね水守ちゃん、大丈夫だよ⁉」

水守ちゃんが何か言う前に、私は慌てて手を振った。

「私なにもしないから！　当たり前だけどね。最初から言ってるでしょ？　私、水守ちゃんもひつじちゃんも応援してて」

「かまいませんよ別に。手くらい幾らでも出せばいい」

「え、えー……」

吹きすさび、荒れ狂う横綱の威風に、私はぽかーんとしてしまう。この子かっこよすぎる。

水守ちゃんは不敵に首を傾《かし》げて、挑発するように言ってくる。気品と茶目《ちゃめ》っけがたっぷりのジト目という何とも不思議なものを向けられ、むしろ水守ちゃんに恋しそう。ヤバい。

「私はもともと、羊子先輩からあの人を奪うつもりでしたから――まさかまだ付き合ってもいなかったとは思いませんでしたけど――ライバルを一人抜くのも二人抜くのも同じです」

「同じかなあ⁉」

「オーディションと一緒、と言えばわかるでしょう？」

「ごめんわかんない。オデ受かったことない」

「ごめんなさい」

「だいじょぶ気にしてない」

「選ばれるのは、相手の理想を叶《かな》えた者だけということです」

水守ちゃんは迷いのない目で言った。迷いを振り切った目かもしれない——そう思えたのは何故《なぜ》だったんだろう。そんなことを頭の片隅で想いつつ、彼女の言葉に耳を傾《かたむ》ける。

「自分より上にいるライバルを潰せば、自分が選ばれるなんてことは無いんです。——ええ。ええ、そう。私はやり方を変える気はありません。私はあの人の理想になります。それ以外のやり方は知りません」

淡々として揺るぎない言葉は、私への宣言ではなかったんだろう。

「和泉さんだろうと誰だろうと、穂澄先輩は渡しません。私にはあの人しか見えないんです。これまでも、これからも、ずっと」

「……これまでも、か」

その一言が、とりわけ強く耳に残った。

ずっと気になってたんだけど、浮気したとも五股かけたとも、水守ちゃん自身は一度も言ってないんだよね。本人だけならともかく、ひつじちゃんもそう。

何か誤解があるのかもしれない。それを解こうとしない理由も。

「……と、このように」

不意に水守ちゃんが笑うので、私はまた恋に落ちかける。いたずらがうまくいった妖精みたいな、無邪気で、それでいて謎めいた笑顔。だからヤバいって。眼福が過ぎるって。

「熱く所信表明すれば、あのダメ羊あたりは二の足を踏んでくれそうです。和泉さんはどうですか」

「ひ、ひつじちゃんかわいそう……」

「これくらい許してくれますよあの人は。和泉さんの参戦もね。――昔、私が穂澄先輩を奪《と》っちゃっても普通にお祝いしてくれましたし。器が大きい……じゃない、割り込まれるのには慣れてる人です」

平然と言い切る水守ちゃんに、私は改めて圧倒される。この子と羊子ちゃんの間にも相当いろいろあったんだろう――羊子ちゃんの名前を出すとき、水守ちゃんがまるで大好きなお姉さんの話をするように口元をほころばせたことからもそれがわかる。

「で、でも私わかんない……」

一方私はといえば、弱気にオロオロするばかり。

「恋とか今までしたことないし……え。本当かな。本当に私、穂澄くん好きなのかな」

「なんですかモジモジして鬱陶《うっとう》しい。処女ですか」

「処女です……」

「私もです。ただ初恋は済ませてますので言い切れます。あなたのそれは恋です」

おおう……。

「さて。それを踏まえた上で」

頭を真っ白にして立ち尽くす私を置きざりに、水守ちゃんが話題を変えた。ちょっと待ってついていけない。

「私がこれからあなたをどうするか、大体わかると思うんですけど」

いやわかんないよ。私どうされるの。後日政治的に潰されるの？　まさか、そのお酒を箱から出して殴りかかってくることはないと思うけど——ないよね？　そうされるのが七瀬さん一番困ります。水守ちゃんと喧嘩《けんか》して勝てる気しないし。

にわかにビクビクし始めたとき、ぴん、という涼しい音とともにエレベーターが止まった。ドアが開いて、屋上の景色が顔を出す。五十階のタワマンから見下ろす絶景。

やば。逃げ場がない。落とす？　水守ちゃん、私のこと落とす？

「和泉さん」

フラットな声で、水守ちゃんが私を呼んだ。ひゃい。

「どうしました？　降りて」

ひゃい。

言われるがまま、私は屋上に出るしかない。冷たくて強い夕方の風が横殴りに髪をもてあそんだけど、正直それどころじゃないくらい、水守ちゃんの目が怖かった。これなら寒さは平気だなあ――なんて呑気な考えが、頭の片隅に浮かんで、消える。

◇

カードキーをドアにかざす間も惜しい。

自動ドアが開くのも待ちきれず、俺はタワーマンションのエントランスに駆け込んだ。弾みで左の肘《ひじ》をぶつけたが、かまっていられない。七瀬さんと月浦が屋上に向かってから、三十分も経っている。コンマ一秒も無駄に出来ない。とにかく急いでエレベーターへ。

「せ、瀬戸⁉　大丈夫⁉」

慌ただしくボタンを押していると、遅れてきた羊子が心配してくれた。肘のことだろうか？　大丈夫。かるく当てただけだ。

「けっこう凄《すご》い音してたよ？　痛くない？」

「痛くはない」

「アドレナリンかぁ……」

羊子はあきれ果てているようだったが、俺はそれどころではない。待てど暮らせど、エレベーターが来ないのだ。実際にはスイッチを押してからものの五秒も経っていなかったが、俺にとっては五分にも等しい時間だった。

実際、あと五分は下りて来ないんじゃないかと思う。エレベーターは今、四十九階。

うん、待てない。

階段で行こう。

「ま、マジ⁉」

無言で非常階段に向かう俺の考えに気づいたらしく、羊子が悲鳴を上げている。悪りぃ。お前はエレベーターで来てくれていいから。ただ俺が待てないだけだから。

「……付き合うよ」

いざ五十階全力ダッシュ、と気合を入れ直していると、羊子が横に並んでくれた。浮かべる笑みは「仕方ないなあ」という苦笑いにも見えるが、まるで誰かに対抗するような、どこか凶暴なものにも見えた。「今は一瞬も俺の傍《そば》から離れない」とでも言っているみたいだ。

「せっかくショーパン穿《は》いてきたんだもん。走らなきゃ」

少しでも走りやすく、ということか、コートを脱いで小脇《こわき》に抱えている。いつかも着ていた白のオフショルが眩《まぶ》しい。でも大丈夫か？　ショーパンと合わせた黒タイツが破けるかも。

「破れたら和泉さんに買ってもらうよ！　ほら行くよ。よーい……ドン！」

俺の心を読んだように言い、羊子が猛然と駆け上がる。追った。少し先を行く彼女の背中がなんだか嬉しくて、頼もしくて、こんなときなのに笑ってしまう。でも、もう一度訊くんだが大丈夫か？　なんかペースが早過ぎないか。俺に追いつかれないようにしてない？　あと、俺のことブロックするみたいにやたら視界の中心に位置取りしてるけどそれは偶然か？

ちょっと気になったが、屋上のことを考え出すと、すぐに疑念は消えてしまった。今、上はどうなっているのか。最悪の想像が頭をよぎって、それを置き去りにするように、走る。走る。


無駄だった。

◇

「あー、弟クン来た来た！　時間ぴったりー」

「…………」

のほほんと手を振る七瀬さんに、俺は膝《ひざ》から崩れ落ちた。

びゅおうっ、という屋上の突風が、一度も止まらずに五十階を駆け上がって来た体を叩く。

そのままぶっ倒れてしまいたかったが、状況を確かめるのが先だ。夕陽《ゆうひ》が眩しくて鬱陶しいが何とか目を凝らし、歯も喰《く》いしばる。

だだっ広い屋上の真ん中に、七瀬さんと月浦が並んで立っていた。それぞれの手にはドラマの脚本。どう悪意を持って眺めても、もともと俺たちがやろうとしていた読み合わせの途中にしか見えなかった。

これまで通り、月浦が圧倒的な実力差を見せて七瀬さんの心を折ろうとしている——という感じでもない。それにしては七瀬さんが元気過ぎる。

おかしい。

思ってたのと違う。

「まあまあ！　先輩お疲れさまです！」

ぶんぶん尻尾《しっぽ》を振る子犬のように——つまりは、かつてないほど嬉しそうに——月浦が小走りでやって来る。途中、脇に置いていたバッグを拾って、中からスポドリやら酸素吸入器やらを取り出しながら。

「大変だったでしょう？　何が欲しいですか？　膝枕《ひざまくら》？　膝枕しましょうか。させてください早く今すぐ」

「いやいい……情報が、情報がほしい……」

「というと」

月浦は首を傾げるが、その笑顔は明らかに全部わかってるヤツのそれだった。俺が何を心配して青息吐息《あおいきといき》で走ってきたかも、どうして混乱しているかも、全《すべ》て。

「てっきり、その」

口に出すのは失礼過ぎる気がしたが、疲れで脳が働かない。ついつい言葉にしてしまう。

「お前が七瀬さんにトドメ刺すかもって……」

「そんなことしたら先輩が怒るじゃないですか」

七瀬さんみたいにケラケラ笑って、月浦。見れば、七瀬さん当人もにまにましながらこちらを見ていた。おい、何だその嬉しそうな目は。こっちは必死だったんだぞ。

「じ、じゃあ何で……」

「潰すんじゃなくて育てる方に方針転換……いえ、もっと優しく育てようかなって。最近ずいぶんうまくなっていますから、引っ張り上げるだけの価値は——」

「つ……ッ、月浦ァァ……！」

と、そのとき。地獄の亡者のような声とともに、背後の階段から現れる影がある。

羊子だ。十一階を走ってるあたりで追い抜いたんだが、あっちも無事辿り着いたらしい。

俺と同じ道を駆け抜けてくれた盟友に、しかし月浦は興味無さげな目を向ける。

「……あなたも階段で？」

「ま一ねっ！」

ふんっ、と気を吐き、胸を張る羊子。みっともなく膝を折った俺と違って、しっかり威厳を保っている。かっこいい。かっこいいぞ。

「あんたのために走り回るのは慣れてんのよ。中学の頃《ころ》からね」

「あなたのそれは求めてないいんですけどねえ」

「あなたの……って」

聞きとがめ、俺は声を上げた。

「おいまさか、俺は違うのか？　俺に階段ダッシュさせたかったのか⁉」

「別に階段じゃなくてもいいんですが……そうです」

「嫌がらせか⁉」

あまりのことに声が裏返る。今日の全部、俺への嫌がらせだったのか！

「はい」

あっさり認める月浦である。ふざけんな、と睨《にら》みつけるが、どこ吹く風と受け流された。ただ、ちょっと残念そうに首を振って続けて来る。

「ひと通りうまくいったんですが……うーん、終わってみるといまいち。やっぱり私のために走ってもらわないと」

「何言ってんだお前」

「先輩が好きって言ってるんです」

雑だなおい。

「雑に告白してないで！」

俺と月浦の間に割り込み、羊子が声を張り上げる。おい無理するなよ。夕陽に染まった白い肩から湯気が立ってるぞ。お前もヘトヘトだろ。

「嫌がらせが済んだならさっさと帰りなさい。私たち遊びに来たんじゃないの」

「稽古ですか。さすが御熱心ですねー穂澄先輩が一緒だとますます」

「当然。瀬戸とが一番楽しいもん」

「なるほどそこは照れない。……穂澄先輩が照れてますけど」

「見るな」と、俺は乱暴に手を振る。羊子ほどの役者に『一番楽しい』と言われて嬉しくないはずないだろう。早く演劇部に入りたい。

「でも」

言って、月浦がわざとらしく自分の腕を抱く。

「今からレッスンは和泉さんが辛《つら》いと思いますよ？　ずーっとここにいましたし、これ以上粘ると風邪を引きます」

「あんたのせいでしょ⁉」

「まあそうですけど、やめた方がいいです。──意味もありませんし」

「え？」

不審がる俺と羊子に笑いかけ、月浦が七瀬さんに歩み寄った。まるで最初から示し合わせていたように、二人はほとんど同時に頷き、直後──

七瀬さんが脚本の台詞を放った。

俺と羊子は目を見張る。

演技のレベルが、飛躍的に上がっていた。三週間前のことを思えば、昨日の時点でほとんど別人と呼べるほどだったが、今の七瀬さんはそこからさらに数段上のステージにいる。

信じられない想いで彼女を見守っていると、月浦が自分の台詞を語る。掛け合いが始まった。小気味よく。あの浜辺のときとは違い、演技の質そのものは月浦が遥《はる》かに上を行っているが、それでも七瀬さんは畏縮《いしゅく》せず、月浦と渡り合っていた。

「瀬戸、これって」

戸惑いが濃い羊子の声に、頷く。

月浦が、七瀬さんの良さを引き出していた。七瀬さんが乗りやすいように、より表現しやすいように、誘導する演技。一流の役者にしか出来ない――けれど月浦には出来ると、俺が知っていた高等スキル。

あんなに嫌がっていたのに。

「まあ、頭が冷えたということです」

ひと通り演じ終え、月浦がそんなことを言う。

「先輩にお会いしたかったですし……それに、いい加減好感度を上げておかないとバレンタインが来てしまいますから。このままじゃチョコ受け取ってもらえません」

こいつ。

思わず、俺は噴き出した。何だかんだ言って、月浦は七瀬さんを助けてくれたようだ。なら俺から言うことはひとつだけ。こいつが誰でも関係ない。昔なにをしたかもどうでもいい。今、月浦がくれたモノに、俺はこの言葉を贈る。

「ありがとな、月浦」

「……やっと笑ってくれました」

そんなことを言う月浦の顔は、夕陽に塗《ぬ》り潰され、よく見えなかった。が。

「見直したなら、そろそろ名前呼びに戻してほしいでーす」

「やだ」

調子こいて投げてきたリクエストは却下。月浦が「やれやれ」と肩を竦《すく》め、七瀬さんも「あちゃー」と苦笑いしている。

「仕方ないので、それは後の楽しみにしておきます。──さ、稽古はもういいっておわかりですよね？　帰りましょ穂澄先輩。うちに寄って行ってください出来れば朝まで」

「うち？」

「ここの最上階、私の家です」

いいとこ住んでるなこいつ。

「そうか、だからお前ここに入れて」

「と言うより、このマンション私のですから」

⁉

「雫さんに聞いていませんか？　タワマン買った役者がいるって。──いくら雫さんでも、担当でもない女優の鍵を貸してもらえるはずないと思いません？」

そういうことかと頭を抱える。この嫌がらせ、姉さんもグルか。わざとああして酔っ払ってみせて、「自分は今日、水守を止められません」とらしくもないアピールまで添えた。そのせいで俺はさらに焦ってタワマンを駆け上がるしか無かったと。

姉さんは計算ずくだったわけだ。月浦のイライラが解消されて、かつ七瀬さんへの演技指導が進むなら、俺たちの階段ダッシュくらい安いものという寸法だ。

「あの破壊神……！」

「理解あるマネージャーで私は幸せです。さー行きましょ先輩。あったかいココアでもお出ししますよ」

要らん。帰る。そう言って振ろうとした右手を、月浦が素早くキャッチした。そのまま容赦なく引っぱって行く。おい放せ。振りほどけない。そのまま連行されてしまう。

「……弟クンおつー」

てくてく隣に歩み寄ったのは、のほほんとした顔の七瀬さん。おつーじゃねえよ。本当に酷いことされてないだろうな。大丈夫だろうな。

「また来てくれたんだね。嬉しい」

「今度は無駄足でしたけどね」

「嬉しかったって言ってるじゃん」

七瀬さんが笑ってくれた。それを見られたことこそが『意味』だと、俺は顔に出さずに思う。

◆

平静を装うのが大変だった。水守ちゃんに習った演技よりも、ずっと。

ああ、ドキドキしてる。穂澄くんが来てくれて、うるさいくらいドキドキしてる。

お酒飲んでなくて誤魔化《ごまか》せないのに、赤くなってたらどうしよう。水守ちゃん、水守ちゃん灘の酒ちょうだい。そうお願いしたかったけど、彼女は穂澄くんの手を引くのに夢中で私のことなんか見てもいない。あれは邪魔できない。

ああ――困ったな。

嬉しいな。

穂澄くんが私を見てくれる。私のために走って来てくれる。それが嬉しくてたまらない。今日のことは結局全部茶番だったけど、本当に馬鹿《ばか》みたいなオチだったけど、でもごめん。なんだか胸がいっぱいになっちゃう。

これかなあ。

これが好きってことなのかなあ。

空いている方の彼の手に、そっと指先を伸ばす。彼に触りたい。穂澄くんを感じたい。疲れ

てフラついたことにしようと姑息《こそく》なことを考えながら、たくましい彼の手をぎゅっと握って、

「痛ッてぇ!?」

いきなり、穂澄くんが叫んだ。

「えっ」と慌てて放したところ、彼は慌てて袖《そで》をめくった。

肘のあたりが、腫《は》れている。

紫色に腫れあがっている。

これは――

「折れてない!?」

血相変えて、私は叫ぶ。穂澄くんは目を点にしている。何があったか訊きたくてひつじちゃんに目をやると、あっちは「うわー!」と頭を抱えるところだった。

「自動ドアにぶつけたときだよ! だから言ったじゃん瀬戸ー!」

「救急車! 救急車!」

――診断の結果。

何とかいう腕の骨にヒビ。全治三週間ということだった。

―終― どいつもこいつも飲み過ぎだ！

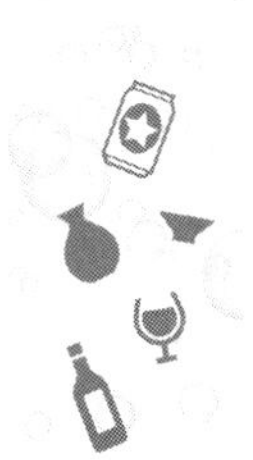

「七瀬《ななせ》さんボウル押さえてください」

「ほいほーい」

キッチンカウンターの向こうから伸びた手が、卵を割り入れたボウルを押さえた。

俺《おれ》はそれに菜箸《さいばし》を突っ込み、ちゃかちゃかとかき混ぜてやる。

この後玉子焼きになるそれを、ボウルを押さえる手の主が楽しそうに覗《のぞ》き込んでいた。

もうお馴染《なじ》みの酒好き美人。既に出来上がって顔はフニャフニャ、リビングのローテーブルには酒瓶《びん》の森が出来ている。今日は稽古《けいこ》はお休みで、うちに来るなり飲んだくれているこの七瀬さんである。

もっとも、今日だけはそれも許されると思う。

昼間に無事収録を終え、笑って帰って来てくれたんだから。

後は俺のもてなしをひたすら堪能《たんのう》すればいい。いや、してほしい。

とはいえ、左手のケガからまだ二週間。ギプスが取れていないので、一部手伝ってもらうしかないんだが――

「なーんかだんだん覚えてきたぞぉ」

酔っ払いがにまにま笑いながら言う。

「弟クンの手つきとかー、お匙《さじ》の振り方とか、そーゆーの。真似《まね》したら上手《じょうず》に出来るかな」

「やってみます?」

「やんない。弟クンのがいーー」

こいつ……。

「そんな顔しなーい。嬉《うれ》しいくせにー」

ボウルから手を放し、七瀬さん。俺が卵を溶き終えた絶妙のタイミングでそうしたのは、たまたまか、それとも本当に覚えたのか。

「私におつまみ作るの好きでしょー? その楽しみ奪っちゃ悪いからねえ、七瀬さんは食べる専に回ります」

「うっぜぇ……」

「おお否定しなーい。嬉しいな嬉しいよー早く腕治してどんどん作ろーどんどん食べるよ」

「うるせえ!」

しっしっと手を振りたかったが、菜箸を持ってるからそれもできない。仕方なくジト目だけを向けてやると、七瀬さんは面白《おもしろ》そうにそれを見返した。ちょっとは怖がれ。フリでもいい。

実際、こっちはもう否定できないんだから。

「どーせ明日には忘れてるくせに……ちょっと手伝うと調子に乗りやがる」

「えー？　忘れないよー」

ローテーブルから缶ビールを持ち上げ、七瀬さん。

「前に言ってたじゃん？　料理覚えろって。せっかくだし盗ませて頂いてまーす」

「後で返すように」

「どーやって……？」

「……ちょっと書きものを手伝ってほしくて」

微妙に濁して言ってやると、七瀬さんが首を傾《かし》げた。

――明日、二日酔いが治ってからでも、入部届の記入を手伝ってほしかった。

ギプスをつけた手で紙を押さえるのも別に無理ではないんだが、まだ痛いし、何より絶対に書き損じたくない。

部室にアンケートを取りに行った日、俺は密《ひそ》かに決めていた。七瀬さんの収録がうまくいったら、脚本の進捗《しんちょく》にかかわらず演劇部に入ってしまおうと。まずは部内で駆け回り、少しずつ信頼を取り戻して行こうと。

実際、月浦《つきうら》に代わるモデルはまだ見つかっていなくて、羊子《ようこ》に却下された頃《ころ》から脚本はほとんど変わってないんだが……許せ羊子。いいものにはなってるんだ。お前が気に入らない部分はみんなの意見を取り入れて変えていこう。そもそもこの脚本で稽古するかどうかわかんねーけど。

「弟クン？」

我知らず苦笑いしていたようで、七瀬さんが不思議そうな顔をする。不思議そうで、それでいて満たされた笑顔。

「なんかいい顔だねー弟クン。私と料理するの楽しー？」

「七瀬さんに顔のこと言われると、何つーか……」

言いかける俺の声のなかば、ドアベルが鳴る。時刻は夜の九時近いのに訪れて来るような不届き者が、この酔っ払い以外にいたとは。

小走りに玄関へ向かい、開けてやると、意外にも不届き者は二人だった。

羊子と、月浦。

「お、おう」

まさかの犬猿揃《そろ》い踏みに俺はちょっとたじろぐが、羊子は心底不満げに「下でバッタリさあ」とぼやいた。月浦は月浦で、珍しく無表情で独りごとのようにブツブツ言っている。

「まさか家に突撃する勇気がこのダメひつじに残ってたなんて……肝心な時《とき》にはヘタレると思ってましたけど、慣れでしょうか……」

「光梨《ひかり》が助けてくれたんだもん。ヘタレないよ」

「へー、あの人が。あの狭量も少しはマシになりましたか」

二人のやり取りに首を傾げつつ、中へ迎え入れてやる俺。二月も半分過ぎたとはいえ、まだ春は遠い。廊下に立たせていていいものではない。

「……ふふー」

と。

羊子と一緒に廊下に上がった月浦が、ひどく嬉しそうに笑った。こいつにしては珍しく、あまり警戒感を誘わない、裏の無さそうな笑顔――いつも警戒してるのは俺だけなのかもしれないが。

「普通におうちに上がってしまいました。どうしましょう、好感度の高まりを感じます」

「高まってねーよ慣れだよ」

ため息混じりに俺は言う。

例のタワマンの一件の後、こいつは仕事の合間を縫って二日に一度は電話を寄越すようになっていた。もちろん俺とは連絡先の交換なんかしてないから七瀬さんのスマホにかけてくるんだが、その七瀬さんが毎晩必ず家にいるので、俺は逃げようが無いのである。あと、まだたまに校門で待ち伏せしやがるし。

これだけ顔を見せられてしまうと、いちいちイヤな気分になるのも疲れるというものだ。

月浦が直接うちに来るのは最初の夜以来の二度目。通話で済ませるわけにはいかない大事な用でも出来たんだろうか。

「あら」

そう訊《き》くと、月浦がからかうように目を細める。その顔の方がしっくりくるぞお前。俺的に。

「むしろ待ってると思いましたけど。それとも諦《あきら》めて忘れていました？　今日は……」

「は、はい瀬戸《せと》！」

月浦の口上を断ち切って、羊子が何かを差し出してきた。

真《ま》っ赤《か》な可愛《かわい》らしいリボンをあしらった、小さな箱。入部届を入れるには小ぶりすぎるそれは——

「今年も！　ぎ、義理……です。お納めクダサイ」

「あ」

義理。その言葉で思い出す。忘れてた。今日はバレンタインデー！

よりによって今年は日曜なので、朝起きてすぐ忘れてしまっていた。まさか羊子が家まで届けに来てくれるなんて。

「わ、悪りぃ……じゃねえ。ありがとな」

ついつい恐縮しつつ受け取る。毎年ありがとう羊子。お前のおかげで、中学からこっちオケラにならずに済んでるよ。

「うん」と羊子が胸を張る。何やら大仕事を成し遂げたように、晴れやかな顔をした彼女は、月浦を肘《ひじ》で突っついた。こちらはさっきからニコニコしたまま。

「月浦、あんたは？　持って来てるからここにいるんでしょ」

「今渡したら羊子先輩と印象が被《かぶ》るじゃないですか。タイミングを見て渡します。羊子先輩のチョコの嬉しさを上書きできるタイミングで」

「月浦ァ！」

「あー！　二人ともいらっしゃい！」

こっちのやり取りを聞きつけて、七瀬さんがリビングから顔を覗かせた。相も変わらず缶ビール片手に、「入って入って」と手招きしてくる。完全にこの家の住人ヅラだが、もう違和感も覚えないのは俺の敗北なのかもしれない。

モヤモヤしつつリビングに戻ると、七瀬さんがバッグから縦長の箱を取り出した。また酒かと思ったが、違う。酔っ払いはそれを横に置き、蓋《ふた》を開けてみせる。

中には――丸チョコがぎっしり詰まっていた。

「見て見て手作りー！　みんなで食べよー」

「手作り⁉」

「和泉《いずみ》さんが⁉」

声を上げて驚く俺と羊子を、七瀬さんがしたり顔で眺める。しまった、この反応が見たかったのか。でも実際驚いた。こういうのを作るイメージじゃ無かったから。

「ほら、弟クン言ってたじゃん？　お菓子作りとか覚えろって」

確かに言った。言ったけど、あれは切り出しづらい話題の枕《まくら》みたいなもので、まさか本気にするなんて。

「さー！　チョコパだよチョコパだよー。結構自信作だぞこれ」

「おおお……」

ほとんど圧倒されながら、改めて丸チョコの群れを覗き込む。形も整い、大きさも均一。正直美味《おい》しそうだった。

では……遠慮なく。

「頂きます」と拝み手を切り、チョコをひとつつまみ上げる。羊子も、それに月浦も。七瀬さんの手作りというのがまだ少し信じられないが、ともあれ、口に放り込み……。

「みんなへのありがとーの気持ちです。私の――」

七瀬さんのその言葉を、聞く。

「――ウィスキーボンボン」

ごふっ！

羊子がむせた。俺もつられて咳込《せきこ》みかける。ウィスキーだと。酒を、酒を盛られてしまった。俺がかつて七瀬さんにやろうとしたことを先にやられた⁉　いや、あの浜で俺は一回盛ったから、これはお返しか。そういうことか。

「ふっふー」と笑う七瀬さん。完全に『してやったり』の顔。

「これがやりたかったんだよねー。あ、弟クンには本命あるよ？　謹んで受け取るよーに」

「本命って」

意味もなく顔を近づける七瀬さんに、俺はジト目を向けてやる。本命チョコの意味わかってますか恋愛初心者。タイミングによっては結構タチの悪い誤解を生むから、言葉は慎重に選んで使うように――

頬《ほお》に何か触れた。

柔らかくて、ぷるぷるで、ひどく温かい何か。

「えっ」

――というのは、誰《だれ》の声だったか。わからないが、七瀬さんでないのは確かだった。彼女の唇はふさがっている。

俺の右頬に触れて。

「……え？」

もう一度聞こえたその声は、どうも俺のものだったようで――

「へへー」

唇を離した七瀬さんが、満面の笑みを浮かべて言ってくる。達成感でキラキラしながら。

「チョコなんて言ってないでしょー？　こっちが本命！　喜ぶよーに！」

「……………⁉」

「な、なん……なんっ……⁉」

　完全にパニクる俺と一緒に、羊子も目を白黒させている。ただ、羊子の驚きぶりは「もう動いただと⁉」とでも言うようで、この事態を予想もしていなかった俺とはだいぶ違っていた。

え、もしかして予兆あったのかこれ⁉

「おー、やられました」

　月浦が悠然と笑って言った。丸チョコが気に入ったのか、二つ目を口に放り込みながら。

「牽制《けんせい》したつもりだったんですけど……裏目でしたか」

「あんた何言ったの月浦⁉」

「いえ、自分が抱えてるのが恋心だとわかったら遠慮すると思ったんですが。やっぱり初恋は怖いですね。火がついたら止まらない」

　テンション上がってるのかお前。それとも酔ってんのか。言い回しがアクション洋画だぞ。

「まさかここまで踏み込みが速いとは思いませんでした。とはいえ、いきなり唇に行かないあたりがしょせん和泉さんってところですか」

「あーうん。その勇気は出なかったかなー」

　あはー、と頭を掻《か》く七瀬さん。なに笑ってんだ。めいっぱい喚《わめ》いてやりたいが、まだ脳がパニックから立ち直らない。硬直している俺をよそに、七瀬さんがへらへらしながら言った。

「まーほら、時間はいっぱいあるしさ。あと、七瀬さん夢見る乙女だしさ。本番はそれっぽ

いシチュエーション整えてからにしたいなって」

「ライバルがいるってわかってるんですか和泉さん。中途半端《ちゅうとはんぱ》なところで止まるから横から奪われるんですよどこかのノロマなひつじみたいに」

「気をつけまーす」

「誰がノロマよ誰が⁉」

そこでようやく羊子が喚く。俺より一足早くパニックから脱出したようで、もの凄《すご》い形相で七瀬さんを睨《にら》んでいる——あ、でも眠そう。ウィスキーにやられてる。一生懸命目をこすりながら、微妙に舟を漕《こ》いでいる。

そんな羊子に、月浦が顎《あご》をしゃくってやった。犬でもけしかけるように。

「ほら先輩、無謀なるライバルの参戦ですよ。何か言ってあげなさい」

「上等っ！」

こいつの返事もバトルマンガ風。眠くて言い回しを気にする余裕が無いらしく、羊子は勢い込んで一喝する。

「今から追いつけると思ったらァ！　大間違いです！」

「お。ひつじちゃんがやっと認めた！」

嬉々《きき》として手を叩《たた》く七瀬さん。

……何か今、羊子の口からとんでもないことを聞いた気がするが……この期に及んでまだパニックから復旧出来ていない俺の脳はその意味を理解し損ねた。

「いいよーそうでなくっちゃねえ。こういうのはみんな全力でやらないと、終わった後のお酒が美味しくないぞ」

「酒ェ……？」

辛《かろ》うじて眉《まゆ》をひそめた俺に、七瀬さんは「そうそう！」と頷《うなず》く。

「全部終わったらみんなで飲もうよ、カレシの惚気話《のろけばなし》してさー。それで後腐れ無しに出来るのもお酒の良さだって雫《しずく》先輩が」

「乗りました」

月浦が不敵に笑って言った。なお羊子は力尽きたのかローテーブルに突っ伏して寝ている。

「羊子先輩にも伝えておきます。――もっとも私は、お酒が飲める歳《とし》になるまでダラダラ続ける気はありませんよ？」

「それでもいいよ」

七瀬さんは迷わず言って、ローテーブルから缶ビールを取った。プシュッ、と気持ちよくプルタブを開け、乾杯するように掲げてみせる。ほとんどどこぞの彫像みたいに完成されたその佇《たたず》まいに、俺は不覚にも息を呑《の》む。

「みんなで一緒に飲めたらさ、それだけで絶対美味しいよ。楽しみだな――もちろん？」

と、七瀬さんが俺の肩に手を置く。美人が台無しの蕩《とろ》けた笑顔で。俺が大嫌いな、でももう何だかすっかり慣れた、酒の匂《にお》いをさせながら。

「そのときもおつまみお願いね。弟クン」

「やです」

えー⁉　と七瀬さんがむくれた。ほとんど同時に月浦が噴き出す。

こっちもウィスキーが回ってきたのか、腹を抱えて笑い始めた月浦と、何やら寝言を言っている羊子、そして「ねーねーお願いー」と揺さぶってくる七瀬さんとを死んだ目で眺めまわし、俺はボソッと呟《つぶや》いた。

「……酔い過ぎだよ、どいつもこいつも」

「誰のせい⁉」

一斉にツッコむ三人の声は、まるで脚本でもあったかのように、ほれぼれするほどばっちり揃っていた。

……で、やっぱり俺のせいなのか？

あとがき

今日も暑いぞビールが美味《おい》しい。串木野《くしきの》です。今回もお付き合いありがとうございました。

さて、もう二十年も前でしょうか、ある小説のあとがきにこんな意味の記述がありました。


『原作者』っていい響きだね！


当時の串木野少年は「そんなもんかー」と読み飛ばしてしまったのですが、今ならその意味がわかります。ジーンと響きます。腹の奥に深く、ジーンって。

はい。薄々お気づきの方もいらっしゃると思いますが、コミカライズの話です。おかげさまをもちまして、泥酔彼女マンガになります！　と言うか、して頂きます！

執筆はぽんこつわーくす先生！　崇《あが》めろーっ！

この喜びを、読者の皆様にどう伝えるかずっと悩んでおりました。が、泥酔彼女に限ってはやっぱりこの二文字しかありません。もしよろしければご唱和ください。

かんぱーい！（※六文字）

それでは恒例の謝辞のコーナー！

加川壱互《かがわいちご》先生。今回も最高のイラストの数々、ありがとうございました。とりわけ串木野としましては、カバーの七瀬《ななせ》がビール持ってる左の前腕から指先までを推させて頂きたく（マニアック）。艶々《つやつや》かつボリューミーなふともも様が太陽なら、これらはまさしく精緻《せいち》で妖《あや》しい月と星。特に肘《ひじ》関節のところのお肉の盛り上がりなど、魔術的なものすら感じます。パねえ。あと、カバーで七瀬が飲んでるお酒（の元ネタ）で原稿完成の祝杯を挙げるのが最近のマイブームです。完成まではガマンしてます。してますとも。

担当編集のぬるさん。オンライン打ち合わせ中に何の前触れもなく「コミカライズ決定ー」とカマしてくれたことは一生忘れません。心臓に悪い。いい歳《とし》こいて泣くところでした。

偉大なる先輩作家さま方。心強い同期諸氏。早く一緒にお酒を飲みたいです。

GA文庫編集部の皆さま。営業部の皆さま。書店の皆さま。その他、串木野の存じ上げない、出版に関《かか》わる全《すべ》ての皆さま。

この物語に出演してくれたみんな。穂澄《ほずみ》、七瀬、ひつじ、水守《みもり》、雫《しずく》、光梨《ひかり》。あとがきを読む頃《ころ》には忘れられてるだろう蔵森《くらもり》と、名も無き女子たちもあーりがとーう！

そしてもちろん、この本を手に取って下さったあなたに、心より御礼申し上げます。

よろしければ、今後も七瀬たちの物語を応援してあげてくださいませ。作者及《およ》び出演者一同、皆様にまたお会いできる日を心よりお待ちしております！

ファンレター、作品の
ご感想をお待ちしています

〈あて先〉

〒106－0032
東京都港区六本木2－4－5
SBクリエイティブ(株)
GA文庫編集部 気付

「串木野たんぼ先生」係
「加川壱互先生」係

本書に関するご意見・ご感想は
右のQRコードよりお寄せください。

※アクセスの際や登録時に発生する通信費等はご負担ください。

https://ga.sbcr.jp/

泥酔彼女2 「弟クンがんばえー」「助けて」

発　行　　2021年7月31日　初版第一刷発行

著　者　　串木野たんぽ
発行人　　小川　淳

発行所　　SBクリエイティブ株式会社
〒106−0032
東京都港区六本木2−4−5
電話　03−5549−1201
03−5549−1167(編集)

装　丁　　AFTERGLOW

印刷・製本　中央精版印刷株式会社

ISBN978-4-8156-1141-5
Printed in Japan
GA 文庫